中公文庫

新装版

孤　　闘

立花宗茂

上田秀人

中央公論新社

目次

第一章　鳳雛の籠　7
第二章　名門の盾　69
第三章　生の攻防　134
第四章　新しき枠　198
第五章　異国の風　261
第六章　天下騒擾　321
終章　失地回復　386
新装版　あとがき　398
解　説　末國善己　402

主な登場人物

立花宗茂《たちばなむねしげ》（高橋千熊丸《たかはしせんくまる》・鎮虎《しげとら》・統虎《むねとら》・宗虎《むねとら》）

高橋鎮種《しげたね》（紹運《じょううん》）　大友《おおとも》家家臣　岩屋《いわや》・宝満《ほうまん》城　城督《じょうとく》　宗茂の実父

戸次鑑連《べっきあきつら》（道雪《どうせつ》）　大友家家臣　宗茂の義父

立花誾千代《ぎんちよ》　戸次道雪の娘　宗茂の妻

高橋直次《なおつぐ》（千若丸《せんわかまる》・統増《むねます》）　宗茂の弟

大友宗麟《そうりん》（義鎮《よししげ》）　豊後《ぶんご》の戦国大名　大友家二十一代

大友義統《よしむね》（吉統《よしむね》）　宗麟の長子　大友家二十二代

〈宗茂の家臣〉

由布惟信《ゆふこれのぶ》　竹迫統種《たかばむねたね》　有馬伊賀守《ありまいがのかみ》　十時摂津守《とときせっつのかみ》　薦野三河守《こものみかわのかみ》　小野和泉守《おのいずみのかみ》

〈九州の戦国大名〉

島津義久《しまづよしひさ》　薩摩《さつま》・大隅《おおすみ》・日向《ひゅうが》の戦国大名

島津義弘《よしひろ》　義久の弟　関《せき》ヶ原《はら》の戦いで奮戦

秋月種実《あきづきたねざね》　筑前《ちくぜん》の戦国大名

龍造寺隆信《りゅうぞうじたかのぶ》　肥前《ひぜん》の戦国大名

筑紫広門《ちくしひろかど》　筑後《ちくご》の戦国大名

新装版

孤闘

立花宗茂

第一章　鳳雛の籠

一

面の奥から発せられる、くぐもった声を高橋千熊丸《たかはしせんくままる》は、遠いもののように聞いていた。

朝の早いうちから始められていた大友豊後守義統《おおともぶんごのかみよしむね》の家督お披露目を祝う猿楽《さるがく》は、昼を過ぎても終わりそうにはなかった。

九州の名門大友家の名前に恥じぬよう、わざわざ京の観世《かんぜ》から役者を招いての演目は、一門衆はもとより広く家臣、その家族にまで観覧を許されていた。

豊後《ぶんご》の府内館《ふないやかた》は人であふれんばかりになり、広間ではたりず、家中で名の知れた者でも地に薄縁《うすべり》を敷いただけのところへ、座らざるをえないほどであった。

高橋家はまだ床の上に席があっただけましであった。

ところどころに狂言がはさまれ、観る者をあきさせないように配慮はなされていたが、十一歳の千熊丸にとって、堅い床の上でじっとし続けるのはかなりの苦痛であった。

なかには声高に雑談する者もいたが、千熊丸の隣に座する父高橋鎮種《しげたね》、号して紹運《じょううん》は、口をしっかりと結び、みじんの揺らぎもなく背筋をただしていた。

大友一門、一萬田《いちまだ》家の一族、吉弘鑑理《よしひろあきただ》の次男として生まれた鎮種は、大友宗麟義鎮《そうりんよししげ》の命によって名門高橋家を襲封、宝満《ほうまん》、岩屋《いわや》の二城を預けられている。

豊前《ぶぜん》、肥前《ひぜん》、肥後《ひご》の国人《こくじん》一揆を鎮圧、さらに秋月《あきづき》、筑紫《ちくし》、龍造寺《りゅうぞうじ》の反抗でも功績をあげるなど、北九州における大友家を代表する名将である。

猿楽が始まって、どのくらい経《た》ったかさえ、千熊丸にはわからなくなっていた。足のしびれに耐えながら、千熊丸は父の目を感じていた。

父鎮種は千熊丸の一挙一動を見ていた。猛将でならした鎮種は厳格である。千熊丸が、わずかに身体《からだ》を揺らしただけで鋭い叱声が飛んだ。

催してきた眠気を振り払おうと、千熊丸は、舞台の向こうへ目をやった。

「………」

千熊丸の瞳が釘付《くぎづ》けになった。あでやかな赤の着物を着た少女がいた。

高橋家よりも格上の座、大友の重臣たちが並ぶ場に似つかわしくない可憐《かれん》な少女は、小さな体軀《たいく》を精一杯伸ばして、存在を誇示していた。

「どこを見ている」

千熊丸の意識が、舞台からそれたことに気づいた鎮種が小声で叱った。

「父上、あのお方は」

思わず千熊丸は訊《き》いた。

「ああ。あれは、戸次《べっき》どのが一人娘、誾千代《ぎんちよ》どのだ。大友家では、いや、日の本でも初めてであろう立花《たちばな》城の女主《おんなあるじ》ぞ」

大友家中で鬼と呼ばれた戦上手《いくさ》戸次丹後守鑑連《たんごのかみあきつら》が、背後を守るようにしている少女こそ、立花城城督《じょうとく》の立花誾千代であった。

「城主……あの娘ごが」

大友一族の姫ではないかと思っていた千熊丸は絶句した。

「正確には城主ではない。立花城はあくまでも大友の城。誾千代どのは城督である。儂《わし》と同格のな」

城督とは、大友家独自の身分である。いくつかに分けられた大友家の勢力、その一つにおける軍事と行政を任された、いわば代官であった。

戦で功績のあった者へ領地を与える代わりに権限を持たせることで、家臣の力が大きくなりすぎることを防ぐのが城督制の主たる目的であった。また、領地ならば、相続を認めねばならないが、城督という身分はいつでも、取りあげることもでき、無能な者に力を与えずにすむ。

鎌倉《かまくら》以来の名門で九州の雄としてその勢力を誇りながら、何度となく内部から叛《はん》逆者《ぎゃくしゃ》を出してきた大友家の苦心の結果であった。

城督に選ばれる。それはすぐれた武将であることは当然ながら、なによりも大友へ忠節を尽くす者としての証《あかし》であった。

その城督の座にまだ幼女といっていい誾千代がなれたのは、ひとえにその後見である戸次鑑連のお陰である。

戸次丹後守鑑連、号して道雪《どうせつ》は、数多い大友家の家臣のなかで知勇にすぐれた名将として、その名前は京の将軍家にまで知られるほどであった。

永正《えいしょう》十年（一五一三）に生まれた道雪は、十四歳の初陣以来、三十をこえる戦に参加、一度も負けることなく、六十七歳の今日まで来た。大友一族のなかでは、末席の戸次家を豊州《ほうしゅう》三老と呼ばれる名門に引きあげた知将は、四年前の天正《てんしょう》三年（一五七五）、なにを考えたのか一人娘の誾千代に家督を譲って後見になった。

こうしてわずか九歳の女城督が誕生した。

「背の伸びたみごとな姿であろう。そなたもいずれは、宝満、岩屋の一城を預かる高橋家の当主となるのだ。誾千代どのに負けぬように精進いたせ」

「はい」

誾千代を見つめたまま、千熊丸は力強くうなずいた。

「……あれは、高橋どのが嫡男か」

必死に威を張っている闇千代ではなく、背後の戸次道雪が千熊丸のまなざしに気づいた。

「一人大人に交じって気張っておるな。ふむ。歳《とし》の釣合もよさそうであるし、家柄も大友家にとって重き吉弘の嫡流か」

戸次道雪はじっと千熊丸を見つめた。

先年、主君大友宗麟より、立花の名跡を継ぐようにと命じられた戸次道雪だったが、辞退していた。

「思うところあり、われ一代は戸次を守りたく存じまする」

立花の名跡は大友家でも重い。西の大友と称され、その祖は大友家六代貞宗《さだむね》にまでさかのぼる。その名門が絶えたのは、立花家が二代にわたって本家に叛旗《はんき》をひるがえしたからであった。最初は六代立花新五郎《しんごろう》が、大友宗麟の父義鑑《よしあき》に逆らった。続いて誅殺《ちゅうさつ》された新五郎に代わって立花城を与えられた七代鑑載《あきとし》も宗麟に牙を剝《む》いた。立花鑑載は、一度許されたにもかかわらず、ふたたび反抗した。その二度目の叛乱《はんらん》を鎮圧したのが戸次道雪であった。

一門の重鎮とはいえ、たび重なる反抗に大友宗麟は立花鑑載を処刑し、息子《むすこ》親善《ちかよし》を追放した。

しかし、中国の戦国大名毛利《もうり》家が北九州に手を伸ばし始めている昨今、その侵攻を食い止める要害である立花城の城督を軽々にすることはできず、一度は断絶と決めた立花家を大友宗麟は戸次道雪へ継がせようとした。

それを戸次道雪は断り、代わりに娘を推薦したのであった。

「少しばかり年下のようだが、かえってよいかもしれぬ」

千熊丸の心に、誾千代の姿が深く刻まれた夜、戸次道雪もまた一人の子供を見そめた。

天正七年（一五七九）、天下の趨勢《すうせい》は九州にも影響をおよぼし始めていた。室町《むろまち》幕府最後の将軍足利義昭《あしかがよしあき》を京から追った織田信長《おだのぶなが》が、朝廷の権を背景にして大友家に島津《しまづ》との和解を命じてきていた。これは大友宗麟にとって願ってもないことであった。

大隅《おおすみ》、薩摩《さつま》をのぞく九州に覇を唱えた大友家にも陰りが見えていた。かつて大友に属していた龍造寺が肥前で独立、筑前《ちくぜん》には毛利家の手が伸びていた。

暗雲を払拭しようと、大友宗麟は天正六年（一五七八）十一月、島津家によって領地を奪われた伊東三位《さんみ》入道《にゅうどう》義祐《よしすけ》の本貫奪回を達し、声望を高めようと日向高城《ひゅうがたかじょう》へ進発した。しかし島津修理太夫《しゅりのたいふ》義久《よしひさ》と日向耳川《みみかわ》で対陣、大敗をきっした。

大友にその人ありと言われた吉弘鎮信《よしひろしげのぶ》、斎藤鎮実《さいとうしげざね》、臼杵鎮続《うすきしげつぐ》、佐伯宗天《さえきそうてん》、田北鎮周《たきたしげかね》ら多くの名将と二万をこす兵を失った。

合戦に参加せず、延岡《のべおか》務志賀《むしが》の教会で、神父を相手に礼拝をしていた大友宗麟は、敗戦の報を聞くと戦場へ向かうどころか、単騎豊後臼杵まで逃げだすという失態を晒《さら》し、信望を大きく落とした。

家臣あるいは属将の叛乱が、何度となく起こっていた大友に、耳川での敗戦は大きな痛手であった。

そこで、家中の動揺を抑えるため、大友宗麟は責任を取る形で当主の座を退き家督を長男義統に譲った。

大友義鎮は、永禄《えいろく》五年（一五六二）三十三歳の若さですでに隠居していた。仏道に傾倒した大友義鎮は、この前年京から大徳寺《だいとくじ》の名僧怡雲《いうん》禅師を招聘《しょうへい》し、豊後臼杵に寺を建立、解脱《げだつ》を求め得度して休庵《きゅうあん》宗麟と号した。俗世とのかかわりを持ったまま出家することはできない。そこで大友宗麟は隠居し、府内館を義統に渡し、臼杵へと居城を移したが、当主の座は維持したままであった。

その後宗麟は仏道を捨てキリスト教へ入信、その節操のなさに家臣たちがあきれた。さらに、キリスト教への改宗に最後まで反対した八幡《はちまん》神宮大宮司奈多《なだ》家の娘で妻の信《のぶ》を離縁しようとしたことで、家中の反発は極限に達した。

信は宗麟との間に義統以下三人の男子をなした正室であり、その実家奈多家は、武家の崇敬厚い八幡社の大宮司とあってその立場は重い。信を離縁することは、奈多家との絶縁を意味し、北九州にあらたな火種をまくことになりかねなかった。

老臣たちの反対をおしきって、大友宗麟は信を離縁した。キリスト教とともに入ってきた南蛮文化に、宗麟は熱中し新しい技術を受けいれてきた。宗麟は古い価値から抜けだすことへの象徴として、妻を切り捨てた。

交易は大友家へ攻城戦を一変させる大筒《おおづつ》などの新兵器をもたらしはしたが、同時に宗麟をキリスト教に夢中にさせた。

宗麟は領内各地に教会を建て、キリスト教を保護した。また、神父と話すことを好み、軍議にさえ参加しなくなった。

かつて禅宗に傾倒し若い身空で隠居し得度したように、宗麟にはものごとに耽溺《たんでき》するきらいがあった。

過去、酒色女色の遊興にはまり、軍事はおろか政《まつりごと》まで宗麟は、放棄したことがあった。そのときは、道雪の命をかけた諫言《かんげん》でおさまったが、今回は信心にかかわることだと、誰の意見もきかなかった。

異国から渡ってきたキリスト教と、古来からある神道、根づいていた仏教が混在していくなかで、大友家はその流れに翻弄された。

家臣のなかには洗礼を受けてキリシタンとなった者もいたが、多くは従来の神を崇《あが》め、仏を敬っているのだ。大友宗麟の変貌は家中に大きな動揺を招いた。

そのおりに無理から興《お》こした戦で、大友家が大敗した。

名の知れた将を失い、機を見るに敏な国人衆が離反していく。大友家の存続自体が危ぶまれる事態に、宗麟は家督を息子に譲ることで変化を見せつけ、収拾を図った。

城一つ建てられるほどの金を投じて、仰々しくおこなわれた宴《うたげ》も無駄であった。

大友の家中を一堂に集め、あらたな主君への忠誠をと差しださせた誓紙の墨が乾くまえに騒動は始まった。

最初に動いたのは、大友一門の田原親宏《たわらちかひろ》であった。

親宏は田原の本家であったが、所領の多くを分家で大友宗麟の寵臣《ちょうしん》田原紹忍《じょうにん》に奪われ、冷遇されていた。その鬱憤が噴出した。

田原親宏は、居城に戻ると大友家と断交、所領である国東《くにさき》半島の地形を利用し、独立しようとした。あいにく親宏は、志半ばで天正七年九月病に倒れ、乱は終わった。

しかし、無念の思いは養子田原親貫《ちかつら》へ継がれ、翌天正八年（一五八〇）三月、ふたたび叛旗がひるがえった。

その少し前、筑前の秋月種実《たねざね》が大友家との講和を破って、軍を起こしていた。田原親貫の行動は、大友家の宿敵秋月種実と意を合わせてのことであった。秋月討伐のために一軍を編成し、筑前へ出兵させた大友の背後で田原親貫が謀叛《むほん》に出たことになり、府内は大騒動におちいった。

ただちに、新当主となった大友義統は田原の討伐を命じた。だが、重臣たちは応じなかった。それどころか、豊後南部を押さえていた一族の田北紹鉄《じょうてつ》も、田原親貫に呼応して熊牟礼《くまむれ》山に籠もり、兵を挙げた。

田北紹鉄の不満も田原紹忍にあった。耳川の合戦で弟鎮周をはじめ、多くの郎等たちを田北は失っていた。その耳川の合戦の策をたてた紹忍が咎《とが》められることなく、宗麟の側近として変わらず威を張っていることに、田北紹鉄は我慢できなかったのだ。

豊後の全土へ拡がった叛乱に、なにもできずおろおろするだけの義統を見かねて、宗麟が動いた。宗麟は重臣一人一人に面談し、手ずから出陣を乞うたのだ。

ようやく大友は軍を編成できた。

大友を内側から揺るがすほどの騒動に立花も高橋も参加していなかった。戸次道雪と高橋鎮種の二人は、肥前の龍造寺隆信《たかのぶ》への備えで動けなかった。

龍造寺隆信、筑紫広門《ひろかど》、秋月種実、この三者が大友の憂いの代表であった。大友家の版図《はんと》と境を接している戦国大名であった龍造寺たちは、隙を見つけては大友の所領を侵そうとした。

対して、大友は大軍勢で敵を圧倒してきた。龍造寺も筑紫も秋月も、大友の大軍勢が来ると和を乞い、傘下に入ることを誓ったが、ときが経てばまたあきることなく牙を剝いた。

とくに龍造寺隆信は、北九州の覇者になりたいと野心を大きくし、隙あらばと筑前を狙っていた。

龍造寺は、筑前肥前の守護大名であった少弐《しょうに》氏の家臣であった。その龍造寺に家兼《いえかね》という傑物がでた。家兼は周防《すおう》の太守大内《おおうち》氏の侵攻を防ぎ、落城寸前であった主君少弐資元《すけもと》の居城肥前勢福寺《せいふくじ》城を救うなどして活躍した。

家兼は二人の息子に所領を分け与え、村中《むらなか》、水ヶ江《みずえ》の龍造寺を創設し、勢威を誇った。

これが仇《あだ》となった。龍造寺の力が大きくなることを懸念した重臣たちの讒訴《ざんそ》を信じた少弐資元によって、水ヶ江龍造寺の当主周家《ちかいえ》は殺され、一族は散り散りになった。

十七歳で祖父家純《いえすみ》、父周家を失った隆信は、曽祖父家兼に連れられて柳川《やながわ》城主蒲池《かまち》鑑盛《あきもり》へ身を寄せた。

蒲池鑑盛は大友家の重臣であったが、義心に厚く頼ってきた龍造寺隆信を客将として遇し、その再起にあたっては精兵数百を貸し与えた。

父と祖父の仇を討った龍造寺隆信は水ヶ江龍造寺家を再興し、村中龍造寺当主胤栄《たねみつ》とともに、勢福寺城を襲い、少弐冬尚《ふゆひさ》を自害させた。

その後急死した胤栄の家を継いだ隆信は、家中の叛乱でその座を追われたこともあったが、なんとか難局を乗り切り、肥前一国を支配、近年筑前へ野心を向けてきていた。

龍造寺の勢力と直接渡り合う高橋、立花の両家は、豊後での争いにかかわるだけの余裕がなかった。

耳川の合戦で大友宗麟が敗走したと知った龍造寺隆信は、和睦を破棄し筑前への侵攻を開始した。

矢面にたった高橋鎮種は、隙を見つけては越境してくる龍造寺勢への対応に東奔西走した。

「父上、千熊丸も十二歳になりました。まだひとかたの動きはできませせぬが、矢を放つことぐらいなら……」

岩屋の城を包みこむ勝ち戦独特の昂揚《こうよう》に浮かされた千熊丸が言った。

龍造寺隆信に同調した国人衆の一人を一蹴して、戻ってきた鎮種は、じっと息子の顔を見た。

「頼もしきことを申してくれるの」

険しい顔を続けてきた鎮種の表情が少しゆるんだ。

「たしかに一兵でも欲しい」

「ならば……」

千熊丸は勢いこんだ。

「なれど、今はならぬ。千熊よ。そなたは雑兵《ぞうひょう》ではない。高橋の名跡を継ぐべき嫡子なのだ。焦って討ち死にしては、高橋の名前を傷つけることになる」

諭すように鎮種が言った。

名の知れた武将の跡継ぎともなると初陣にもいろいろ作法があった。まず、信仰している神社仏閣に供物をささげ、託宣を受けることから始めなければならなかった。

戦の日を決めたあと、初陣にのぞむ嫡子のため、武将は配下のなかでもっとも戦なれした老練の家臣を介添え役としてつけた。介添え役は初陣の若武者に鎧《よろい》の装着から、戦場での小便のやりかたまであらゆることを教える。いや、それだけではない、戦独特の雰囲気にのみこまれそうになる若武者を諌《いさ》め、兜首《かぶとくび》を取れるようにとのお膳立てまでする。

初陣の首は雑兵でも手柄となる。介添え役が槍《やり》をつけ、地に縫いつけた敵の首を若武者はただ押しきる。これで初陣は終わり、若武者は一人前の武将として周囲から認められ、次から戦働きに参加することができるようになる。

淡々と決められたことをこなすだけの初陣、それをやるだけの余裕を高橋家は失っていた。初陣は必ず勝ち戦でなければならなかった。

「あと一年もすれば豊後守さまが、家中を掌握されるであろう。さすれば、肥前の熊も穴に戻るしかない。それまで待て。儂は千熊を無駄死にさせる気はない」

鎮種が息子を説得した。

昨日まで覇を唱えていた大名が、明日滅びるのが戦国のならい。

鎮種の言葉もむなしく、鎌倉以来北九州に勢力を誇っていた大友家も衰退の一途をたどった。

とくに筑前の崩壊はひどかった。鎮種とともに龍造寺と戦った国人領主の多くが、敵にまわった。

正月の宴席で親しく杯を重ねた相手と、刃《やいば》をかわし命のやりとりをしなければならない。

人としてなんの恨みもない者と戦う。

戸次道雪、高橋鎮種の奮戦でなんとか筑前の要地を保持できていたが、大友の版図は確実に縮小していった。

なんとか、鎮種の言った一年が過ぎた。

一回りたくましくなった千熊丸を鎮種は呼びだした。

「とても落ちついたとは申せぬが、約束のときが経った。千熊、初陣をいたすか」

「お気遣いをたまわりかたじけのうございまする」

高橋家を翻弄した一年は、千熊丸を大きく成長させていた。

「せっかくのお言葉なれど、まだ千熊丸は未熟でございまする。あと一年もいたさば、まずまずの働きもなせましょうが、いまでは父上さまの足手まといとなるだけ。なにとぞ、あと少しお待ちくださいますよう」

落ちついた顔で、千熊丸が首を振った。

千熊丸の応《いら》えは、大友の家中で話題となった。

「あっぱれなお覚悟」

「初陣の勧めを断るとは、武将の跡継ぎとしてどうか」

賛否があちこちでささやかれた。

「おもしろいな」

興味をより強くした戸次道雪がつぶやいた。

「臆病の風に吹かれたとしても、いたしかたなき状況であるが、どうもそういう感じではない。一度会ってみるか。話はそれからでもよい」

戸次道雪は、戦の合間を縫って岩屋の城を訪ねた。

二

「これは道雪さま」

同じ大友家の被官とはいえ、豊州三老に数えられる戸次道雪である。高橋鎮種はていねいに出迎えた。

「いや、あらたまってもらっては困る。久しぶりに高橋どののお顔を見たくなっただけでな。年寄りと申すものは、我慢ができぬで、思いたって来てしまった。なに、すぐにいとまするゆえ、かもうてくれるな」

道雪が手を振った。

「そう言われずに、せめて中食《ちゅうじき》など」

鎮種が、膳の用意を命じた。

筑前は物成りの豊かなところである。鎮種は、近くを流れる川から魚を捕ってこさせ、酒を用意し精一杯のもてなしをした。

「高橋どのには、男の子がお二人おられたの」

「はい」

濁り酒を注ぎながら、鎮種が首肯《しゅこう》した。

「無念なことに儂には娘しかおらぬ。いかがであろう、会わせてはくれまいか」

「戸次さまに披露するほどの者ではございませぬが、ご要望とあらば……おい、千熊丸と千若丸《せんわかまる》をここへ」

武将として跡継ぎの男子がいることは誇りでもある。鎮種は、二人の息子を呼びだした。

「儂が名のるゆえな」

道雪が、鎮種へ口をつぐんでいろと命じた。

「はあ」

道雪の考えていることがわからず、鎮種はあいまいな返事をした。

「父上、なにかご用でございましょうか」

待つほどもなく、千熊丸が弟の手を引いて廊下に現れた。

「そこで控えよ」

鎮種が告げた。

千熊丸はまず弟を座らせて、腰をおろした。千熊丸はなかに目をやって驚いた。かつて大友府内館で闇千代の背後に席をしめていた道雪が上座にいた。

「…………」

無言のまま千熊丸は頭をさげた。弟千若丸も兄にならった。

「そなたが千熊丸どのか」

道雪が声をかけた。

「はい。高橋千熊丸でございまする」

呼びかけられて、千熊丸は答えた。

「儂を知っておるかの」

「はい。御当主さまお祝いの席でお顔を拝見つかまつりました」

物怖《ものお》じすることなく、千熊丸が戸次道雪の問いに答えた。

「戸次丹後守さまと」

「うむ。見知ってくれていたとはうれしいことよ」

満足そうに道雪が首肯した。

「これは弟の千若丸でございまする」

千熊丸はなんのことかわからず、じっとしている弟を紹介した。

「おうおう。そなたが千若丸か。父御《ててご》に似て、なかなかの顔をいたしておる。先々楽しみじゃの」

道雪が千若丸にほほえんだ。

「…………」

まだ幼い千若丸は、それになにも返せず、ただ頭をさげた。

「槍などは学んでおられるか」

千若丸から目を離した道雪が千熊丸へ問うた。

「家中の者に手ほどきを受けてはおりまするが、いまだ持ちようを教わったていどでございまする」

千若丸へ興味のなさそうな道雪を、不審に思いながら千熊丸は述べた。

「軍学はいかがかの」

「古老より戦場話を聞かせてもらっておりまする」

続けさまの質問にも千熊丸は控えめな返事をした。

「いやいや、高橋どのはよきお子たちに恵まれた。けっこうなことじゃ」

千熊丸より目を離して、道雪が鎮種に言った。

「まだまだものの役にはたちませぬが、いずれ大友家の一助となってくれればと思っておりまする」

「あっぱれな武士《もののふ》となってくれましょう。道雪、まことにうらやましい限りでござる」

「では、おまえたちは下がってよい。父は道雪さまとお話がある」

鎮種が二人の子供を去らせた。

道雪がようやく酒を口にした。

一口含んだ道雪が思わず漏らした。

「ここ何年か戦続きで、よき酒を醸すこともできぬことになりました」

鎮種が苦い顔をした。

もともと酒は、収穫から食べるだけの米を除いた余りを使って造られている。大友家が隆盛を誇っていたころ、物成りのいい筑前筑後では、かなりの米がとれ、酒にも十分な量がまわせていた。しかし、耳川の合戦以後、大友家の領土を狙って龍造寺、秋月らの侵入が多くなり、取り入れ時期の田畑も荒れ、食べる米さえ不足していた。

「一度傾いた家運をもとに戻すのは難しい」

盃《さかずき》に満たした酒を舐《な》めながら、道雪が語った。

「ほんに戦とは難しいものでございますな」

鎮種も同意した。

「高橋どのよ。大友家の末をどう思われる」

肴《さかな》代わりに出された焼き味噌《みそ》を箸でつつきながら、道雪が訊いた。

「…………」

聞こえなかったふりで鎮種は、酒をあおった。

「崩れたのは豊後だが、筑前こそもっとも影響を受けておる。知らぬ顔はできまい」

きびしい顔で道雪が言った。

「毎日身に染みておりまする。この岩屋の城は龍造寺との境。いつ大軍に囲まれても不思議ではございませぬ」

頬をゆがめて鎮種が応えた。

「ならば、大友の五年先をどうみる」

ふたたび道雪が問うた。

「豊前一国」

小さく鎮種が漏らした。

「儂はそうは思わぬ」

道雪が首を振った。

「なぜでございまする。すでに宗麟さまから人心は離れ、義統さまに当主たる力量はいまだ……」

「大友には人がいる」

鎮種の言葉を道雪がさえぎった。

「累代の厚恩をこうむっている者たちから、大友への忠義は消えていない。筑後柳川の蒲池宗雪《そうせつ》、角隈越前守《つのくまえちぜんのかみ》石宗《せきそう》、田北鎮周らに続く者はいくらでも出よう」

三者とも、耳川の合戦で、田原紹忍のように敗走せず、負け戦と知りながら、戦場へとどまり華々しく散った者たちである。

「まず貴殿、そしてはばかりながらこの老体も、忠義では人後に落ちぬ」

「忠義とならば、人に負けはいたしませぬ」

鎮種は胸を叩《たた》いた。

「ならば筑前は安泰であろう。岩屋、立花山はともに要衝。万の軍勢を引き受けてもそうやすやすと落ちはせぬ。そして立花が襲われたならば、貴殿が援護してくれるように、岩屋に敵が迫れば、儂は必ず駆けつける。互いに連絡を密にしておけば、怖れるものなどなにもない。そうであろ」

「たしかに」

しっかりと鎮種も首を縦に振った。

「なれど……」

不意に道雪が声をひそめた。

「大友家が昔日の勢いを取りもどし、九州をその手に収めることはもうあるまい」

「…………」

道雪の言葉の内容に、鎮種が沈黙した。

「龍造寺など相手にならぬが、島津は手強《てごわ》い。また毛利も元就《もとなり》が死んで以来、手出しをしては来ぬが、いつどうなるかはわからぬ」

「……はい」

敵を侮る者に将たる才はない。鎮種は島津や毛利を過小に見おろす愚をおかしてはいなかった。

「聞けば、都はすでに織田前右大臣《さきのうだいじん》信長が押さえ、その版図も西は播磨《はりま》まで伸びているとか。この者が天下を統《す》べることになるかどうかは、まだわからぬ。なれど、群雄が割拠して小さな土地を取った取られたと騒ぐ世ではなくなってきておる」

「………」

鎮種は口をはさむことなく道雪の話を真剣に聞いた。

「いずれこの九州にも織田の手が伸びよう。となれば島津も秋月も対抗できまい。天下を相手に戦うようなものだからの。いかに薩摩の兵が剽悍《ひょうかん》といえども、十倍の敵と鉄炮《てっぽう》には勝てぬ」

道雪は淡々と続けた。

「織田へ膝《ひざ》を屈せよと」

鎮種が道雪の意図を読んだ。

「うむ。大友の血を後世に残すにはそれしかない。考えてみれば耳川で負けてよかったのかも知れぬ」

「なにをおっしゃる」

「大声をあげるな」

驚愕《きょうがく》した鎮種を道雪がなだめた。

「よいかの。もし耳川の合戦で勝っておればどうなっていた。大友の版図は筑後、筑前、豊前、豊後、そして日向と拡がった。さらに、今は牙を剝いておる肥前の龍造寺、筑前の秋月も傘下にいたであろう。となれば、九州のうち六つの国が大友の支配地となった。九州全土を手中にするのも夢ではない。そんなときに織田信長なりから、天下はすでに定まったゆえ、我が家臣となれと言ってきたならばどうなった」

「したがうことはございますまい。九州と中国、四国は海で隔てられております。大軍を上陸させられる場所も決まっておりますれば、そこに兵を集めればちょっとやそっとのことでは、敵兵の足が九州の土を踏むことなどありませぬ」

「そう考えるであろう。それが大きなまちがいなのじゃ。いかに九州が大きく、その兵は強くとも、天下六十余州の兵を引き受けては勝負にならぬ。大筒も大友だけのものとはかぎらぬ。織田家にはもっとすぐれた兵器があるやも知れぬのだ。戦って勝てるとはかぎらぬ」

「……ううむ」

鎮種はうなった。

「耳川で勝っていれば、天下人と戦うのは大友であり、そして滅ぼされたであろう。

しかし、幸いなことに負けた」

「負けたことが幸い」

「そうじゃ。今の大友は誰かにすがらねばやっていけぬところまできておる。かともうして、あっさり頭を下げたのでは、よろしくない」

「軽くあつかわれると」

「うむ。九州攻略の先兵として酷使され、与えられる褒賞《ほうしょう》はそれこそ雀《すずめ》の涙ほどとなりかねぬ」

道雪が首肯した。

「大友を天下泰平の後も九州の名門として生かすには、それだけの値打ちをつけねばならぬ」

「値打ちでございまするか」

「おうよ。今の大友にはある。それが、筑前と豊前の国よ。中国、四国にもっとも近く、兵を渡らせるに最高の場所。それを大友は持っている。天下人が九州征伐に訪れたとき、最初の大きな手助けになる」

「なるほど」

「とくにこの筑前は、良港博多《はかた》をもつ。なんとしても守りぬかねば、大友を高く売ることができなくなる」

「売りつけるのでございますか」

ときの流れとはいえ、主家を売るという言葉に鎮種は眉をひそめた。

「大友の名前が消えるよりはましであろう」

「それはそうでございますが」

鎮種は納得しきれなかった。

「どうあれ、筑前を守りとおせねば、大友家の先はない。高橋どの、それには我らの連携が絶対じゃ。よろしいな」

しつこいくらい道雪が念を押した。

「じゃまをいたした」

道雪を乗せた輿《こし》が持ちあげられた。

若いころ雷に打たれた道雪は下半身が満足ではなかった。馬に乗ることも難しく、移動にはいつも家臣の支える輿を使用していた。

「なにを目されていたのやら」

見送った鎮種がつぶやいた。

豊州三老として家中に並ぶ者のない道雪は忙しい。一日かけて岩屋に来た理由が鎮種にはわからなかった。

三

しばらくして、戸次道雪が人を介して千熊丸を養子にと申しこんできた。

「千熊丸は、高橋家の嫡男。跡取り息子にございますれば、とても他家に養子へ出すわけには参りませぬ」

鎮種は認めることなどできないと断った。

それで退《ひ》くような道雪ではなかった。仲介する人物を何度も変えて話を持ちかけてきた。

「何度仰せられようとも、どなたがお見えになろうとも、千熊丸を差しあげるわけには参りませぬ」

きっぱりと鎮種は拒絶した。

ついに業を煮やした道雪がふたたび岩屋へとやってきた。

「歓迎いたすわけにはいきませぬ」

用件がわかっているだけに、鎮種はしぶい顔で道雪と対した。

「そう嫌そうな顔をなさるな」

あまりに露骨な鎮種に、さすがの道雪も苦笑した。

「千熊丸は差しあげられませぬ」

立ち話もできぬと居室へ案内した鎮種は、腰をおろすなり告げた。

「それでは身も蓋もないではないか。まあ、儂の話を聞け」

道雪が鎮種をなだめた。

「知ってのとおり、立花には男児がおらぬ。さらに儂もすでに六十九歳になった。いつあの世へ行くかわからぬ。なればと思えばこそ、誾千代に家督を譲り、立花城督も任せた。しかし、誾千代は女の身。この戦国の世に兵を率いて駆けることはできぬ。となれば、誾千代によき婿を迎え、後顧の憂いなきよういたすのは当然ではないか」

「道雪さまの事情はわかりましてございまするが、誾千代さまの婿ならば、なにも千熊丸でなくとも、ご家中にふさわしいお方は幾人でもございましょう」

「たしかに家中にふさわしい家柄の者はいくらでもおる。しかし、立花城督を任せられる者は他におらぬ」

「なぜそう仰せられまするか」

断言する道雪に鎮種は疑問を持った。

「前も申したであろう。筑前は大友の命。その筑前を預かっておる儂と貴殿。その両家の連携こそ肝要と。婚姻をなし、両家が親戚となる。これほどの絆《きずな》は他にあるまい。岩屋城に敵が押しよせれば、吾《わ》が親のこと、千熊丸どのは、決して臆《おく》することなく出陣されよう。また立花城に危難迫れば、貴殿はまっさきに駆けつけてこられよう。龍造寺のように、大友についたかと思えば、たちまちに裏切る。命を助けて貰《もら》った恩ある者でさえこうなのだ。なにを信じてよいのかわからぬ戦国で、ただ一つたしかなもの。それは血であろう。血はなにがあっても切ることのできぬつながり。どうであろう。一人高橋家だけのことではなく、立花、いや大友の先のために、千熊丸をくれぬか」

「……そう仰せられても、高橋家の血を継ぐのは千熊丸でござれば。千若でよろしければ差しあげましょう」

「千若どのに不足はないが、あまりに幼すぎよう。まだ十歳になったばかりではないか。さすがに立花城督を担うにはちとな」

代わりに弟をとの提案を道雪は受けいれなかった。

「やはりこのお話はなかったことに願いましょう。誰か、戸次道雪さまがお帰りじゃ、お供の衆に輿の用意をと」

このままではらちがあかないと、鎮種は話を打ちきろうとした。

「待て。誰もこの部屋に来てはならぬ」

不意に道雪がきびしい声を出した。

「な、なにを」

岩屋城の主は鎮種である。それを無視するような道雪の言動に、鎮種が憤った。

「人払いをせよ」

道雪が鎮種に命じた。

「どういうことでござる」

態度の変わった道雪に、鎮種がとまどった。

「大友の秘事じゃ。余人に聞かせるわけにはいかぬ。知った者はかわいそうだが、死んでもらわねばならぬ。家中の者を犬死にさせたくはなかろう」

道雪が低い声で言った。

「殿」

廊下に控えていた家臣たちが、異変に気づいて居室へ入ってこようとした。

あわてて鎮種が家臣を止めた。

「待て、しばし待て」

「そうじゃ。忠実な家臣ほど得がたいものはない。安心いたせ。この老体じゃ。貴殿をどうにかしようと思ったところで、返り討ちに遭うのが関の山とは知っておる」

害意はないと、道雪が帯びていた脇差を遠くに投げた。

「……わかりもうした。皆、呼ぶまで遠慮いたせ」

いかに同じ家中といえども、明日は敵味方がめずらしくもない乱世である。武器を手放した道雪の覚悟に、鎮種が折れた。

命じられて家臣たちがさがった。

「これでよろしいか」

「けっこうだ」

首肯して道雪が念を押した。

「決して他言無用」

「承知」

鎮種も同意した。

「前に大友家の血を残すというお話をいたしたと思う」

道雪が語り始めた。

義統が跡を継いだ大友家には、他に男子が二人いた。親家《ちかいえ》と親盛《ちかもり》である。だが二人とも大友の籍を離れていた。親家は天正八年（一五八〇）、叛乱した一族田原親貫に代わり、田原家を継承し、親盛も先頃やはり一門の武蔵《むさし》田原家を相続し、大友を出ていた。

「ご隠居さまには、男子三人の他、姫が四人おられる」

「はい」

衆知のことをなぜ言いだしたのか、鎮種はふしぎに思いつつもうなずいた。

「他にもお血筋がある」

真剣な表情で道雪が告げた。

「まさか。そのようなこと……」

いかに戦国とはいえ、代々九州一の名門として覇を唱えてきた大友家である。当主といえども、自儘《じまま》なことは許されない。お家騒動のもととなりかねないご落胤《らくいん》など、ありえなかった。

「儂が若いころ雷に打たれたことはご存じよな」

「はい」

これも有名な話であった。

初陣で敵将を生け捕りにするという大功をたて、宗麟の父大友義鑑より天下無双の若武者と讃えられた道雪は、その直後、野駆けをしている最中落雷を受けて下半身不随となっていた。

「高橋どのよ。雷を受けて動かぬようになったのは、足だけではないのだ。情けなきことながら、儂の逸物《いちもつ》は小便をなす以外の役にははたたぬ」

「なにを……」

聞かされた鎮種が驚いた。道雪には一人娘の誾千代がいた。

「誾千代さまがおられましょうに」

「儂の種ではない」

道雪が首を振った。

「知ってのとおり、儂は二度嫁をむかえた」

大友義鑑の命で道雪は、入田《にゅうた》丹後守親誠《ちかざね》の娘を正室として迎えていた。

入田丹後守親誠は大友の一門であり、大友宗麟の傅役《もりやく》をつとめていた。

家督相続前の宗麟は、粗暴で父義鑑から疎んじられていた。入田丹後守親誠は、傅《ふ》育《いく》係として何度も意見をし、ついには宗麟の怒りを買い、遠ざけられてしまった。

「二階崩れの変で、入田丹後守親誠は誅《ちゅう》された。叛逆者となった入田丹後守親誠の娘を妻としておくわけにはいかず、離縁した」

二階崩れは大友家最大のお家騒動であった。

宗麟に見切りをつけた義鑑は、利発な次男塩市丸《しおいちまる》に家督を継がせようと重臣たちへ相談した。しかし、重臣たちは反発、ぎゃくに宗麟を擁して義鑑、塩市丸らを殺してしまった。

このとき入田丹後守親誠は義鑑に同心したと難癖をつけられ、宗麟によって攻め滅ぼされた。

「その後、儂はやはり殿の命で、問註所鑑豊《もんちゅうしょあきとよ》どのが娘を娶《めと》った」

問註所鑑豊は大友の一門ではないが、やはり鎌倉以来の名門である。代々大友家に仕え、功績が多かった。

「二度目の妻、仁志《にし》が再婚であることをご存じかの」

「いえ」

鎮種が知らないと答えた。

「国人衆の一人に嫁いでいたのだが、夫が戦死して実家へ戻された。その仁志のもとへ宗麟さまがかよわれたのだ」

「…………」

「男と女のことだ。情けを交わせば子ができる。仁志が妊娠した。しかし、ときが悪すぎた。宗麟さまのご正室八幡奈多家との間にもめごとが起こっていた」

「きりしたんでございますな」

すぐに鎮種はさとった。

大友宗麟は新しく伝来したキリスト教に傾倒し、神道、仏教を軽視し始めていた。

しかし、武の神、八幡大菩薩《だいぼさつ》を祀《まつ》る奈多大宮司家の力は大きく、当時東から毛利の、南から島津の圧迫を受けていた大友は、なんとしても奈多家と争うのは避けたかった。

「そこで宗麟さまは、仁志を儂に下げ渡したのだ」

「……ううむ」

鎮種はうなった。

「儂は男ではない。女を抱けぬからの。宗麟さまは仁志をことのほかお気に入りであった。形だけの妻を褒《ほ》めるのもなんであるが、仁志は美しい。儂以外に下げ渡せば、夫となった男が手を出すのは当然じゃ。宗麟さまは、仁志を独り占めになされたかったのよ」

「なんという……」

気に入ったものに、とことん耽溺する宗麟の性格は、誰もがよく知っていた。

「今でも宗麟さまは、仁志のもとへかよわれておられる」

「では、闇千代さまは……」

「宗麟さまの子よ」

苦々しい顔で道雪が語った。

「これでわかったであろう。闇千代の婿選びが容易でないことが。誰でもよいというわけではないのだ。大友に忠実で、そして将として優れていなければならぬ。なにより、大友宗家の血筋を迎えるわけにはいかぬ」

「されど……」

秘密を聞かされても鎮種は首肯できなかった。千熊丸は父親から見ても名将となる素質を十分持っていた。

「高橋どの。これはすでに宗麟さまの内諾を得ておるのだ」

道雪が切り札を出した。

「それは」

当主を義統に譲ったとはいえ、指揮権は宗麟が握っていた。

「断られれば、高橋の家はもとより、ご実家吉弘にも累がおよびますぞ」

脅しを道雪が口にした。

「……卑怯《ひきょう》な」

尊敬する道雪を鎮種がにらんだ。

「大友家のためでござる。忍ばれよ」

鎮種の歯がみなど聞こえなかったかのように、道雪が告げた。

「くっ……」

主家のためと言われては、鎮種に反論の言葉はなかった。

「では、吉日を選んで千熊丸どのをお迎えに上がる」

道雪が手を叩いて家臣を呼んだ。

「帰るぞ」

戸次の家臣が二人がかりで道雪を抱えあげた。

「いや、めでたい。高橋家と立花家はますます絆を強くいたした。これで筑前は安泰でござる。祝着至極」

喜びの声をあげて道雪が去っていった。

嫡男を養子に出す。

高橋家より格上の立花とはいえ、千熊丸を婿にやることは、家中に衝撃を与えた。

「一度も負けたことのない名将、戸次道雪さまの跡を継ぐことはこの上ないよろこび」

話を聞いた千熊丸はあっさりと受けた。

「立花城督の大任、果たせるのか」

父鎮種の危惧も千熊丸には届かなかった。

宴の夜、府内館で見た誾千代の凜々《りり》しい姿に千熊丸はとらわれていた。

「できるとは申せませぬ。なれど努めようとは思いまする」

思慮深く答えながらも、千熊丸はしっかりと首肯した。

「よいか、今日よりそなたは高橋の者ではない。立花の一族じゃ。二度とここに戻ることは許さぬ。そなたが岩屋の城へ来るときは、一軍の将として、迫り来る敵を追いはらうときのみ。たとえこの父の葬儀といえども、参るな」

「承知いたしましてございまする。千熊、一人前の武将となりますまで、決して岩屋に足を踏みいれはいたしませぬ」

厳粛な表情で告げる鎮種に、千熊丸は力強くうなずいた。

天正九年（一五八一）八月、元服し、鎮虎《しげとら》と名のりを変えた千熊丸は、立花城へと居を移した。

四

新郎鎮虎十三歳、花嫁立花誾千代十五歳の婚姻は、時勢をかんがみて、両家以外からは縁戚が少し列席しただけで質素におこなわれた。

家格に応じた直垂《ひたたれ》を着た鎮虎が、借りもののようであったのに対し、赤い打ち掛けを羽織り長い髪を後ろに垂らした誾千代は、二歳の差とは思えぬほど大人びて見えた。

「………」

鎮虎は、喉の渇きを抑えきれなかった。この誾千代が今夜から妻となる。婚姻をかわした男女が閨《ねや》でなにをするかくらいは、鎮虎も知っていた。いや、おもしろ半分に高橋の兵たちが教えたのだ。鎮虎は、鼓動が激しくなるのを感じていた。

「高橋家と立花家の縁組みを許す。以後も忠勤に励むよう」

使者によって大友義統の書面が読みあげられて、鎮虎は立花家の養子となった。

盃を交わし終わった婿と花嫁は、縁者たちが酒を酌みかわす宴席を離れ、本丸御殿へと向かった。

これから闇千代との生活が始まる。

期待に胸を膨らませていた鎮虎は、突き放すような口調で言う闇千代に衝撃を受けた。

「ここが城主の間だ。今宵《こよい》からそなたが一人で使え」

闇千代が鎮虎を、板敷きの部屋に連れこんだ。

「…………」

小さな燭台の灯《あか》りに照らされたそこは、書見台の他には夜具しかない寂しい場所であった。

「今朝までは、わたくしがここにいた。おまえが来るまでわたくしが城督であったゆえな」

押しこむようにして、闇千代が鎮虎を部屋へと入れた。

「義統さまのお言葉ゆえ、城督の座はおまえに渡す。なれど、我が婿としておまえを受けいれるかどうかは、これから。筑前の仕置きを父道雪より一時《いっとき》とはいえ預かったこの闇千代が、身を委ねるにふさわしい男かどうか見きわめてからじゃ」

「…………」

花嫁らしい打ち掛けをまといながらも、闇千代の眼は醒《さ》めていた。

憧憬をもって見ていた誾千代から浴びせられる冷たい言葉に、鎮虎は周囲の風景が色あせていくのを感じた。

「女であることをこれほど口惜しいと思ったことはない」

言い捨てて誾千代が、廊下を足早に去っていった。

武将の婚姻は、家と家のものであり、当事者の思惑など考慮に入っていない。鎮虎のあこがれなど誰もくんではくれなかった。

「誾千代はすでに女のしるしを見ておるが、鎮虎が幼すぎよう」

道雪は鎮虎と誾千代の共寝を禁止した。

住居から、身分、そしてあつかいまで激変した鎮虎を、慣れるまで待っていてくれるほど道雪は甘くなかった。

「鎮虎どのには、まず立花城の周囲をその目で見て、地形を覚えて貰わねばならぬ」

いちおう形だけとはいえ、鎮虎が立花城督である。道雪はていねいな口調で話した。

「はい」

すなおに鎮虎はしたがった。

立花城は博多の港を南西に見おろす立花山の頂上に設けられている。連立する松尾《まつお》岳《だけ》、白岳《しらたけ》に砦《とりで》を築き、井楼山《せいろうやま》にある本丸との間を石垣でつなぐことで堅固な守りを誇っていた。

「ご覧あれ、博多の港が一望でござる」

道雪が遠くを指さした。

「…………」

本丸の望楼に登った鎮虎は、その景観に声を失った。

「博多は南蛮との交易も盛んで、ものの集まりも九州一。商人たちも豊かで、金があふれておりますれば、毛利も欲しがっておりまする」

大きく張り出した岬に抱えこまれるような博多港は、風待ちにもよく、多くの船が停泊していた。

「もっとも、毛利も博多湾へ直接水軍を入れてくることはあまりござらぬ。博多を戦場にすれば、元も子もなくなりますゆえ。代わりに小倉《こくら》から兵をあげ、陸路この立花城を目指して進軍して参りまする」

港を指さしていた道雪の手が立花城の麓へと下がった。

「三日月山口《みかづきやまぐち》は、搦め手《からて》。細く急な山道は大軍の通過を容易ならざるものとしておりますれば、少数の兵で十分支えきれまする」

攻め手に城のなかをうかがわれぬようにと植えられた松の木が生い茂り、敵の進軍をじゃましていることは、鎮虎にもわかった。

「一方、大手となる立花口は、なだらかな傾斜ではありながら、幾重にも折れ、一気に押しよせることのかなわぬ形」

説明にあわせて目を動かした鎮虎は、道雪の言葉が真実であると理解できた。

城の大手門から延びる道はすぐに右に曲がり、先はまったく見とおせなかった。

「ご覧のとおり、立花城は天下の堅城。毛利ごときが万の軍勢をよこしたところで、そう簡単には落ちませぬ」

自慢げに道雪が語った。

「わかりました」

鎮虎も立花城の要害振りを頼もしく思った。

「では、実際に城の周りを歩いてごらんあれ」

左右を家臣に支えられて道雪が望楼を降りた。

「輿を許されよ」

道雪が断った。

「ご遠慮なさらず」

鎮虎は、許可など不要と首を振った。

「まずは大手から」

いつも道雪を運んでいる四人の屈強な担ぎ手は、坂道をなんなく進んだ。まだ大人になりきっていない鎮虎は小走りにあとをついていった。

「このあたりはくぬぎの木が多く、実を集めて籠城の食糧とすることができますぞ」

大人の肩の上に担がれている輿に乗る道雪の声は、鎮虎のはるか上から降ってきた。

道雪のほうへ顔を向けていた鎮虎は、足下を見ていなかった。

「痛っ」

鎮虎は栗のいがを踏みぬいてしまった。

「誰ぞ、いがを抜いてくれ」

右足を軽くあげて、鎮虎は頼んだ。

「源五《げんご》」

きびしい声で道雪が叫んだ。

「はっ」

輿近くにいた侍が、鎮虎のもとへ駆けてきた。

呼ばれたのは由布源五左衛門惟信《ゆふげんござえもんこれのぶ》であった。由布惟信は、大友の有力な家臣由布の一族でありながら、道雪の軍略に惚《ほ》れこみ、家督を弟へ譲って立花の家老となった。道雪にすべてをささげ、神のように崇めていた。

「ごめん」

鎮虎からすれば祖父に近い歳の由布惟信が、隣で膝をついた。

「足を」

言われて右足を差しだした鎮虎は驚愕した。

「このていどで声をあげられるようでは、戦場でものの役にたちませぬ」

由布惟信は、抜くどころか、ぎゃくにいがを鎮虎の足へ押しつけた。

「毛利の弓は、龍造寺の鉄炮は、秋月の槍は、もっと痛《いと》うございますぞ。たかがいがで悲鳴をあげては、家臣たちに侮られまする」

ますます由布惟信が力を入れた。

痛みの余り、足から目をそらした鎮虎は輿の上からじっと見つめる道雪の瞳に気づいた。細められた目には、鎮虎を試すかのような色が浮いていた。

「……っ」

鎮虎は苦鳴をかみ殺した。

「もうよい」

しばらくして道雪が、言った。

「……ご無礼を」

由布惟信が鎮虎の足からいがを抜いた。

「栗でよろしかったの。これがまむしであったならば、鎮虎どのは命を失っていたやも知れぬ。将たる者、いつなんどきも周囲に気を配るのが心得」

教え諭すような道雪の口調に、鎮虎はあたたかさがかけらもないことに気づいた。

「参りますぞ」

さっさと輿が動いた。

「……………」

痛みを我慢して、鎮虎はしたがうしかなかった。

道雪が城へ帰ろうと言ったのは、すでに中食の刻限を大きく過ぎたころであった。

「夕餉《ゆうげ》には、まだ間がござる。居間でお休みになるといい」

いがの先が折れこんだのか、傷みの激しくなった足を引きずる鎮虎へ、道雪がやさしい言葉をかけた。しかし、鎮虎にはいたわりの心が感じられなかった。

「御免《ごめん》」

それだけ言うと鎮虎は逃げるように部屋へと戻った。

「……父上」

足の痛みと理不尽なあつかいに衝撃を受けた鎮虎は、こぼれてくる涙を我慢できなかった。

「殿。どうなされた」

岩屋から鎮虎についてきた数少ない家臣の一人竹迫五郎兵衛統種《たかばごろうひょうえむねたね》が、居室へと顔を出した。

竹迫統種は大友宗麟の家臣であったが、高橋鎮種の与力として岩屋城へつけられ、そのまま配下となった。大友の旗印を預かるほどの豪の者である。

「なんでもない」

鎮虎はいそいで袖で顔を拭いた。

「その足は……」

すぐに統種が鎮虎の傷を見つけた。

「お出しなされ」

「なんでもないと言うに」

あわてて引っこめようとした鎮虎の足を統種がつかんだ。

「怪我《けが》を放置して、万一毒が入ればどうなさる。小さなものでも傷を侮ってはなりませぬ」

無理矢理、統種が鎮虎の足を伸ばした。

「これは……」

単にいがを踏んだだけではないと統種は気づいた。

「このようなことを誰が」

まだ残っているいがを、つまんで抜きながら竹迫統種が問うた。

「…………」

鎮虎は無言を通した。

「岩屋に帰ることは許さず」

実家を出るときに父鎮種が述べた言葉が、鎮虎を縛っていた。泣き言は父の名前に泥を塗ることであった。

「殿が仰せられたくないとあらば、聞きませぬ。ただ、明日よりわたくしめを連れていかれませ」

しげしげといいがが残っていないかどうかを確認して、ようやく統種が鎮虎の足を離した。

「すまぬ」

鎮虎は頭を下げた。

「殿。どこにも家風がござる。高橋には高橋の、立花には立花のやり方があり申す。殿は跡取りとなるべく、高橋の家風で育ってこられました。それが昨日から立花の当主としてその家風を担わなければならぬお立場になられた。当然、わからぬことばかりでございましょう。どうぞ、恥と思われず、疑問があれば誰にでも問われませ。さすれば、立花の家風を近いうちに吾がものとされましょうほどに」

言い聞かせるように統種が述べた。

「うん」

心のこもった助言に、鎮虎は子供のように首肯した。

その後も、鎮虎の毎日は針の筵《むしろ》であった。

城の外へ出たのは初日だけで、あとは毎日道雪から戸次流軍学を叩きこまれた。

軍学を講ずるゆえ言葉遣いは容赦されよと前置きして、戸次道雪が話し始めた。

「大きく左右にのびる大軍を迎え撃つには、同じように拡がってはならぬ。かといって一カ所に固まっては包みこまれてしまう。では、どうすればよいか」

「しっかりと兵をまとめ、敵の本陣目がけ錐《きり》のように突っこんで参りまする」

少数の兵で大軍を破るには、敵の大将を討つしかない。織田信長が十倍の兵を持つ今川《いまがわ》軍を破ったのは、桶狭間《おけはざま》で本陣を突き義元《よしもと》の首を取ったからであった。将を討たれたらどれほど軍勢が残っていようとも、戦は負けとなる。

「……闇千代」

鎮虎の答えを聞いた道雪が、同席していた闇千代に声をかけた。

「中央ではなく、動きのすばやい右翼、あるいは左翼を突きまする。鶴が羽ばたくのと同じく、左右へ拡がった陣は遠く、なかなか援軍に駆けつけることが難しゅうございまする。とくに、動きの鈍いほうを残せば、援軍が遅れ、我らが敵陣を崩し、その背後に抜けることもできましょう」

闇千代が述べた。

「うむ。本陣を突くは決死の形。どこの軍勢でもそうだが、本陣におる武将たちは精強、兵たちも勇猛。大将を討ちとるどころか、先陣に食い止められている間に、左右から包みこまれて全滅するのが関の山である」

道雪が闇千代を褒めた。

「退くは最悪である。敵に勢いを与えるだけでなく、背を向けることは兵に怖じ気を生ませることになる。一度逃げだした兵をまとめあげるのは、いかな名将といえども困難である」

続く道雪の講義など鎮虎の耳には入っていなかった。兵の駆け引きで道雪の考えとあわないことぐらい鎮虎もわかっている。しかし、闇千代とくらべられるのは辛《つら》かった。

「これからの戦は、鉄炮の数じゃ。奇跡を求めるような策は下の下と知れ。地の利、ときの利、兵の気、すべてを把握して戦う。そんな時代は終わりを告げたにひとしい。百戦百勝の名将といえども、わずか数匁《もんめ》の鉛玉に命を奪われる。とくにわが大友は衰運にあり、敵地に攻めこむだけの力を失ってしまった。これからは守りの戦が主となろう」

鎮虎の思いなど無視して、道雪の話は進んだ。

「島津、毛利はもとより、少し前まで膝を屈していた龍造寺、秋月らが領地を狙っておる。また、大友に属していた国人衆の多くが敵にまわった。それだけではない。耳川ではたくさんの将を失った。かつて島津を圧倒し、毛利を駆逐した大友の兵力は、もうないのだ」

「わかっておりまする」

闇千代が背筋を伸ばした。

「わたくしたちは、堅固なる城に拠《よ》り、知略を行使して数倍する敵を撃退しなければならぬのでございまする」

「そうじゃ」

満足そうに道雪が首肯した。

「ここ筑前は北から毛利、西から龍造寺、南から秋月と三方に敵を抱えておる。今は毛利が織田の先兵とことをかまえておるゆえ、北の脅威はかろうじて薄くなっておるが、代わりに龍造寺や秋月が活発である。いつどちらかが、いや、ともに手を結んで攻めてこぬとは言いきれぬ」

「立花山まで参りましょうか」

凜々しい表情で闇千代が問うた。

「いや、立花山には参るまい。龍造寺からならば岩屋がじゃまをする。秋月ならば、背後を高橋家の軍勢が襲う」

道雪が否定した。

「では、最初に襲われるのは……」

「うむ。岩屋城じゃ。岩屋こそ、立花山の出城《でじろ》である」

「岩屋が……」

実家である高橋家が最初に敵と当たる。わかっていたことだが、あらためて聞かされて鎮虎は震えた。

「我らは岩屋に敵が押しよせたとき、どのようにいたせばよいかを考えねばならぬ。岩屋に籠もる高橋鎮種どのは、猛将。足下にも弱卒はおらぬ。くわえて岩屋は峻険《しゅんけん》な山の上にある城。攻めるには狭隘《きょうあい》な山道を行くしかなく、難攻不落。まず十日やそこらは持ちこたえてくれよう。そのあいだに、十分な準備をし、必勝の手配をせねばならぬ。鎮虎どの、貴殿ならどうする」

ふたたび道雪が問いかけた。

「守りの兵を残し、全軍で出撃し、敵の背後から襲いかかりまする。ときをあわせ、岩屋から兵を出して貰えば、挟み撃ちすることもできましょう」

鎮虎の答えは決まっていた。

「おろかな」

闇千代がさげすみの目で鎮虎を見た。

「なにを」

さすがに鎮虎も反発した。

「どうすればよいと言われるのだ」

「兵力の差を考えよと、父が言ったであろう」

あきれた口調で闇千代が告げた。

「岩屋に兵はどれほどおる」

「七百ほど」

高橋家は筑前の名門であるが、その領地は少なく、岩屋、宝満の両方をあわせても総兵力は一千ほどしかなかった。

闇千代の質問に鎮虎は述べた。

「父上、龍造寺が岩屋に兵を出すとして、その数はどのくらいになりましょうか」

「そうよな。有馬《ありま》や大村《おおむら》を従え、この夏には蒲池鎮漣《しげなみ》を滅ぼし柳川を手にしたとは申せ、龍造寺も全軍は出せぬ。島津への抑え、蒲池の残党、さらには少弐の生き残りなどへの備えもある。しかし、岩屋を落とすつもりならば、二万は出そう。柳川より小城とはいえ、同じ失敗はくりかえすまい」

龍造寺隆信は、元亀《げんき》元年（一五七〇）の大友家肥後征伐を受け、その配下となっていたが、その後も周辺への侵攻を止《や》めず、有馬晴信《はるのぶ》、大村純忠《すみただ》らを下すなどして版図を拡げていた。

面従腹背を平然と繰り返してきた龍造寺隆信は、耳川の合戦を機に仮面を脱いだ。肥前から東に兵を進めるにおいて、障害となる筑後柳川の蒲池鎮漣を謀殺、柳川城を手に入れた。

蒲池鎮漣は、大友の家臣であったが、耳川の合戦以降、島津に近づいていた。また娘を娶っていた関係で親しくしていた龍造寺隆信との連携を強めようとしたが、それを逆手にとられ柳川へ兵を向けられた。攻められた蒲池鎮漣は、大友へ支援の要請を出さず、また大友も援助しなかった。耳川の合戦で隠居した父宗雪と弟の統安《むねやす》を討ち死にさせた功績厚い蒲池家だったが、大友家と決別し、龍造寺隆信の計略を受けて滅んだ。

「二万……」

聞いた鎮虎は息をのんだ。高橋家全軍の二十倍である。

「立花城の兵力は戸次衆を加えて二千。城へ五百は残さねばならず、毛利への抑えとして支城に兵を割けば、出せるのは一千」

淡々と言う道雪の言葉に、鎮虎は声を出せなかった。

「二万の軍勢に二千の兵をぶつけてどうなる」

「うっ」

鎮虎は絶句した。

「立花を潰すおつもりか」

きびしく闇千代が指弾した。

「で、では、どうなさるのだ」

言い負けて鎮虎は開きなおった。

「簡単なこと。ご本家さまに援軍を願い、到着をまって兵を出す」

「うむ」

道雪も首を縦に振った。

「間に合わぬときはどうなさる」

売り言葉に買い言葉、鎮虎は口にしてはならないことを出してしまった。

「高橋はそれほど情けなきか」

見下すような声で、闇千代が述べた。

「間に合わぬようであれば、できるだけ龍造寺の傷を拡げてもらうしかない」

あっさりと道雪も岩屋を見捨てた。

「なっ……」

闇千代のさげすみより、道雪の話に鎮虎は絶句した。

「しばし中座を」

講義のおこなわれていた大広間を、鎮虎は出た。すれ違う者に顔を見られぬよう、伏せ加減のまま鎮虎は与えられた居室へと戻った。

あれ以来、できるだけ鎮虎の近くにいてくれる竹迫統種も今日はいなかった。それがいまの鎮虎にはさいわいであった。

ぴったりと戸を閉めた鎮虎は、身体の震えを止められなかった。

鎮虎は、ようやく己が養子に選ばれた真意を悟った。

「吾《われ》は、人質でしかなかったのか」

道雪からぜひにと指名された。そう父鎮種から聞かされた鎮虎は、誇りをもって立花の跡継ぎとなった。しかし、それは幻想でしかなかった。

鎮虎でなくともよかった。ただ、高橋の血筋であれば誰でもよいわけではなかった。大友家への忠義では家中でも随一の高橋鎮種へ、立花城の盾がわりに、岩屋城を犠牲とするための人質を寄こせとは言えない。大友宗麟の勝手気儘《きまま》と義統の無能さに、代々の家柄ほどあきれているのである。そんな馬鹿を言いだせば、大友家に忠節を尽くそうという武将は、それこそ一人もいなくなる。なればこそ、闇千代の娘婿という形を必要としたのだ。

「闇千代どのが態度も当然か」

大友家が昔日の勢いを取りもどしても、岩屋城が落ち高橋家が滅んでも、鎮虎の人質としての価値はなくなってしまうのだ。そんな男に身を任せる女はいない。

「父や弟を犠牲にするわけにはいかぬ」

己一人のために一千からの兵を死なせるわけにはいかなかった。

「自裁する……」

鎮虎は死ぬ気になった。

門出の日、父から贈られた脇差を鎮虎は鞘《さや》走らせた。

「………」

いつ戦になっても困らないよう脇差の刃は白研ぎされている。保存のために磨きあげられ、鏡のように映す本研ぎほどではないが、本身へ鎮虎の顔が浮かんでいた。一瞬で命を奪うことのできるものだけが持つ、おそろしくも美しい姿に、鎮虎は魅入られた。

「なにをなさっておいでで」

そこへ竹迫統種が、現れた。

「………」

鎮虎は統種の声にも気づかず、じっと白刃を見つめた。

「殿」

きびしい口調で呼びかけながら、統種が脇差を取りあげた。

「あっ」

奪われた脇差に、鎮虎は手を伸ばし、刃に触れてしまった。

「あつっ」

鎮虎の掌《てのひら》から血が垂れた。

「統種」

ようやく鎮虎は、統種に気づいた。

「お気づきか。刃に心を吸われておられましたな」

懐から出した手ぬぐいで傷を押さえながら、統種が言った。

「なんでもない」

奪うようにして、鎮虎は手を背中へと隠した。

「一人でお抱えなさるなと申しあげたはずでござる」

鎮虎の腰から統種が鞘を取りあげ、脇差を拭ってから納めた。

「黙られるな」

唇をくっと嚙《か》みしめた鎮虎を統種が叱った。

「殿は、つごうが悪くなると無言をとおされる。なにもかもしゃべってくだされと申してておるのではござらぬ。たいせつなことは伝えていただかねば、我らどうしてよいのかわかりませぬ。たしかに戦場でどっしり構えている将は兵を落ちつかせまするが、策の一つも教えてもらえぬのではついていけなくなりまする。将と兵は一体なのでござる。このお方についていけば大丈夫だと思わせてくださらねば」

統種の意見は、鎮虎には痛かった。

「吾は将ですらないのだ」

鎮虎はつぶやいた。

「誰も吾に将を期待などしていない。高橋家を、岩屋を立花山の壁とするために要《い》るだけの人質でしかない」

涙声で鎮虎が述べた。

「お気づきになられたか」

あっさりと統種が認めた。

「なっ……」

鎮虎は統種の言葉に驚愕した。

「戸次道雪どのと言えば、九州に聞こえた知将。いや謀将でござる。その道雪どのが一人娘の婿を、望めば大友宗家から貰うこともできるにもかかわらず、格下の高橋家から迎える。ここになにもないと思うようであれば、とても乱世は生きていけませぬ」

統種が語った。

「父上もご存じか」

「知られぬはずなどございますまい」

鎮虎は苦渋に満ちた父の表情を思いだした。

「やはり……」

「なんとおろかであったのか」

名将戸次道雪の婿、凜々しき大友の女城督誾千代の夫という名前に浮かれていた己が鎮虎は情けなかった。

「生きてはおれぬ」

鎮虎はつぶやいた。

「たわけたことをおっしゃるな」

統種が、鎮虎を怒鳴りつけた。

「殿はそれでよろしかろう。死ねばなにもせずともよろしいからの。なれど遺《のこ》された者はどうなりまする」

「遺された者……」

言われて鎮虎ははっとした。

「たとえ殿が亡くなられても、立花の家は痛くもございませぬ。今度は千若丸さまへ手を伸ばすだけでござる」

「千若に。それはさせぬ」

弟の身に危難がおよぶと聞いて、鎮虎は怒った。

「道雪どのは、策士。必ず思いどおりになさる。でなくば、高橋鎮種さまが、殿を、嫡男を婿養子になど出されませぬ」

「ううむ」

鎮虎はうなった。

「死なれることはより事態を悪化させることになりましょう。それこそ、殿の死を盾にどのような無理難題を道雪どのが押しつけてくるか」

「耐えるしかないのか」

首を鎮虎は垂れた。

「違いますぞ」

統種が首を振った。

「よろしいか。殿が一目も二目も置かれる身になられればよいのでござる。家臣どももいまでこそ道雪どのにしたがっておりまするが、譜代ではなくもとは西の大友と呼ばれた立花家に仕えていた者が大半でござれば、殿が将としての器をお示しになれば、ついて参りましょう。そうなれば、殿は人質ではなく、真から立花家の当主となられるのでござる」

「将としての器」

「さよう。父上である高橋鎮種さまよりも、道雪どのよりもすぐれた将となりなされ。それしかございませぬ」

「……わかった」

鎮虎は力強くうなずいた。

それから鎮虎は変わった。

城中の誰よりも早く起き、朝靄《あさもや》のなか槍を遣い、山を駆け下り、駆け上り、身体を鍛えた。また、日が暮れるまで軍学書を読みふけり、日が落ちれば城中の古老のもとで戦談義に耳を傾けた。

「将たる者が槍を遣うようならば、負け戦じゃ。身体を鍛えるより知略こそ重要。父上を見よ。歩くことも満足にできぬが、その武名は九州で、いや、日の本で知らぬ者とてないではないか」

闇千代があきれた。

「…………」

さげすむような闇千代の目にも、鎮虎は揺るがなかった。

「読んだだけ、聞いただけの知識は、身につきませぬ。身体に覚えさせてこそ生きてくるのでござる。槍の重さ、届く範囲、続けてくりだす速度、持って走る感触を知らねば、兵の動きを理解できませぬ。わからぬままにたてた策など、畳のうえでの水練より悪い。兵たちが死に、家が滅ぶのでござる。将こそ槍も鉄炮も名手でなければなりませぬ」

統種の言うことを守り、辛い鍛錬を重ねた鎮虎の顔から幼さが消えていった。

第二章　名門の盾

一

「三位親盛を座主《ざす》にとの約定を破るだけならず、秋月の血筋を継承者とするなど認められるものではない。彦山《ひこやま》を攻める」

大友宗麟が陣触れを出した。

彦山とは筑前と豊前の国境をつくる英彦山《ひこさん》を本山とする修験道の一大道場である。開山は継体《けいたい》天皇の御代《みよ》までさかのぼるといわれ、九州屈指の霊山として厚い信仰を集めていた。

天台《てんだい》密教を掲げることからもわかるよう、彦山は僧兵を擁し、一個の城塞でもあった。

十三年前の永禄《えいろく》十一年（一五六八）、大友宗麟はまつろわぬ彦山に業を煮やし、数万の軍勢をもって攻略、ときの座主連忠《れんちゅう》を自刃に追いこんだ。勝利した大友宗麟は、三男親盛を新座主舜有《しゅんゆう》の養子として送りこみ、彦山を支配下に置いた。

しかし、ここにも耳川での負け戦が響いた。

大友の勢力が衰退するのを見て、秋月種実が兵を出し、彦山を攻撃した。鋭鋒《えいほう》に耐えかねた舜有は、山を開き、親盛を廃嫡し、秋月種実の三男竹千代《たけちよ》を後継者とした。

これに宗麟は激怒した。

「筑前衆にも出陣の命が下った」

立花城督とは名ばかり、鎮虎はまだ正式に立花の当主として認められていなかった。宗麟からの報せ《しら》は鎮虎ではなく、道雪に伝えられた。

「はっ」

不満ではあったが、初陣さえすませていない城督に従う兵などいない。鎮虎は黙って聞いた。

「この度は岩屋の高橋どのも出られる。立花の者として恥ずかしいまねはなさるなよ」

きびしく道雪が言った。

「わかっております る」

鎮虎は素直に首肯した。

本来なら彦山に近い岩屋の高橋家が先陣《せんぽう》をつとめるのだが、よほど腹に据えかねていたのか、宗麟自らが先鋒にたち、鎮虎らは後陣となった。

天正九年（一五八一）十月八日、別所口《べっしょぐち》、落合口《おちあいぐち》の二カ所から攻めのぼった大友の兵は、一気に本堂まで突き進んだ。舜有たちはより山上に近い西谷上仏来山《にしたにかんぶくさん》の砦に籠もって抵抗を続けた。

修験道の聖地である彦山は峻険、道も細く大友得意の大筒が使用できず、膠着《こうちゃく》状態に陥った。

「ええい、狐《きつね》のように籠もりおって」

もう負けられない大友宗麟は、いつまで経っても降伏してこない舜有に焦《じ》れた。戦を長引かせるわけにはいかなかった。彦山の背後にいる秋月種実は島津、龍造寺、筑紫と手を組んでいる。秋月種実は後顧の憂いなく全軍を差し向けることができるのだ。さすがに秋月全軍と彦山の僧兵を同時に相手するのは厳しかった。

そこへ大友方の問註所統景《むねかげ》から一族の問註所鑑景《あきかげ》が大友を裏切り、秋月に通じたとの急報がもたらされた。

「なんだと」

大友宗麟は激怒した。

「問註所鑑景を滅ぼせ」

ただちに宗麟は、朽網宗暦《くたみそうれき》に命じ、問註所鑑景の居城井上城《いのうえ》を攻めさせた。

井上城は彦山から五里（約二〇キロメートル）ほど南西にある。百丈（約三〇〇メートル）ほどの小高い山の上に築かれた小城ながら、麓を筑後川に守られた堅固なものであった。

「ひともみに押しつぶせ」

入道し頭を丸めていた朽網宗暦であったが、血気は衰えていなかった。三千の兵の先頭に立って、一気に麓から攻めあがった。

大軍を受けた問註所鑑景は、井上城に閉じこもった。

「鑑景め、秋月へ援軍をもとめるであろう。そこをつけ」

大友宗麟は続けて戸次道雪、高橋鎮種を出陣させた。

「鞍手《くらて》より嘉麻《かま》、穂波《ほなみ》へと進み、井上城の援軍に来た秋月の背後を」

高橋鎮種の策に道雪も同意した。

「初陣じゃ、無様なまねはするな」

久しぶりに会った父鎮種から、鎮虎は励ましを受けた。

「百五十ほどの兵を預けてみようかと」

軍議の席で道雪が言った。

「そのような。まだ早《はよ》うございまする。道雪どのが側《そば》で、戦を教えてやってくだされば」

鎮種が驚いた。

「いや。そろそろ兵を率いることを覚えてもよろしかろう。有馬伊賀《いが》をつけますほどに、ご懸念あるな」

道雪は歴戦の家臣有馬伊賀守を介添えとして鎮虎につけ、百五十の兵を任せた。

予想どおり、秋月種実が三千の兵を率いて井上城の後詰《ごづ》めに出てきた。

十一月六日、穂波へ着いた戸次、高橋の軍勢は唖然《あぜん》とした。井上城を囲んでいるはずの朽網宗暦率いる三千の兵の姿がなかった。

「物見を」

すぐに道雪が物見を出した。

「お味方の軍勢はなく、秋月勢は井上城に入っておりまする」

出した物見があわてて帰ってきた。

「なにがあったのか。まさか、三千が全滅したわけではあるまい」

報告を聞いたさすがの高橋鎮種も驚愕した。

「井上城は遠目にも焼けておりましたゆえ、お味方の攻撃はまちがいなくあったものと思われまする。また、周囲に戦死した者の姿は散見されましたが、秋月の者か、お味方の衆かまではわかりませぬ」

物見が首を振った。

「退いたか」

道雪がつぶやいた。

「大殿になにかあったやも知れませぬ。我らは遠回りしたゆえ、まだ報せが来ておらぬだけでござろう」

首をかしげながら鎮種が述べた。

「このままではまずい。ここで大軍を引き受けてはひとたまりもない。石坂《いしさか》まで下がりましょうぞ」

道雪が提案した。

戸次、高橋の軍勢は秋月の領内に孤立していた。石坂は八木山《やきやま》の東に沿う山道で穂波のように田畑で開けた土地とは違い、大軍を動かすには適していなかった。

「行きがけの駄賃じゃ」

穂波一帯の田を荒らし、干されていた稲を燃やしてから戸次、高橋勢は退き始めた。

「逃がすな」

すでに戸次、高橋衆が領内に入りこんでいることを秋月は知っていた。五千の兵で、ただちに追撃に出た。

戸次、高橋の軍勢は敵中に取り残されていたが、まだ一兵も損じていない。背中を向けているとはいえ、隊列は乱れていなかった。

「よし、ここで迎え撃つ」

細い山道の途中、少し開けたところで鎮種が兵を止めた。

「後詰めをつかまつろう」

少し離れて戸次勢も陣形を整えた。

「我らは、山のなかに伏せるぞ」

鎮虎は鎮種の右手、八木山の山中へと馬を進めた。

「お待ちあれ」

有馬伊賀守が止めた。

「百五十ほどの小勢が本陣から離れたところに分かれてどうなさる。敵に見つかれば まさに鎧袖《がいしゅう》一触《たか》、あっという間に全滅でございますぞ」

「敵の多寡などささいなことぞ。義父や父と一緒におっては、我が兵どもも本陣の動きにあわせることになり、吾の下知にはしたがわぬではないか。伊賀守よ、吾は義父より百五十の兵の進退を任されたのじゃ。それが本陣に紛れておるようでは、義父の期待に応えることにはならぬ。初陣は手慣れた者にならうものだが、状況は当初と変わっておる。策がある。命を吾に預けてくれ。もちろん、吾が命も託す。卑怯未練な振る舞いを見せたならば、遠慮なく断じてくれてよい」

覚悟を決めて鎮虎は告げた。

ちらと有馬伊賀守が、本陣へ目をやった。

「承知つかまつった。大殿より若殿へつけられたのでござる。初陣を無事見届けなければお役目を果たせませぬ。万一のおりは、ご一緒いたしますゆえ」

有馬伊賀守が強く首肯した。

鎮虎は軍勢を山道に向けた一本の矢のように長く配置した。

「旗指物を伏せよ。馬を鳴かせるな。吾の合図あるまで動くことならぬ」

息を殺せと鎮虎は命じた。

そこへ、数を頼みに勢いこんだ秋月勢が駆けてきた。

「まだよ」

目の前を過ぎていく秋月勢を鎮虎は見おくった。

「大友家岩屋城督、高橋主膳正《しゅぜんのかみ》である。我と思わん者はかかって参れ」

陣形を整えて待ちかまえていた鎮種が、鬨《とき》の声をあげて突っこんだ。狭隘な山道である。軍勢の多さは利とならなかった。

「なんの、押しとおせ。狙いは道雪が首じゃあ」

秋月の重臣秋月治部少輔《じぶしょうゆう》が、兵を鼓舞した。

たちまち敵味方入り乱れての戦いが始まった。

高橋鎮種は大友一の武勇を誇る猛将である。近づく敵を馬上の槍で一突きに倒し奮戦した。

「よし。今ぞ」

秋月の先陣が父鎮種によって足止めされるときを鎮虎は狙っていた。

「まっすぐに突っこめ。敵の首などいらぬ。崖へ落としてやれ」

鎮虎の軍配がひるがえった。

引き絞られた弓が放たれたように、百五十の兵が秋月の横腹へと跳びかかった。

「なんだ」

前しか見ていなかった秋月勢は、思わぬ伏せ勢にあわてた。隊列が乱れ、楔《くさび》のように打ちこまれた鎮虎勢になすすべもなかった。

何十人もの秋月兵が、あっという間に崖下へと押し出された。

しかし、多勢に無勢の状態は変わらなかった。百五十の鎮虎兵たちは、すぐに周囲を秋月兵に囲まれた。

「みごとなる兜飾り、さぞや名のある武者であろう。拙者秋月筑前守が家臣、堀江備《ほりえび》前守《ぜんのかみ》である。その首所望」

堀江備前守が、目をつけたのは有馬伊賀守であった。

「立花が家臣、有馬伊賀守。かかってまいれ」

すでに雑兵たちに囲まれていたにもかかわらず、有馬伊賀守が受けた。

「なにを……一対一の名のりなどしておる場合か」

すでに秋月の後詰め三千が近づいている。数で劣る戸次、高橋軍は急ぎ戦を勝利に持っていかなければならなかった。

一騎討ちでもなんでもいい。秋月の勢いを止めなければならない。鎮虎は鐙《あぶみ》の上に立ち上がると弓を撃った。

修練を積んだ鎮虎の弓は、堀江備前守の右籠手《こて》に突きささった。たまらず、堀江備前守は手にしていた長刀を落とした。

「なに……」

堀江備前守が鎮虎に気づいた。

「やれ、これは若武者ではないか。さては、高橋の一門か」

道雪に男子がいないことは秋月も知っていた。鎮虎を鎮種の息子と見抜いた。

「戦の恐ろしさを知るがいい」

堀江備前守は有馬伊賀守から目標を鎮虎へと変えた。

「ござんなれ」

鎮虎は弓を手放すと、従者が捧げていた槍を手にした。

「おうりゃあ」

馬上から引き下ろしてやろうと堀江備前守が、鎮虎の左足をつかもうとした。

「させるかっ」

騎上の槍は馬の首にじゃまされて左に回しにくい。鎮虎は槍の穂先ではなく、石突きで堀江備前守の兜を叩いた。

「ぐうっ」

脳天への衝撃に堀江備前守がうめき、一瞬動きが止まった。

「首級《しるし》ちょうだいつかまつる」

鎮虎の馬廻りをつとめていた萩尾大学頭《はぎおだいがくのかみ》が、堀江備前守に馬乗りとなって、首を取った。

「若殿、初陣にて堀江備前守を討ちとったり」

有馬伊賀守が大声で叫んだ。

「おおおお」

高橋勢から喊声《かんせい》があがった。

「若殿に負けるな」

膠着状態に陥っていた戦場が揺れた。

「小僧もやるの」

じっと戦況を見ていた道雪が小さく笑った。

「ころやよし」

道雪が輿の上から軍配を振った。

「中央を貫け」

戦を目のあたりにしながら、我慢していた戸次衆一千余りが、大声をあげながら突っこんだ。

浮き足だったところに新手である。秋月勢が崩れた。

「とどまれ、とどまれえ」

将の声も、背を向けた雑兵たちには聞こえなかった。雑兵は秋月に代々仕えているわけではない。戦のたびにかりだされるか、金で雇われた者である。命をかけてまで尽くす義理はない。負け戦と思ったとたんに逃げだすのが常であった。

「なにごとぞ」

石坂の麓にたどりついた秋月治部少輔率いる後詰めは、山道を駆け下りてくる味方の兵に進軍を止められた。

「負けた」

顔中を口にして雑兵がわめきながら走ってくるのだ。後詰めの兵たちも動揺した。

「井上城に戻って、陣をたてなおす」

後詰めの将は機を見るに敏でなければならない。秋月治部少輔は、不利を知って兵を退いた。

「勝ち戦ぞ」

敗走する秋月勢の背に高橋鎮種が血に汚れた槍を振りあげて叫んだ。

「おお」

兵たちも応じた。

しかし、高橋勢の損害も大きかった。高橋鎮種と鎮虎の軍勢あわせて三百の死者が出ていた。

「秋月はどのていどだ」

道雪が問うた。

「崖下に落とした兵もございますので、正確にはわかりませぬが、およそ七百ほどではなかろうかと」

由布惟信が目測で勘定した。

「勝ったと言うほどではないな」

苦い顔で道雪が言った。

「こちらは二千七百に減ったが、秋月はまだ四千三百おる。一度落ちついて攻めなおされては、次は防げぬ。今の内に筑前へ戻るぞ」

すでに夜半に近かったが、道雪は休むことなく兵を急がせた。

彦山に帰った鎮虎は、ようやく朽網宗暦の軍勢が井上城から消えた理由を知った。宗麟のお膝元豊後の国人衆の一部が島津に呼応して叛乱を起こそうとしたのである。

「さいわい、手当が早く火の手はあがらずにすんだわ」

手柄顔で告げる大友宗麟に鎮虎はあきれていた。

「一つまちがえば、こちらは負けていた」

秋月勢があと少し早ければ、伏せ勢を置く間もなく、戸次高橋軍は蹂躙《じゅうりん》されていた。

「初陣で手柄をたてたそうじゃの」

道雪、鎮種とともに本陣へ伺候《しこう》した鎮虎に宗麟が話しかけた。

「はっ」

鎮虎は頭をさげた。

陣中である。鎮虎は鎧を身につけたままで、主君宗麟の前にひざまずいた。鎧の袖が触れあって音をたて、あわてて鎮虎は袖を押さえた。

「なかなかの武者振りであったとか。あっぱれである。まだ陣中ゆえくれてやるものがない。義統」

大友宗麟が息子で当主の義統を見た。義統は宗麟の右前に座り、一言も口にせず黙っていた。家督を譲ったといいながら、相変わらず家中を差配している父に義統はさからえなかった。

「偏諱《へんき》をくれてやれ」

「はい」

父の命令に、義統が首肯した。

「統の一文字を名につけるがいい。今後統虎《むねとら》と称せよ」

義統が新しい名のりをつけた。

「ありがたき幸せ」

主君の一文字を貰うことは、大きな名誉であった。深く平伏《ひれふ》して受けた統虎は、内心それほどうれしくないことにとまどった。

大友家の勝ちはここまでであった。山の上に籠もった舜有は大友家の挑発にもまったく応じず、無駄に日が費やされていった。

「本堂に火をかけよ」

十一月二十日、我慢しきれなくなった宗麟が火攻めに出た。火はたちまちに燃え拡がり、一山の堂宇を灰燼《かいじん》に帰した。

「誰もお止めせなんだのか」

後陣にいた道雪は、彦山にあがった煙を見て怒った。

「先だって秋月が彦山を攻めたおり、我らは援軍を出さなかった。いわば彦山を見捨てたのだ。舜有どのが大友に義理立てする理由はなくなった。その状態で秋月に降《くだ》ったとして誰が責められようか。大殿も短気な。彦山など放置しておけばよいものを。しかし、これで彦山は二度と大友に与《くみ》することはなくなった」

信仰の中心を焼きはらった相手に膝を屈しては、修験道の道場としての名声も地に落ちる。彦山が大友家と和睦することはなくなったと道雪が語った。

「京を押さえた織田前右大臣信長公が、比叡山延暦寺《ひえいざんえんりゃくじ》を焼きはらったのをまねられたのであろうが、意味あいが違いすぎる」

大きく道雪が嘆息した。

「冬も近い。大殿さまはご辛抱できまい」

本堂、宿坊などを焼きはらった大友宗麟は、冬の寒風のなか陣幕だけで過ごすことになった。

「ここまでしてやれば、彦山も懲りたであろう。城に帰るぞ。殿《しんがり》は筑前衆に任せる」

大友宗麟は寒さに耐えきれず、陣を払った。

「仏敵を許すな」

撤退していく大友勢に彦山の僧兵が追い撃ってきた。

「ござんなれ」

殿の高橋鎮種が迎え撃った。本隊の帰還を助けるのが殿の務めである。六百の高橋勢によって僧兵は蹴散らされ、大友宗麟と義統は無事に下山した。

二

明けて天正十年（一五八二）、春もまだ浅いうちに肥前国基肄《きい》郡勝尾《かつのお》城主筑紫広門の征討が、大友宗麟から筑前衆へ命じられた。

筑紫は代々筑後の国人領主であったが、広門の父惟門《これかど》のとき、大友家に降伏した。しかし、惟門の跡を継いだ広門は、大友家に反発、耳川の合戦以後龍造寺、秋月らと組んでたびたび筑前へと兵を出していた。

「高橋鎮種どのの戦を学んでくるがよろしかろう。こたび、儂はいきませぬゆえ、兵を自在にな」

道雪に命じられて統虎は出陣した。

「若殿よ。今度はどうなさる」

石坂の合戦以後、有馬伊賀守は統虎の側から離れなくなっていた。

「筑紫広門の領地は上妻《こうづま》の郡《こおり》だけであろう。出せる兵力もそう多くはない」

統虎は馬に揺られながら考えた。

「二千はござるまい。もっともお味方も少のうござるが」

有馬伊賀守が苦笑した。

戦の主力をなす高橋家の軍勢は、龍造寺への備えを残したために、五百ほどしかいなかった。また統虎に預けられた兵も四百ほどとあわせて千に満たない。

「とても勝尾城を落とせるだけの軍勢ではない」

「では、平地で合戦におよばれるか」

竹迫統種が訊いてきた。

「それこそ無理ぞ。たしかに高橋の兵は強い。立花山の衆もな。まちがいなく大友一であろう。だが、倍する敵を相手にしては無事ではすまぬ」

「では、どうなさるおつもりか」

有馬伊賀守が訊いた。

「筑紫への示威よ。われらの強さを見せつけるのが目的。そもそも筑紫は大友に膝を屈していた。それが龍造寺や秋月にそそのかされて踊っているだけ。ひと当たりして、我らの力を思いしらせれば、和議に応じてくる。義父上《ちちうえ》のお考えはこうだ」

統虎は告げた。

「筑前の兵は今背中を空けることができる。つまりやる気になれば、筑紫にその兵のほとんどを向かわせられる。筑紫もそれは知っておろう」

馬をゆっくりと歩ませながら、統虎が言った。

大友家を囲む状況はあいかわらずきびしかった。肥前から龍造寺、豊前から秋月、そして豊後から島津が大友の領土を奪い取ろうと迫っていた。

唯一の救いは、筑前を侵害していた毛利の圧迫がなくなったことであった。これは織田信長の将、羽柴《はしば》筑前守秀吉《ひでよし》による中国征伐のお陰であった。

最後の将軍義昭を追放し、幕府を滅ぼした織田信長は、軍を大きく五つにわけ天下統一へ向けての戦いを開始していた。その一つが毛利攻略であり、鉄炮の数で圧倒した織田の軍勢はたちまちに備前伯耆《ほうき》までを手中にしていた。毛利は織田への対応で手一杯であり、とても海を渡って筑前まで出兵する余力はなかった。

「なるほど」

統種が納得した。

「筑紫広門の所領は龍造寺には遠くおよばず、秋月にも届かぬ。さらにどちらも国盗りに虎視眈々《たんたん》としておるのだ。筑紫としては耳川の敗戦で大友から援軍を受けられなくなったと考えたのであろう。小大名の哀しさよ。やむなく龍造寺と秋月と組んで大友に背を向けたに過ぎぬ」

「しかし敵対したことにはかわりますまい」

筑紫の背信をきびしく有馬伊賀守が断じた。

「そうにはちがいない。もし、いま筑紫を滅ぼしたとして、我らに得はあるのだろうか」

首をかしげて、統虎が二人に問いかけた。

「ございますぞ。まず裏切り者を倒したという声望が大友家に集まりましょう」

「ふむ」

有馬伊賀守の言葉に統虎は首肯した。

「さらに筑紫の領土が手に入りましょう」

「たしかに」

統虎は竹迫統種にもうなずいた。

「では、訊く。たしかに筑紫を滅ぼせば、落ちた名声も少しは取り戻せよう。されど、失うものが多いと吾は思う。一度でも裏切れば大友は決して許さないと九州に知れわたることになるのだ。今、島津や龍造寺の勢いに巻きこまれて敵対しているだけの国人衆たちはどうするか」

「ううむ。最後まで抵抗いたしましょうな」

言われて有馬伊賀守がうなった。

「領地が増えるのはいい。しかし、誰が筑紫の領地をうまく治められるのだ。龍造寺と秋月に挟まれた場所ぞ。なにより、主君を滅ぼされた地侍たちは大友にしたがうか。大友の先兵となって、命がけで龍造寺や秋月と戦ってくれるか」

「いえ。それどころか、敵方に走りかねませぬ」

統種が頭を左右に振った。

「なればこそ、筑紫は滅ぼさず、大友へ戻さねばならぬのだ」

統虎は己に言い聞かせるように口にした。

もともとこの策は戸次道雪がたてたものであった。統虎は道雪の命じるとおりに動いているだけでしかなかった。

石坂の合戦の功で、この春統虎は正式に家督を継ぎ、立花統虎となっていた。しかし、かわらず実権はすべて道雪が握り、統虎は飾りである。

「弓矢は遣えるようじゃな」

道雪が認めたのは、統虎の強い弓の力だけである。

「石坂での動き、あのていどなら誾千代は六歳でやってのけるぞ」

大友宗麟に褒められた統虎を道雪はつきはなした。

「負け戦は許さぬ」

さすがに家臣の前で統虎を叱るようなまねはしなくなったが、陰では同じであった。

「立花は大友でも重い家柄である。西の大友と称せられるように、一門衆のなかでも特別。場合によっては大友の宗家を継ぐこともありえる。その立花の当主が、猪《いのしし》武者のごとく突っこむことしか知らぬようでは、話にならぬ」

筑紫攻めに出立する前夜、道雪に呼びだされた統虎は、こんこんと聞かされた。

「こたびの戦で、石坂のような振る舞いは決していたすな。ただ立花の兵の強さを見せつけてくるだけでよい。忘れるな」

しつこく念を押された統虎は、ただ言うとおりにするしかなかった。

「兵どもにもよく含めてくれ。首が手柄ではない。生きて帰ることこそ手柄であると」

「承知」

有馬伊賀守と竹迫統種が応じた。

大友の兵が一千ほどと知った筑紫広門は、城を出て撃って出た。

「そのような勢いでこの高橋の首が取れると思うてか」

先陣を務める父鎮種が、馬上で槍を振った。

馬を狙われぬように、足軽が守るなか鎮種を中心とする騎馬武者が、するどく筑紫の陣へと喰いこんでいった。

「高橋勢をやらせるな」

後詰めになっていた統虎は、ただちに鉄炮足軽を前に出した。

キリシタン大名である大友家は、南蛮人とのつきあいも深く、早くから鉄炮を使った戦をおこなっていた。

伝来の地種子島《たねがしま》を領内に持つ島津家よりも大友は鉄炮に重きを置き、その数、練度ともに群を抜いていた。

なかでも立花の鉄炮足軽は抜きんでていた。足が悪く戦場を自在に駆けまわることのできない道雪は、槍や刀よりも鉄炮に早くから注目していた。その成果がここに出た。

「お味方に当てるでないぞ。放てえ」

馬上で立ちあがった統虎が腕を振って合図した。百近い鉄炮がいっせいに火をふいた。

「ぎゃっ」

たちまち筑紫の兵が倒れた。

南蛮鉄の当世具足といえども、流れ弾を防ぐのが精一杯である。正面から撃たれた武者が、血をまき散らしてのけぞった。

「浮き足だったぞ、かかれええ」

高橋鎮種が馬の腹を蹴った。

「退けっ。退けえ」

陣形の崩れを見て取った筑紫広門が城へと逃げかえった。

「止まれ、深追いするな。陣を整えよ」

勢いに乗って追撃しそうになる兵たちを鎮種が諫めた。

「ここは敵地ぞ。どのような伏せ勢があるかわからぬ。七分の勝ちで満足するが上策じゃ」

鎮種は怪我人と死者を収容すると、城の攻略には取りかからず、領地への帰還を命じた。

統虎も同じように兵を退いた。

小競り合いていどの戦は、高橋鎮種の名をさらに響かせただけで終わった。

毛利への気配りを減らしていた大友家に急報が入った。

「六月二日未明、京本能寺《ほんのうじ》にて織田前右大臣信長どの、家中明智《あけち》日向守光秀《みつひで》どのの謀叛により討ち死に」

大友家と親しくしている京の公家《くげ》から連絡が届いた。

「馬鹿な」

急遽《きゅうきょ》集められた大友家の諸将たちは、内容を聞いて顔色を変えた。

「毛利の抑えがなくなった」

大友宗麟も愕然《がくぜん》とした。

稀代《きたい》の謀将、元就はすでに亡《な》いとはいえ、毛利家が九州に野望を抱いていることにかわりはなかった。

「支えきれぬ」

　将の一人が漏らした。

「…………」

　九州に覇を唱えた鎌倉以来の名門、大友家の命運もきわまれりと集められた将一同がうつむいた。

「どうされたと言われるか」

　大声をあげたのは高橋鎮種であった。

「ここにおられるは、皆名の知れたお方ばかり。これだけの将がおるのでござる。大友が滅びようはずなどございますまい」

「高橋どのが言葉のとおりでござる」

　道雪も同意した。

「なにより、今の毛利は怖るるにたりませぬ」

　ゆっくりと道雪が述べた。

「織田信長どのは亡くなられても、備前から東、甲斐《かい》にいたるまで十数カ国を領する織田家が滅んだわけではございませぬ」

「しかし、大将が死んでは家がもたぬ」

　宗麟が頭を振った。

桶狭間の合戦で敗れた今川家を例に出すまでもなく、どこも総大将が死ねば、兵は逃げ去り、家は没落していくのが定めであった。

今、毛利が大軍を率いて筑前あるいは豊前に侵入すれば、大友家に対抗するだけの力はなかった。

「大殿。世は変わっておるのでございます。おそらく織田家は崩壊いたさぬでございましょう」

道雪が首を振った。

「織田家の軍勢は幾人かの部将に預けられておりまする。その部将たちを織田家という枠組みからはずして見れば、どれもが島津に匹敵するだけの大名なのでござる」

「なにを……」

あきれた顔を宗麟が見せた。大友家で最大の禄《ろく》を持つ一門衆でも、国一つは与えられていない。せいぜい二郡である。国人領主に毛のはえたていどでしかない。

「毛利と対峙《たいじ》しておりました羽柴筑前守どのを例にいたしましょうか。羽柴どのの支配にある国は、備前、伯耆、播磨、さらに近江《おうみ》と備中《びっちゅう》半国。その高は数十万石に匹敵いたしましょう」

「数十万石だと」

聞いた宗麟が絶句した。石高だけならば、大友家と遜色ない。

「はい。そのうえ織田の足軽は百姓ではないとのこと。田畑を耕すことなく、戦うために禄を貰う兵なのでござる。つまり、年中いつでも戦ができ、鍛錬も随時重ねられるので」

「強いか」

「おそらく」

道雪が認めた。

話を耳にしながら、統虎は心躍っていた。戦うためだけの足軽など考えられなかった。

どこの大名でも同じであるが、平時に飯を食わせる無駄を省くため、常時抱えている足軽の数は少ない。百姓やあぶれ者、流れ者などを戦ごとに徴発して足軽とするのだ。当然、忠誠心など端《はな》からない。勝ち戦ならまだしも、負けと決まった瞬間に逃げだすのがあたりまえであった。

織田家はそうではなく、足軽も譜代《ふだい》だと言うのである。

「もって生まれた体格のこともあり、槍や刀はなかなか訓練で整うものではございませぬが、鉄炮は別でござる。数さえ撃てば、誰でもうまく扱うことができるようになるだけでなく、足軽の一発で名のある武者を倒すことも可能」

「たしかにそうじゃ」

「織田家の強さはそこにござる。なれば、信長どのが亡くなられようとも、軍を預かる将が無事ならば」

「毛利への圧迫を続けられると」

「おそらく」

「しかし、道雪どの。いかに直属の将は無事でも、総大将が討たれたのだ。兵どもの動揺は大きかろう。そこを毛利に突かれれば、いかに織田の兵とはいえ、勝負にはなりますまい」

異を唱えたのは鎮種であった。

「崩れたのならば、こちらにも伝わって参りましょう」

すでに六月の十日であった。九州にまで信長の死は聞こえている。毛利が知らないはずはなかった。

「毛利が織田を追撃したという話は来ておりませぬ」

筑前を狙っている毛利の動向をたえず道雪は気にしていた。

「だが、毛利が動けると知ったなら、龍造寺や筑紫、秋月が黙ってはいまい」

心細そうな顔で宗麟が言った。

今年春、筑紫広門と一度刃を交えてから、筑前は小康状態であった。龍造寺も、秋月も、筑紫も目立った侵略はしてこなかった。高橋と立花の強さが、敵をして二の足を踏ませていた。

「出てくれば遠慮なく叩くだけでござる」

きっぱりと道雪が告げた。

「大殿さまには、筑前のご心配はなさらず、どうぞ豊後への警戒を怠られなさいませぬように」

「……わかった」

宗麟が道雪の言葉に苦い顔をした。

三

中央で起こった騒動は九州にまで影響していた。大友家も京へ人を出してようすを探らせていた。

「毛利と和睦をいたしたか」

信長の仇を討った羽柴秀吉は、毛利と講和してから軍を返し、明智光秀を討伐したとの報告を受けて、道雪が瞑目《めいもく》した。

「毛利への抑えを考えねばいかぬの」

さすがの道雪も、毛利と秀吉が手を結ぶとは考えてもいなかった。

「博多へ兵を割かねばならぬ」

「いかほど出しましょう」

統虎が訊いた。

「二百」

「少なすぎませぬか」

聞いた統虎は、目を見張った。東への脅威がなくなった毛利が、出兵するとなれば三万をこえる。二百など三万の前には蟷螂《とうろう》の斧《おの》でさえなかった。

「砦に籠もらせる。立花城から援軍が届くまで、毛利の上陸をじゃましてくれればいい」

道雪は、統虎の危惧をいなした。

「人選いたせ」

命じられた統虎は、道雪の前を下がった。

「二百を殺すか」

統虎は、道雪の軍学を教えられるうちに、その考えかたを理解していた。

道雪の目的は、毛利の進軍を少しでも遅くすることであった。その間に籠城の支度をととのえ、宗麟のもとへ援軍の要請を出すのだ。

立花城は要害である。狭い山道を登る以外攻める方法はなく、たとえ何万の軍勢が来てもそう簡単に落ちない。

しかし、いくら落ちないとはいえ、食糧の自給、矢玉の供給まではできなかった。必ず救援に来てくれる味方が必須であった。落ちぶれたとはいえ、大友宗家には、まだ二万ほどの援兵を出すくらいの力はあった。援軍が間にあえば、戸次道雪なら立花山をもちこたえてみせると統虎も理解していた。

「なれど、立花山が落ちれば、筑前は大友から切り離される」

大友家の本貫である豊後府内と高橋鎮種の籠もる岩屋、宝満の城の中央に立花山はある。そこを毛利に取られては、高橋鎮種と宗麟の連絡は途絶える。

「理屈はわかるが」

一人になった統虎は納得できなかった。

「兵たちを使い捨てにするのは……」

統虎の育った高橋家、いや鎮種は兵をたいせつにした。

「将だけで戦などできるものか。兵がいて初めて戦いになるのだ」

鎮種は日ごろから配下の将を労《いたわ》り、足軽たちをかわいがった。

冬とて雪に閉ざされることのない九州では、戦といえば秋の取り入れ後から、初夏の田植えまでと決まっていた。敵の収入を減らすため、まれに取り入れ前の田畑を焼きに出陣することもあったが、それは例外であった。とくにその土地を手にするための戦いで、収穫前の田畑を焼くことは、地の者の恨みを買うことになり、のちのちの治を難しくした。

高橋鎮種は、戦のない農繁のころ領内を見回っては、百姓たちに声をかけた。これは田畑の物成りを知るためでもあったが、領内の者に親しみを感じさせる効果もあった。

また、配下の将たちへの気配りも忘れず、老いた両親がいる者へは到来物を分けてやったり、若い男に嫁を世話してやりもした。

そのお陰で、高橋家中の結束は強く、鎮種の指揮のもと命を惜しまず果敢に戦い、大友一の強兵と称されていた。

一方で道雪は違った。冷徹にものごとの損得を計算し、必要とあれば躊躇《ちゅうちょ》なく味方といえども見捨てた。

「不敗の名将。その称賛の陰にどれだけの死があるのか」

統虎とて武将の家に生まれた者である。戦で人が死ぬことはしかたのないことだとわかっていた。

「意味のある死」

大の虫を生かすために小の虫を殺す。言うは易《やす》くおこなうは難いことを道雪はなんなくやれた。これこそ、九州一の謀将たるゆえんであった。

道雪の命で二百の兵が博多の砦に配されたが、いつまで経っても毛利の侵略はなかった。

稀代の武将信長の死でも、織田家は潰れなかった。いや、名前だけは存続した。家督を継いだのはまだ幼い信長の孫三法師丸《さんぼうしまる》だったが、その実権は明智光秀を討った羽柴筑前守秀吉の手に移っていた。

「毛利と羽柴の和睦は一時のもの。毛利は東への固めで精一杯であり、九州へ手出しをする余裕はない」

大友家では、毛利の侵略をないと見る風潮が大勢をしめた。

島津の圧迫を強く受けるようになった龍造寺も大友領への侵入を止め、秋月、筑紫もおとなしく、一年ほどが無事に過ぎた。

大友義統より立花の当主として認められた統虎であったが、いまだ誾千代と夫婦になってはいなかった。

十五歳となった統虎は、月に何度か寝苦しい夜を過ごした。その翌朝、決まって下帯が汚れていた。統虎も男である。それがなにを意味するかわかっている。しかし、妻とはいえ誾千代の寝所は遠く、また女中たちに囲まれており、とても統虎がかよえたものではなかった。

会えぬならまだよかった。婿養子である統虎は、毎朝、舅《しゅうと》である道雪と妻である誾千代のもとへあいさつに出向かなければならなかった。

十七歳になった誾千代は、花が咲き誇るかのように美しく育っている。ただ下座に控え頭をさげるだけのものだったが、風の向きなどで誾千代のかぐわしい薫りをかいだ日など、一日統虎の脳裏からその姿は消えなかった。

「お側をおかれてはいかがでござる」

最初に統虎の異変に気づいたのは、竹迫統種であった。

「御殿ではなく、城下に置かれれば、気づかいもご無用でござろう」

世慣れた統種が提案した。

「いや、この大事な時期に女を求めるなど、心が甘い証拠である」

若い男の潔癖さから統虎は、首を振った。

「男が女を求めるは、あたりまえのことでござる。とくに若い男はたまに精を放ちませぬと、身体をおかしくすることもございますぞ」

竹迫統種がなおも勧めたが、統虎は承知しなかった。あの宴席の夜から統虎は誾千代に心奪われていた。他の女でごまかすことなどできなかった。

もやもやする気分を打ち払うため、統虎は鍛錬を過酷にした。槍よりも弓を好んだ統虎は、家中でも指折りの強弓引きとなった。

「若殿の弓は、九州一じゃ」

有馬伊賀守ら歴戦の武者たちも舌を巻くほど、統虎の弓は正確に的を射た。

天正十一年（一五八三）十二月、道雪が宗像氏貞《むなかたうじさだ》征伐を唱えた。

宗像氏は九州宗像大社の大宮司を兼ねる大名であった。大内氏滅亡のあと大友に属していたが、毛利家の九州侵攻のおり、秋月種実らと同心し、離反した。しかし、毛利が九州から撤退すると降伏し、道雪の与力となっていた。

ことの起こりは、天正九年（一五八一）の秋月種実による侵略にさかのぼる。出陣した立花勢の兵糧を宗像の家臣が強奪したのだ。

これは宗像が大友へ帰属するにあたって、道雪が出した条件に原因があった。

「毛利へ与するように発案した重臣河津隆家《かわづたかいえ》を殺害させよ」

河津隆家は宗像の有力な家臣であり、人望も厚かった。道雪は後顧の憂いを断つ意味をこめて、河津隆家を宗像氏貞の手で殺させた。

その河津の一族が、秋月に呼応して暴挙に出たのであった。

「お味方の兵糧を奪うなど、武士の風上にも置けぬ」

道雪が激怒した。

「わたくしめのまったく知らぬことでござる」

寝耳に水だった宗像氏貞は、なんども謝罪の使者を送ったが、道雪は許さなかった。

「かかわった者どもすべての首と、許斐《このみ》、龍徳《りゅうとく》の両城を明け渡せ」

道雪が出した条件は、宗像にとってのめたものではなかった。

宗像氏貞は拒否、仲介を求めて大友宗麟に使いを出した。

「かくなる上は、大殿さまのご裁断を」

隠居した大友宗麟は、離縁した妻の侍女頭だった小笠原《おがさわら》氏の娘を継室とし、津久見《つくみ》に住んでいた。

「義統に申せ」

宗麟は使者を冷たくあしらった。

いまだ家中に大きな影響力をもつ宗麟であったが、ここ最近はますますキリスト教に傾倒し、世俗を嫌がっていた。

「儂の子供を殺すことができたのだ。義統には当主の覚悟があるはずじゃ。家中のもめごとなど、なにほどのこともあるまい」

天正八年（一五八〇）、臼杵にいた宗麟と継室小笠原ジュリアとの間に、男子が出生した。家督をその幼子へ奪われるのではないかと危惧した大友義統は、ただちに人をやって赤子を殺害した。それを受けて津久見へと居を移した宗麟は、教会へかようことしかしなくなっていた。

義統に話をもっていった使者は、さらに啞然とすることになった。

「そうか」

聞くだけは聞いたが、義統はなにひとつしなかった。道雪あてに手紙を書くことさえせず、放置した。大友一といわれる功将を抑えるほどの気概を義統はもっていなかった。

義統の態度を無言の許可ととった道雪は、宗像征伐の軍を起こした。

十二月、二千の兵をもって道雪は宗像領へ侵攻した。小高い丘の上に築かれた龍徳城は、砦ていどの設備しかなく、あっさりと落城した。

「この勢いで許斐を落とす」

休む間もなく、道雪は進軍を命じた。

許斐岳は宗像領のほぼ中央にある九十丈（約二七〇メートル）ほどの小山である。大治《だいじ》五年（一一三〇）に築かれ、高く石垣を積み、空堀、土塁《どるい》で囲んだ小城ながらなかなかに堅固な造りであった。

「かかれえ」

道雪の命令で軍勢が登り始めた。

「くらええ」

すでに待ちかまえていた宗像氏貞の兵たちは、上から石を落としたり、土塁の上から矢を射かけてきた。

山道は細い。たちまち倒れる者が続出し、立花の先陣は崩壊した。

「退けっ、退けい」

輿の上から見ていた道雪が、すぐに兵を収めた。

「このままでは、被害が多くなるばかり」

陣を張って道雪がつぶやいた。

「矢盾を作りましょうか」

統虎が言った。

矢盾とは、竹の束を紐《ひも》でくくっただけの簡便なものである。板盾よりも軽く、材料も現地調達できた。

「それもよろしかろう」

道雪が認めた。

「攻め口をかえねばなりませぬぞ」

許斐城の絵図を見ながら、道雪が述べた。

「この城の欠けは、ここ吉原口《よしはらぐち》」

道雪が軍配の先で示した。

吉原口とは、許斐城の搦め手である。

「ですが、ここには砦がございまする」

絵図には吉原口のすぐ奥に砦が描かれていた。

「なればこそでござる。誰もがここを攻めてくるとは思いませぬ」

たしかに、今日の戦いでも立花勢は大手から攻めた。

「この砦を落とせば、あとは城の本丸までさしたる防備はござらぬ。空堀と土塁だけ。矢盾を使えば、駆けのぼるに苦労はいたしますまい」

「落とせましょうか」

大友義統の許可を得た戦ではない。負けることは当然、あまりときを費やすこともできなかった。

「鉄炮を、ありったけの鉄炮を用意いたしましょうぞ」

二百ほどの鉄炮足軽が軍勢にはいた。

「まず、統虎どの。二百ほど率いて吉原口を攻めてくだされ。ひと当たりいたしたならば、偽りの退きを見せられよ。必ず敵は砦を出て追撃して参るでござろうゆえ、それを伏せておいた鉄炮で射ぬけば……」

「承知」

統虎は首肯した。

翌朝、統虎は竹迫統種と有馬伊賀守を左右に従えて、吉原口に向かった。

「見ていよ」

戦始めの合図にと、統虎は手にしていた弓を引き絞って放った。

砦の物見台にいた敵が苦鳴をあげて落ちた。

「若殿の矢が、みごと敵を倒したぞ」

昨日の敗戦で落ちていた兵たちの意気があがった。

「よいか、無理に突っこむな」

統虎は手を振った。

「かかれええ」

二百の兵が雄叫《おたけ》びとともに吉原口へと攻め寄せた。

「目にもの見せてくれるわ」

吉原口を預かっていたのは、宗像の重臣吉原源内左衛門《げんないざえもん》であった。

「放てえ」

十挺《ちょう》ほどの鉄炮と何十かの弓がいっせいに放たれた。

幾人かが倒れたが、立花の勢いは止まらなかった。砦に取りついて柵《さく》の隙間から槍を突きだした。

「なんの」

宗像兵も負けてはいなかった。

吉原口は混戦となった。

「ころあいやよし」

少し離れたところから弓を放っていた統虎が、法螺《ほら》を吹かせた。

「退け」

最前で戦っていた有馬伊賀守が背中を向けた。

立花勢は算を乱して逃げだした。

「やれ、逃げるぞ。追え」

昨日の勝ち戦が宗像勢を慢心させていた。砦の門を開けて吉原源内左衛門らが追撃した。

「散れ」

統虎が軍配を振った。無様に逃げていた立花兵が、いっせいに左右へと分かれた。

「なにっ」

吉原源内左衛門は目を疑った。

開かれた空隙の先には、すでに発射態勢を整えた立花の鉄炮足軽隊がいた。

「しまった。戻れえ」

大声で吉原源内左衛門が指示したが遅かった。

轟音《ごうおん》が響き、鉄炮が火を噴いた。

吹きとばされたように宗像の兵が倒れ、陣形が崩れた。

「うわあ」

「突っこめえ」

左右に開いていた配下に統虎が命じた。

鉄炮の一斉射撃を受け、浮き足だったところへ立花勢の攻撃を受けたのである。たちまち吉原口は阿鼻叫喚《あびきょうかん》の地獄となった。

「おのれえ」

死を覚悟した吉原源内左衛門は、一人槍を手に気炎を吐いたが、数名に囲まれあえない最期を遂げた。

「よし」

吉原口陥落の報せを受けた道雪が本丸へと兵を進めた。

宗像の抵抗はまったくなかった。

吉原口の砦も、本丸も静まりかえっていた。

「物見」

物見が出され、すぐに報告が届けられた。

「すでに城将は落ちたようで、城に残っておるのは雑兵ばかりでございまする」

「やれ、なさけなきよな」

許斐城は、宗像の一族民部《みんぶ》が預かっていた。

宗像の領地を見おろす許斐城がもたなかったことに、氏貞は驚愕、居城蔦岳《つたがたけ》城を放棄、大島《おおしま》へと落ちていった。

こうして宗像領は大友家へと編入された。

「立花強し、道雪おそるべし」

戦は、立花と戸次道雪の名をあげはしたが、弊害も大きかった。

いわば家臣同士のいさかいであった道雪と宗像氏貞の調停さえできない義統と、すべてを放棄した宗麟の名前は地に落ち、ますます大友の勢威は衰えた。

四

四面楚歌《しめんそか》の大友に領地を回復する機会が訪れた。

天正十二年（一五八四）三月二十四日、五州の太守との異名を恣《ほしいまま》にした龍造寺隆信が敗死したのだ。

ことの始まりは、龍造寺に膝を屈した島原《しまばら》の大名有馬修理大夫晴信が島津を後ろ盾にした造反だった。

激怒した龍造寺隆信はただちに、六万の大軍を率いて出陣、有馬氏救援に派兵した島津軍と沖田畷《おきたなわて》で対峙した。

当初、数でまさった龍造寺側が優勢であった。しかし、勢いに任せて深入りした龍造寺隆信が敵陣で孤立、島津の家臣川上忠堅《かわかみただかた》によって討ちとられてしまった。

総大将を失った龍造寺軍は崩壊、主君の首を取り返すこともせず佐賀へと逃げかえった。

「肥前の熊め。自業自得じゃ」

大友義統は狂喜して、奪われた筑後国を取りもどすべく軍を起こした。

総大将に義統の弟親盛を任じ、志賀《しが》、朽網、田原氏らを与力につけた大軍が筑後へと雪崩《なだ》れこんだ。

「黒木《くろき》許すまじ」

親盛は、まず黒木兵庫頭家永《ひょうごのかみいえなが》が籠もる猫尾《ねこお》城を目指した。

黒木兵庫頭ももとは大友に属していたが、近年筑後へ手を伸ばした龍造寺へ鞍替えし、大友に叛旗をひるがえしていた。

「来たか」

黒木兵庫頭は、大友勢の接近を知ると城に籠もり、龍造寺家へ援軍を求めた。当主を失った龍造寺は、配下の国人領主たちの離反を防ぐため、出せるだけの兵を派遣した。

猫尾城は、矢部川《やべがわ》と笠原川《かさはらがわ》が合わさる東、猫尾山の山頂にある。規模は小さいが、天然の要害であった。

「ひともみにしてくれるわ」

小城と侮った親盛が、軍配を振った。

だが、龍造寺の後詰めを受けた猫尾城は落ちなかった。ただ、大友家に被害が出ただけであった。

「取り囲み、士気が落ちるのを待ちましょうぞ。黒木もかつては大友の家中であった者。力の差を思いしれば、自ら折れて参りましょう」

朽網三河守《みかわのかみ》の提案を入れて、大友勢は猫尾山を取り囲んで、陣を構築した。

応援に来た龍造寺も大友との決戦は避けた。ここでまた負ければ、龍造寺のたがははずれ、抑えられてきた国人衆たちが一気に離反しかねない。

膠着した戦場を変えるべく道雪が、本軍とは別の道をたどり、筑後制圧に出かけた。

「留守を頼みますぞ。高橋鎮種どのも同行される。筑前のすべては、御当主どのに預けまする」

この戦に統虎は連れていかれなかった。

「父がおらぬからと、気をゆるめられぬな」

闇千代が統虎をきつくにらんだ。

「なんなら、わたくしが城督を預かろうぞ」

「ご懸念にはおよびませぬ」

いつまで経っても信頼されてないことに、統虎は腹がたった。

「そなたでは、兵たちもしたがうまい」

闇千代がさらに言いつのった。

「なにを……」

もっとも痛いところをつかれた統虎が絶句した。

「兵がいかに勇猛であろうとも、将が未熟であれば、戦は勝てぬぞ」

勝ち誇ったように言う闇千代に、統虎は怒りを感じた。

妻としての義務を何一つ果たさず、一夜たりとも添い寝したこともない闇千代に、統虎は親しみを持つことはない。ただ、その美しさへのあこがれが残っているだけであった。

「わたくしが弱将かどうか、そのていどもわからぬ義父上ではありますまい」

「むっ」

道雪の名前を出された闇千代が黙った。

「ご懸念なく。闇千代どのは、城の奥にてお過ごしあれ」

出しゃばるなと闇千代にやり返した統虎はすぐに、腹心となった竹迫統種と有馬伊賀守を呼んだ。

「義父上と父が筑後へと向かわれた。いま、筑前には吾しかおらぬ」

統虎は二人の顔を見た。

「秋月か筑紫が攻めて参ると」

有馬伊賀守が問うた。

「筑紫は来るまい」

先年の戦で、筑紫広門を手痛い目にあわせた。龍造寺の後詰めがない状況で攻めてくるとは思えなかった。

「秋月種実のごとき目先しか読めぬ者は、好機とばかりに筑前へ、この立花山へ兵を出して来るであろう」

「島津と示しあわせて……」

龍造寺隆信が死ぬなり秋月種実は島津の配下となって、大友の領土への野心をいっそうのものとしていた。

「どうなされまするか。ただちに道雪さまへお報せいたしましょうや」

「いや」

有馬伊賀守の言葉に統虎は首を振った。

「ならば、府内館へ援軍を求められては」

今度は統種が言った。

「来てもおらぬ秋月勢への抑えに兵を出してもらうことはできぬ」

そのようなまねをしては、道雪にどれほど叱られるかわかったものではなかった。

なにより誾千代にさげすまれることになる。

「では……」

「しっかりと手配をし、備えるしかあるまい」

統虎は立花城の周囲に罠《わな》をはった。

立花城は要害で鳴らしていた。

「秋月種実はおそらく立花山へ一気に攻めたててくるつもりであろう。進発した軍勢が引き返してくる前にかたをつけなければならぬからの」

「取り囲んでまいることは」

統種らの心配を統虎は否定した。

「ないであろうな。立花山に千の兵が籠もれば、天下の名将と名高い義父上といえどもそう簡単には落とせぬ。秋月もしゃにむには来るまい。また、兵数で劣る我らががむしゃらに攻めてくるとは思ってもいまい。なにせ義父上はおらぬのだ。まだ名の知れぬ吾など、秋月種実はものの数とも思っておらぬ。そこが付け目よ」

秋月種実の行動を予測した統虎は、城の大手前、立花山の麓にある木々の枝へ油を満たした樽《たる》をくりつけさせた。

「無駄になってくれればよいが……」

統虎の願いは、あっさりと潰された。

秋月種実が八千の兵をもって香春岳《かわらだけ》城を進発、立花城を取り囲んだ。

「なんという数」

物見へ上がった兵たちが、無数に見える敵兵に驚愕した。

「まさか逃げだすおつもりではございませぬでしょうなあ」

闇千代が統虎のもとへやってきた。

「城督が城を捨てるわけはございませぬ」

鎧を着こみ、長刀を手にした闇千代に統虎は宣した。

「ではどうするのだ。父上が戻られるまで籠城できるのか」

すでに秋月種実来たるの報は、出陣中の戸次道雪と府内館へ出ていた。

「お任せあれ」

統虎は首肯した。

「策を聞かせよ」

闇千代が食いさがった。

「なにかと準備がございますゆえ、明日にでも」

統虎は闇千代を置いて、物見へと上がった。

「よろしいのでございますか」

統種が心配した。

「よいのだ。名目だけとはいえ、吾がこの城を預かっておる。姫に口出しを許すわけにはいかぬ」

いまだ妻となっていない闇千代のことを、統虎は姫と呼んでいた。

「明日には、なにも言わずともすむ」

「では、今夜」

「うむ。夜襲をかける」

統虎は、日の暮れを待った。

千ほどの兵しかいなくとも立花山は難攻不落、地理不案内の敵城を夕刻から攻める愚を避け、秋月勢は麓に陣を張り、一夜を過ごしていた。

「よいか。敵に気取られぬようにいたせ。鎧の隙間にはぼろを挟み、槍の穂先には布を巻け。弓衆は、吾にしたがえ。他の者たちは有馬伊賀守について敵陣をかき回せ」

軍勢を二つに分けた統虎は、百ほどの弓隊を連れて、そっと山を下った。

「儂が火矢をもって、仕掛けた油樽を燃やす。それを合図に、陣幕へ火矢を撃て。あとは、思い思いに敵を射よ」

敵陣まで二十間《けん》（約三六メートル）まで近づいて、統虎は矢に火をつけ、あらかじめ仕込んでおいた油樽目がけて放った。

立花家随一の強弓は違《たが》わずに樽へと刺さった。

「なんだ」

不寝番をしていた秋月の足軽が、宙を飛ぶ火矢に呆然《ぼうぜん》とした。

「まさか……」

気づいたとき、すでに樽には火が移り、燃えた油が寝ていた兵たちの上へ降り注いだ。

「放てえ」

立花勢の弓が明るい尾を引いて飛び、秋月の陣幕を燃やした。

「夜襲じゃあ」

不意を突かれた秋月勢が混乱した。

「今ぞ。縦横にかき回したあとは、深追いせず城へと戻れ」

大手門を出たところで待機していた有馬伊賀守隊が、槍を手に突っこんだ。

矢で射竦《いすく》められた秋月勢は、駆け下りてきた有馬伊賀守隊五百に翻弄された。

「落ちつけ、落ちつけ」

「味方同士で争うな」

夜ということも影響した。衝撃のあまり、敵味方の区別がつかなくなった雑兵たちが同士討ちを始めた。

「道雪だ。道雪がいたぞお」

「罠だ、罠だあ」

みごとな策に秋月勢は、戸次道雪の幻を見た。何度筑前へ侵攻しても、ことごとく立ちふさがった稀代の謀将の影が、秋月兵を浮き足だたせた。

「落ちつけ、道雪はおらぬ。道雪は筑後じゃ」

将の言葉など耳に入らなかった。雑兵たちが我先にと背中を向けた。

「退けええ」

秋月種実は、収拾のつかなくなった陣を放棄、居城へと逃げかえった。

「勝ち鬨《どき》をあげよ」

焼け残った敵陣で統虎が右手を天へ突きあげた。

「えいえいおお」

立花の兵が大声で勝利を宣した。

「見たか」

本丸御殿で勝ち鬨を聞いているだろう闇千代へ向かって統虎は、胸を張った。

筑後へ出陣していた道雪が、天正十三年（一五八五）春、病を得て立花山へと帰還した。

「歳じゃの。大友百年の礎を作ることはかなわなんだか」

床についた道雪が嘆いた。

大友を支え続けた名将も歳老い、連戦に疲労困憊《こんぱい》していた。

そんな道雪のもとへ、義統から使者が来た。

「黒木兵庫頭征伐に参加せよ」

猫尾城を挟んでの攻防は、互いに決め手に欠け、対陣は年を越えていた。

「ここは道雪に出向いてもらうしかない」

義統が、道雪の発向を求めた。

大友義統は筑後奪回まで兵を退かぬと宣言し、大軍を催していた。

「これが最後のご奉公になろう」

道雪が力のない声で言った。

永正十年（一五一三）生まれの道雪は、今年で七十三歳となっていた。戦場を駆けまわり、大友が滅びぬように苦心惨憺《さんたん》した道雪の身体は急激に衰えていた。

「龍造寺隆信が死んだのは、天の配剤でござった。毛利が九州のことを思いだすまでに、筑後を取り返し、さらに肥前まで兵を伸ばさねばなりませぬ」

道雪は出陣を前に、統虎へ語った。

「そのためには、なんとしてでもわたくしの生きている間に柳川を落とさねば」

筑後柳川城は、縦横に走る水路を利用して縄張りされた名城である。その攻略には三年かかるとまで言われ、数万の軍勢を派遣した龍造寺隆信もとうとう柳川城を落とすことができず、城主の蒲池鎮漣をだまし討ちにしてようやく、手にすることができたほどの堅城であった。

「儂に残されたときは、三年ありますまい。しかし、なんとしても柳川だけは大友のために落とさねば……」

「………」

義父道雪の大友への執着を統虎は黙って聞いた。

「柳川さえ」

道雪が、柳川の重要さを統虎にしみこませた。

「行って参りまする。いつ帰れるかは」

出立の朝、輿の上に乗った道雪が首を振った。

「どうぞ、憂いなく。わたくしがおりますれば」

道雪に、誾千代が声をかけた。

「うむ。任せたぞ」

力なく娘に向かって首肯し、千の兵を率いて道雪が立花城から出陣した。輿は馬よりも高い。軍勢のなかで、道雪の背中はひときわ目立った。どこにいても道雪の姿を見ることができる。それが立花の兵を力づけていることはたしかであった。しかし、統虎には、遠ざかっていく道雪の背中が、いつもより小さく感じられてならなかった。

命のやりとりをしていなくとも戦陣では心身はむしばまれる。病をおして出撃した道雪は、高良山《こうらさん》の陣中で倒れた。

「この道雪が死ぬ前に」

道雪の寿命を削っても勝つとの覚悟に、高橋鎮種が応じた。

「戸次さまと一緒なれば、死出の旅路も退屈いたしますまい。戦談義などいたしながら、地獄へと参れましょう」

主君の覚悟を感じない兵は、高橋、立花両家にはいなかった。

「まずは龍造寺から片づけてくれるわ」

高橋、立花の軍勢は、龍造寺家の援軍倉町近江守《くらまちおうみのかみ》の陣へと襲いかかった。

「かなわぬ」

決死の兵の働きにたちまち倉町近江守の軍は崩れた。

「ここは退くしかあるまい」

龍造寺の将、久布白又右衛門尉《くぶしろまたえもんのじょう》らも高橋、立花兵の勢いに恐れをなした。

「なんということぞ」

後詰めが逃げていくのを見て、黒木兵庫頭が絶望した。

「ここにいたっては、どうしようもなし」

ついに黒木兵庫頭も観念した。

「吾一人の身にかえて、将兵の命を助けたまえ」

黒木兵庫頭は、猫尾山にて切腹した。

「猫尾山は田北宗哲《そうてつ》に預ける」

こうして黒木氏は滅亡し、筑後半国は大友の勢力へと組みこまれた。

しかし、その代償は大きかった。猫尾山開城を見届けた道雪の容態が急変した。

「柳川を……柳川を取らねば、大友の百年はない」

意識を奪う高熱に冒されながらも、道雪は大友家の未来を案じて逝った。

生涯不敗をうたわれた名将は、その名にふさわしく、天正十三年九月十一日、陣中で最期を迎えた。

「父上さまが……」

急を聞いた闇千代が絶句した。

「……そうか」

すでに覚悟していた統虎は、うなずいただけであった。

「ご遺言はなにかあったのか」

使者は道雪の側近由布惟信である。統虎は問うた。

「一言。柳川をと」

「柳川……」

聞いた統虎はくりかえした。

不意に統虎の隣から泣き声があがった。

闇千代が涙を流していた。身体全体を使って泣いた。

「姫……」

統虎ははじめて己から闇千代へと手を伸ばした。

「お悲しみあるな。姫には吾が、この統虎がついておりまする」

泣きじゃくる闇千代の背中を、優しくなでながら統虎は、初めて愛《いと》しさを感じていた。それはかつての夜に感じた異性への肉欲ではなく、もっと純粋なものであった。

「……ううう」

涙を床に落としながら悲しむ闇千代を、統虎は守りたいと思った。あの夜にもった憧れでもなかった。

統虎には歳上の闇千代がまるで妹のように見えた。

「見ておられるがいい。なにがあっても立花山の城は、守りとおしてみせる」

道雪を失った日、統虎は決意した。

その夜、由布惟信が、ひそかに統虎の部屋を訪れた。

「これを……」

惟信が厳重に封じられた一通の手紙を差しだした。

「大殿さまが、殿だけに見せよと」

「吾だけにか」

受けとった統虎へ、惟信が首肯した。

「では、これで」

惟信が去った。

「…………」

統虎は灯りをつけず、満月の光で手紙を読んだ。

読み終えた統虎は絶句した。

「……なんとっ」

手紙には戸次道雪が闇千代に抱いていた想いがつづられていた。

道雪は闇千代を娘ではなく女として愛していた。統虎ははじめて闇千代が大友宗麟の娘であることを知った。

「そこまで……」

道雪は、大友ではなく、誾千代のためにすべてを捧げていた。だからこそ、大友の家が滅ぶことを防ごうと道雪は腐心していた。

立花の名前を拒否したのも、いつかは誾千代を道雪の妻として迎えたかったからだと手紙は告白していた。決して手を出せぬ形だけの妻仁志への憂々たる想いを、道雪は血の繫《つな》がらぬ娘へ向けていた。

終生女と交われぬ身体であったればこその執着が、統虎を震わせた。

「五十も違う娘に……吾には無理じゃ」

道雪の妄執を見せつけられた統虎は、誾千代へ感じた親しみがふたたび薄れていくのを感じた。

統虎にはきびしい義父であったが、その損失は大きかった。道雪死すの報は、たちまちにして島津、秋月、龍造寺へと拡がり、筑後筑前の風雲は急を告げた。

天正十四年（一五八六）、ついに大友宗麟は自ら大坂へ上り、羽柴内大臣秀吉へ島津家の横暴を訴え、援助を願った。

「国に帰り、余の進発を待て」

四国を征伐し、長曽我部元親《ちょうそかべもとちか》を土佐《とさ》一国に封じこめた羽柴秀吉にとって、九州征伐の口実となる大友宗麟の申し出は渡りに船であった。

「九州を仕置きする」

秀吉の大号令で九州征伐の準備が始まった。

「信長の雑兵あがりが、なにほどのものか」

島津義久は、秀吉の侵攻前に九州全土を手にしようと動いた。

天正十四年七月、島津義久は一門の忠長《ただなが》に二万の兵を預け、筑前へと侵攻した。すでに龍造寺、秋月は島津の軍門に降っていた。

「降伏されれば、将としてお迎えする」

島津忠長が、高橋鎮種と筑紫広門へ城を明け渡すようにと求めた。

「吾は代々大友に仕える者。この歳になって主君を変えるとは思いも寄らぬ」

鎮種はことわった。

「舅どのを裏切るわけにも参らぬ」

先年、広門の娘が鎮種の次男で統虎の弟、高橋統増《むねます》に嫁ぎ、姻戚となった筑紫広門も鎮種にしたがい、島津の勧告を拒否した。

「ならば、やむをえぬ」

島津の猛攻が始まった。

まず島津は岩屋への途上にある肥前の筑紫広門を攻めた。島津軍を呼びよせ、嫡男の晴《はる》

広門は岩屋城の盾とならんとし、勝尾城に籠もった。島津軍を呼びよせ、嫡男の晴《はる》門《かど》に預けてある出城を利用して挟撃しようとした。

しかし、島津忠長は、策を見破り、まず晴門の守る出城へ襲いかかった。晴門は奮戦したが力およばず戦死した。続いて島津軍は勝尾城へ攻めかかった。広門は五日にわたって耐えたが、ついに降伏した。

「よし、これで岩屋までは障害もない」

島津忠長は岩屋城の攻撃を開始した。

「岩屋へ援軍を」

急を聞いた統虎は、軍勢を準備した。

父高橋鎮種の籠もる岩屋城には七百六十二名の兵しかいなかった。

「立花城を出ることを許さず。そなたは立花の家へやったる者。高橋の家滅びようとも、かかわりなし。万一兵寄こすようなまねをいたさば、永劫《えいごう》に縁を切る」

息子統虎の申し出を鎮種は断った。

「そなたは、島津へ降れ。高橋の血を絶やすな」

続いて鎮種は、次男統増の宝満城を島津に明け渡させた。

「思い残すこともなし、島津どのの矢玉馳走《ちそう》していただこう」

鎮種の覚悟を受けて、七月十二日、岩屋城の攻防が始まった。

四王寺山《しおうじやま》を一つの曲輪《くるわ》として、中腹にある本丸を中心にいくつかの支城を展開させた岩屋城は、島津の猛攻に耐えた。

「放て放てえ」

下から撃ちあげてくる鉄炮は、たくみに配された石垣や巨木にさえぎられ、ほとんど効果がなかった。

「今ぞ」

島津の攻勢が弱まると、鎮種自ら槍をもって敵陣へ突撃、縦横無尽に突きまくった。

「みごとなり」

高橋勢の戦い振りに島津忠長が感心した。

しかし、数万の軍勢の前に高橋の兵は少なすぎた。

支城、砦が次々に陥落、ついに本丸大手を守る虚空蔵《こくうぞう》砦も陥落、重臣福田民部少輔《ふくだみんぶのしょう》が討ち死にした。

「もはやこれまでか」

大手門が破られたことを知って、鎮種は天をあおいだ。

「島津の軍勢にもの申す」

鎮種は大声で、大手門前にひしめく島津勢に叫んだ。

「弓矢の馳走をいただいたが、もはや我らに武運なし。高橋主膳正鎮種紹運、自決をいたしたく、矢玉をしばしお止めくだされよ」

「承った。あっぱれなる武者振りでござった。どうぞ、心おきなくゆかれよ」

寄せ手の大将、伊集院忠棟《いじゅういんただむね》が、応じた。

鉄炮の音と人の叫び声が久しぶりに途絶え、四王寺山を静寂が包んだ。

「忙《せわ》しい一生であったわ」

鎧をはずし、岩屋城の物見櫓《やぐら》へと登った鎮種は、ゆっくりとあたりを見回した。

「栄枯盛衰は世のならい。大友の家も避けられぬ定めであった。されど、筑前の山土は変わらず続く。よき眺めである」

鎮種は、脇差を逆手にもった。

「統虎よ。儂はそなたを立花にやりたくはなかった。高橋の跡継ぎとして、この岩屋を任せたかったが……今にして思えば、養子に出してよかったのやも知れぬ。もし、ここにおれば、嫡男のそなたは儂と共に死なねばならなかった。統虎よ、これからも辛い日々が待っていよう。だが、耐えよ。いつか、そなたにも佳《よ》き日が来よう」

統虎が婚家で迫害されていることを、鎮種は知っていた。

「島津の衆よ、ご覧あれ。大友の士《さむらい》の死にざまを」

力一杯脇差を腹に突きたてて、鎮種が叫んだ。

「お見事」

島津先手の将、伊集院忠棟が、鞍を叩いてほめた。

「岩屋の衆、すでに勝敗は決し、高橋鎮種どのは腹を召された。これ以上は無駄な戦でござる。悪いようには取りはからわぬゆえ、城門を開かれよ」

情義をつくした伊集院忠棟の言葉にも、高橋の兵はしたがわなかった。

「お心ざしはかたじけなし。されど、我らそろって殿の跡をお慕い申す」

ふたたび静寂は破られた。

喧噪《けんそう》は長く続かなかった。城門を破られては抵抗のしようもなかった。

七月二十七日、十五日間も、寡勢をもって数万の兵を支えきった岩屋城だったが、陥落、高橋の兵は全滅した。

「なんということぞ」

岩屋の城を落とした島津忠長は、自軍の損害の多さに驚愕した。じつに六千近い兵が死傷していた。

しかし、島津もこのままでは帰れなかった。勝尾城、岩屋城と宝満城を落とし、大友一の勇将高橋鎮種を討ちとったとはいえ、筑前半国は変わらず大友の勢力にあり、最大の港博多も手にしていなかった。

「羽柴の軍勢が来る前に、なんとしてでも博多を」

島津勢は立花城を囲った。

「父上……」

蟻《あり》の這《は》いでる隙間もないほど麓に満ちた島津勢を見おろして、統虎は一人涙した。

第三章　生の攻防

一

父高橋鎮種の死を悲しむ暇を、統虎は与えられなかった。

岩屋城を落とした島津勢は、その矛先を立花へと向けてきた。

四万の兵が立花城を封鎖した。

「おのれ……」

統虎は歯を食いしばった。

島津は統虎から父だけではなく、生まれてから十三年過ごした岩屋城を奪った。さらに宝満城を明け渡した弟高橋統増と母宋雲院《そううんいん》も、島津の捕虜として連れさられていた。

「必ず取り返してくれるわ」

「殿。落ちつかれよ」

有馬伊賀守が諌めた。

戸次道雪の死を受けて、統虎はすべての家臣から殿と呼ばれるようになっていた。

「島津義久の首見るまで、死んでたまるか」

統虎は、まず島津兵への小手調べに夜襲をかけた。

「前は全部敵じゃ。遠慮は要らぬ」

音もなく城を出た立花兵は、闇に目立つ鉄炮ではなく、弓をいっせいに放った。

「わあ」

「ぎゃっ」

寝ていた島津兵に矢が突きささった。

「夜襲じゃ。盾を使え」

混乱することなく、島津は対応した。

「秋月とは違うわ」

島津忠長は、よく兵をまとめ、陣形を崩さなかった。

「なかなかやる」

味方に損害が出る前に統虎は兵を退いた。

「一同休め。明日は日が昇ると、薩摩の馳走が始まるぞ」

統虎はまっさきに横になった。

夜明けまで統虎は熟睡した。

「大手、搦め手ともに攻めのぼって参りまする」

見張りの叫ぶような声で、統虎は目覚めた。

「来たか」

起きあがった統虎は、同じく広間で横になっていた有馬伊賀守と竹迫統種へ顔を向けた。

「大手は、伊賀守に。搦め手は竹迫に任せる。矢玉を惜しむな」

「承知」

「お任せあれ」

二人が首肯した。

「島津が退いても決して追うことを許さず。いや、城門を開くな」

統虎はきびしく命じた。

「我らの戦は、島津に勝つことではない。ときを稼ぐことぞ」

父鎮種が十五日もがんばってくれたお陰で、立花山は十二分な備えをすることができた。

「関白さまが九州の仕置きに二十万の大軍を率いてこられるという。それまで耐えれば、島津は終わる」

「では」

「立花の城が堅さ、見せてくれましょうぞ」

竹迫統種と有馬伊賀守が持ち場へと走った。

「勝てるのか」

二人が去るのを待っていた闇千代が、訊いた。

「敵将の首を取ることを勝利と言うなら、勝てませぬ」

彼我の勢力の差を統虎は十二分に理解していた。

「この城を落と……」

はじめて見る大軍に闇千代の強気は消えていた。

「落としてなるものか。父の死が無駄になる」

強い口調で統虎が言った。

「そう。そう。父上の遺志をあなたは継がなければならぬ。それでこそ、立花の当主」

闇千代がうなずいた。言葉にすれば同じであったが、互いの言う父の違いを二人は無視した。

「この戦が終われば、わたくしの寝屋へお出ましくださいますよう」

たおやかに手を突いて、闇千代が述べた。

「……ああ」

意味することは統虎にもわかった。しかし、統虎のなかで誾千代が妻であるとの意識はほとんどなかった。

「では、わたくしはさがりまする」

裾をさばいて誾千代が部屋を出ていった。

「鎧を身につけなくなったのか」

統虎は、ようやく誾千代の変化に気づいた。

しかし、統虎の意識は始まった戦いの雄叫びに奪われた。

「…………」

統虎は小走りに物見へと登った。

物見からでは、命令を伝達するのに少しだが間がかかる。わかっていながら、統虎はあえて物見へと上がった。

大手、搦め手両方の戦況を同時に把握できるからであった。

「どこからでも目にできる」

もう一つは、己の姿を兵たちに見せるためであった。

足を悪くした道雪はいつも輿に乗って軍勢を指揮した。人の肩に担がれる輿の位置は馬よりも高い。戦場のどこからでも一目で道雪の姿は確認できた。これは将の無事を、兵たちに見せ、士気を保つに役立っていた。

道雪のまねを統虎はしたのであった。

統虎の兜は黒漆塗りで、大きな輪抜きが耳の位置から生え、後頭部に毛房をつけた独特のものである。立花城に籠もる兵たちは、ほんの少し目を上に向けるだけで、統虎が物見に立っていると知ることができた。

「吾が見ておるぞ」

統虎は大声で叫んだ。

「おう」

兵たちが応じた。

立花城の士気は天を突いた。

「ござんなれ」

まさに山を埋めつくさんばかりの薩摩軍も、立花の兵には脅威ではなくなった。

「どこに撃っても当たるわ」

竹迫統種が笑いながら、鉄炮足軽の肩を叩いた。

「弓隊、好きなように放て」

有馬伊賀守も兵に任せた。

ただまっすぐに城門を目指してきた島津軍の勢いが止まった。

まさに雨霰《あめあられ》とばかりの斉射が、島津兵を襲った。

「ぐええ」

「ぎゃああ」

至近距離からの鉄炮は南蛮鉄の鎧兜を貫き、弓なりに飛んでくる矢は守りの薄い背中に突きささった。

「ぎゃあ」

「ぐえ」

「ひるむなあ。敵は少数。このまま一気に押し破れ」

槍を振りあげて号令した薩摩の将が頭から地に落ちた。

勇猛果敢な島津兵は、それでも立花山の城門へ取りついた。

「一番乗りを……」

塀に登りかけた島津兵の頭上から熱した油がかけられた。

「うわあ」

転げ落ちたところへ火矢が撃ちこまれる。

たちまち兵が火だるまになった。

「あああああ」

しっかりと結んである鎧はそう簡単に脱ぐことはできない。松明《たいまつ》のように燃えながら兵が走りまわり、いっそうの混乱を呼んだ。

そこへとぎれることなく矢玉が撃ちこまれ続ける。

城門前にあふれる島津兵は止まっている的にひとしい。無駄玉はない。倒れる島津兵が続出した。

「退け、退けえ」

さすがの島津兵も退却した。

緒戦は立花の勝利で終わった。

「よくやってくれた」

島津兵の姿が見えなくなるのを待っていた統虎は、兵たちをねぎらった。

「傷ついた者には手厚くしてやってくれ」

物見を降りた統虎は、近づいてきた竹迫統種と有馬伊賀守に命じた。

「はっ」

「すでに兵は休ませておりまする」

両将とも満足そうにほほえんでいた。

「次は、こううまくはいかぬ」

二人を下がらせ一人になった統虎は、勝利に沸く城内から心を切り離した。

岩屋での失態を取りもどそうと敵が焦ってくれたお陰で、今朝の戦いは立花の勝利となったが、次こそ十分な態勢を整えて来る。かつて統虎が作らせた竹盾を前にしているだけで、鉄炮と弓の被害は、そのほとんどを防げる。

「青竹は燃えにくい」

乾燥させた竹は火がつきやすいが、切ったばかりのものは湿気が多く、まず燃えない。油や火を使った策も有効ではなくなる。

「つまるところは、数の力」

統虎は勝てないことを理解していた。自力で島津を追いやることなど無理であった。

「父は十五日支えた。なれば吾は二十日もたせてみせよう」

用意された湯漬けを三杯かきこんで、統虎は午睡をとった。

飯ではなく湯漬けにしたのは、少しでも量を多く見せ、満腹を感じやすくするためであった。いかに籠城のために米を用意したとはいえ、無限にあるわけではない。また、城の周囲を封鎖されて手に入らなくなった魚や菜などの副食物なしでも、湯漬けならば少量の味噌、あるいは塩、漬けもので十分食することができた。

目覚めた統虎は道雪の残した戸次以来の重臣を探した。

「薦野《こもの》三河守は、どこぞ」

「こちらでござる」

大手門近くの小屋から薦野三河守が姿を現した。

「三河守。三百ほどの兵を選抜しておけ」

統虎は言った。

「三百でござるか」

　鷹野三河守が聞き返した。

　道雪にしたがい何度も戦場を駆けまわった鷹野三河守は、島津にも名の知れた勇将であった。とくに槍をあつかわせれば立花一の腕前である。

「押しだしまするか」

　城門前へ集まった島津勢に突っこむための人選かと、鷹野三河守が問うた。

「いや……」

　統虎は首を振った。

　ひしめき合う敵の前で城門を開くのは、一つまちがえば自滅である。

「では、なんのために」

「大手の左手、空堀に伏してくれ」

　敵に突っこむよりきびしいことを統虎は命じた。

「脇を突けと」

「うむ」

　まさに決死の兵であった。

「おそらく敵は数日かかって竹束の盾を作り、それを前と横に並べて攻めあがって来るであろう」

「…………」

統虎の予想に黙って鷹野三河守が首肯した。

「そのうえ、前回の負けざまだ。それこそしゃにむに城門目がけて押しよせることはまちがいない」

「左右に目を配る余裕がないと」

「ああ。なにより千そこそこしかいない兵を割いて、伏せ勢をするなど誰も思うまい。それに竹束は、鉄炮や弓には有効だが、槍の前にはないも同然」

竹を束ねただけの盾は、槍で容易に突き破れた。

「承ってそうろう」

鷹野三河守が引き受けた。

「殿よ」

背中を向けかけた鷹野三河守が振り返った。

「まるで大殿を見るようでござる」

鷹野三河守がそう言い残して去った。

「義父上に似たか」

聞いた統虎は、言葉を失った。

統虎は道雪のことが苦手であった。いや、嫌いであった。生涯四十度近い戦でついぞ負けたことのない、まさに軍神ともいうべき将の実態は、ただ冷酷なだけの人物でしかなかった。

その道雪に比せられたことが統虎を責めた。

道雪はいつもいかに効率よく兵を死なせるかを考えていた。かつて毛利と羽柴が和解したとき、博多へ二百の兵を入れたのもそうであった。

二百ほどで数万の毛利勢を防げるはずなどないと子供でもわかっている。ただ、この二百は、博多に毛利が上陸したとの報を立花山へもたらし、少しの準備をおこなうためだけのとき稼ぎであった。

二百の兵を殺して数刻のときを得る。非情であるが、有効であった。籠城の準備を怠りなくできたかどうかで、戦の行方は変わる。

立花山だけで毛利と戦えるはずはない。大友本家の兵が来るまで耐えるしかできない籠城を可能にするかどうかが、寸刻の差で変わった。

「三百のうち半分は生きて帰らさねば、後が続かぬ」

吐きそうな自己嫌悪に襲われながらも、統虎は策を編み続けた。

統虎は物見を何人も出し、島津の陣をうかがわせた。

「竹束の用意がととのったようでございまする」

数日後、物見が報せてきた。

「ご苦労であった」

島津の再侵攻を統虎は明日と読んだ。

「今宵から伏せてくれるように」

「お任せあれ」

統虎の命に薦野三河守が胸を張った。

夜陰にまぎれて三百の兵が大手門前の空堀に下り、うえから枯れ草などを被り、潜んだ。

夜明けとともに麓から地響きが伝わってきた。

「来たか」

統虎は、物見ではなく大手門の上に登った。

「いいか。この間以上の馳走をしてやれ」

「おおう」

鉄炮や弓を構えた兵たちが呼応した。

「竹束を先頭にゆっくりと上がって参りまする」

物見の兵が叫んだ。

「ふん。思惑どおりのことをしてくれる」

統虎は不敵に笑ってみせた。

島津勢が見えた。竹束で前と左右、さらに上まで防護していた。

「火矢、撃て」

軍配を統虎が振った。

百近い火矢が竹束に突きささった。

火矢は鏃《やじり》の下に油をしみこませた布を巻き、火をつけたものである。陣幕や乾燥した木に刺さると、すぐに燃やし始めるが、青竹には効果は薄かった。

それでもいくつかの竹束が煙をあげ、廃棄された。

「弓を」

統虎は隣にいた兵から己の強弓を受けとった。

「見ていよ」

引き絞って統虎は、竹束のなくなったところへと弓を射た。

整然と進んでいた島津勢が一瞬揺れた。統虎の弓で一人の兵が死んだ。

「お見事」

竹迫統種が手を叩いた。

「一同、殿のまねをいたせ」

数百の弓矢と鉄炮が放たれた。しかし、雨のような音をたてて、そのほとんどが、竹束にむなしく弾《はじ》かれた。

「よし。このまま門を破るぞ」

竹束のお陰で兵の損耗はほとんどなかった。島津の将が勢いよく進軍を命じた。

「おおおおお」

雄叫びをあげて島津勢が城門に押しよせた。

「煮え湯、焼き油」

竹迫統種の声が、飛ぶ。

大手門の上から沸きたったお湯や、煙をあげた油が落とされた。しかし、それも盾に邪魔されて、さほどの効果をあげなかった。

「えいやああ」

島津兵が、大手門に取りついた。力任せに押し始める。

「よし。いまぞ」

さっと竹迫統種が手をあげた。

門の左右にいた兵が顔を見あわせ、うなずき合うと手にしていた斧で目の前の縄を切った。

大手門の天井にくりつけられていた大木が、落ちた。

「ぐええ」

「ぎゃあ」

大手門に取りついていた島津兵十人ほどが、潰された。

「おのれ……」

倒れた仲間の姿に、島津兵が憤怒《ふんぬ》した。

「打ち破れ」

仲間の屍《しかばね》を踏み越えて、島津兵がふたたび大手門に取りついた。

「放て、放て、放てえ」

竹迫統種が声もかれよとわめいた。

無駄と知りつつ、鉄炮、弓が撃ち続けられた。島津兵がしっかりと竹束を持ち、前だけに集中した。

大手門から見おろしていた統虎は、島津兵のまなじりがつりあがったのを確認した。

「ころあいよし」

統虎は、弓に鏑矢《かぶらや》をつけ、射た。

笛のような音をたてて鏑矢が飛んだ。

「合図ぞ。突っこめえ」

じっと待っていた薦野三河守が、手を振った。

「わあああああ」

鬨の声をあげて、三百の兵が槍を手に突っこんだ。

「なんだあ」

左右から襲われた兵が竹束で防ごうとしたが、槍は隙間をぬった。

たちまち数十人の島津兵が突き殺された。

「伏せ勢」

後方で見ていた将が目を剝いた。十倍をこえる敵に伏せ勢などあり得なかった。

鉄炮から身を防ぐ竹束がぎゃくに島津兵の足を引っ張った。落とさぬよう、手に竹束をくりつけた縄を巻きつけていたため、太刀を抜くことができなかった。

たちまち薦野三河守の一団は島津勢のなかへと食いこんだ。

「突け、突け、突いて突きまくれ」

叫びながら薦野三河守は的確に島津兵の鎧はずれを狙った。鎧兜には、いくつかのはずれがあった。とくに腕を動かすため、脇はがら空きになっていた。薦野三河守は、そこを浅く突いて抜くをくりかえした。深く突けば、穂先が肉に巻き付かれて、戻せなくなることがあるからだ。

整然とそろっていた島津の陣形が崩れた。

「放て」

そこへ空堀に残っていた百の鉄炮足軽が鉛玉を撃ちこんだ。

竹束を頭上に抱えていた島津兵が雪崩《なだれ》をうって倒れた。竹束の陣が崩れた。

「矢玉を浴びせよ」

竹迫統種が、ただちに命じた。

島津の陣形が波打つように揺れ、何十もの兵が血に染まった。

「無念。退き鉦《がね》を鳴らせ」

細い山道では、いかに後ろの兵が無事でも、救援に駆けつけられなかった。伊集院忠棟が退却を告げた。

甲高《かんだか》い鉦の音が立花山に響いた。

「こやつらを逃がすな」

薦野三河守は味方と分断された島津勢へと突っこんだ。

「門を開け」

統虎自ら槍を持って飛びだした。

味方と切り離され、大手前に残った数十の島津兵は、抵抗むなしく全滅した。

「勝ち鬨をあげろ」

味方を城内に戻して、統虎は命じた。

「おおおお」

立花の兵たちが唱和した。

「大手が退いたのか」

搦め手を攻めていた島津勢が目を見張った。

「状況がわからぬ。退け」

将が撤退の合図を出した。

こうして二度目の侵攻も、統虎は防ぎきった。

「勝ったぞお」

沸きかえる城兵たちにうなずきながらも、統虎は死者の多さに顔をゆがめた。

「半分か」

横槍をつけさせた三百の兵は、半分に減っていた。

「敵は六百ほど倒しましてござる」

何カ所からも血を流しながら、薦野三河守が述べた。

「ご苦労であった」

賞しながらも、統虎は気が重かった。被害だけを見れば、四倍島津が多いように見える。しかし、四万のうちの六百と千から消えた百五十では、重みが違った。

「兵たちを十分休ませてやれ」

薦野三河守に告げて、統虎は居室へと戻った。

二

二度にわたって島津の攻勢を退けたのはいいが、立花城の被害も大きかった。何重にも巡らした土塁や空堀の多くが崩れ、城門の破損も激しくなった。なにより鉄炮の弾薬が底をつき始めていた。

「弾は作れまするが、焔硝《えんしょう》が……」

由布惟信が焔硝蔵の状況を報せに来た。

「あとどのくらいもつ」

「おそらく、二回も戦えば……」

統虎の問いに由布惟信が答えた。

「二回か」

少なさに、統虎は絶句した。

「もって三日か」

現況を把握した統虎は、嘆息した。

二度の敗戦は島津の誇りを傷つけた。このまま立花城を落とせなければ、島津の声望は大きく減じ、したがったばかりの筑前筑後の国人衆に動揺が走るのはたしかであった。

「次は、退いてくれぬであろう」

「おそらく」

惟信も同意した。

「しゃにむに来られれば……」

「城門は破られる」

堅固とはいえ、立花城は小さい。城門を突破されれば、落城したも同然であった。

「島津が陣形を整えて、攻めのぼってくるのは、明日か、明後日か」

「羽柴勢が九州に来る前に博多を手にいたしたいでしょうゆえ、おそらく明日ではないかと」

冷静に惟信が言った。

「一日でもときが欲しい」

父鎮種の十五日にはおよばないが、せめて羽柴勢が本州を発《た》ったとの報まではもたせなければならないと統虎は考えていた。

「島津の傷兵は何名ほどだ」

「助かりそうにないものは、止《とど》めを刺しましたゆえ、今城中におるは二十名ほどでございましょう」

同席していた竹迫統種が述べた。

「よし。竹迫。そなた島津兵を陣中まで届けよ。そのうえで、一日死者の弔いをいたしたいとの旨、交渉して参れ」

統虎が命じた。

戦とはただ殺し合うだけではすまなかった。勝てば名の残る大将と違い、徴発されてきた足軽や、さほど力のない将にとって戦とは、命のやりとり以外のなにものでもなかった。

運がよければ生き残り、褒賞に与れる。それだけではなかなか命をかけられない。望んで参加したのではない兵たちにとって、己が傷つき、あるいは死んだあとの対応も大きな意味をもった。味方がどのように手をさしのべてくれるか、それを兵たちはじっと見つめていた。あつかいが悪ければ、次の戦いでの対応が変わる。徴発を避けたり、戦場で動かなかったり、少しでも不利になると背中を向けたりするのだ。ために、戦陣では争いのあと、たがいに軍使を出し、一日あるいは半日の休息を決め、そこで傷兵の収容や死者の弔いをおこなうことがままあった。

「承知」

鎧のすれる音を残して、竹迫統種が立ちあがった。

「惟信」

統虎が呼んだ。

かつて婿にきたばかりの統虎にきつくあたった由布惟信を、統虎は排除せず重用していた。また、由布惟信も道雪の死後統虎を下に見ることをやめ、よく仕えていた。

「なんでございましょうや」

由布惟信が問うた。

「配下のなかで身軽な者を死者にしたてあげよ」

「死者にでございまするか」

「うむ。うまく島津との停戦がなれば、城中の死者は城下の寺へと送られることになる。一度寺へ入れ、何とかして島津の陣中を突破させよ」

「府内へ援軍のご催促でございまするか」

「いや。そのまま博多へ抜けさせるのじゃ」

すでに大友家には島津の侵攻を抑えるだけの力がなかった。

「博多へ……」

「うむ。そして、博多の港で噂《うわさ》をまかせよ。羽柴の軍勢が海を渡ってきたとな」

策を統虎が授けた。

「なるほど」

聞いた由布惟信が手を打った。

「すでに大友は羽柴どのが配下となっておる。お名前を使ったところで咎められることはあるまい」

「わかりましてございまする」

首肯して由布惟信は人選のために統虎の前を下がった。

「策は講じた。これでだめならば、潔く父のあとを追うまでよ」

統虎はぐっと宙をにらんだ。


立花の申し出を島津忠長は受けいれた。

「配下の者をお届けいただいた。それに応えねば武士にあるまじ。なれど、戦塵《せんじん》のさなかであれば、一日は長過ぎよう。半日、いまから日が落ちるまでといたす」

島津忠長は、統虎の引き延ばしを見抜いていた。

「けっこうでござる」

竹迫統種は納得した。

「少しよいか」

島津忠長は、横柄な態度で統種に問うた。

「なんでございましょう」

気にした風もなく統種がていねいな口調で答えた。

「聞けば、立花城の主立花統虎どのは、まだ二十歳《はたち》に満たぬとか」

「それがなにか」

わざと統種が首をかしげた。

「よくぞ、そのような若輩に兵どもがしたがうものよな」

あざけりをこめて島津忠長が言った。

「梅檀《せんだん》は双葉より芳《かんば》し、蛇《じゃ》は一寸にしてその気を得ると申しまする。将たる器は、齢《よわい》とかかわるものではございますまい」

統種がやわらかく否定した。

「戦い振りの見事なるは、身に染みて知ったが、真の将たる者、世の流れを読み、むだに兵を殺さぬもの。いささか立花どのは、そこが欠けておられるように思われる」

「…………」

黙って統種は、島津忠長の話を聞いた。

「すでに筑前は立花山を残すだけ。大友の勢力も豊後一国ときわまった。残るはすべてわが島津が手にした。ここで意地を張ったところで、数日が関の山であろう。いかがかな。城を開き、島津に与力しては。この忠長、決して悪いようにはいたさぬ」

島津忠長が降伏を勧めた。

「わたくしの一存ではお答えいたしかねまする」

竹迫統種が首を振った。

「わかっておる。城に戻られた上で話をまとめられよ。刻限は明日の日の出までといたそう」

「伝えまする。では、ごめん」

「ああ。待て」

背中を向けた統種を島津忠長が止めた。

「主が将たらんとき、正しき決断をおこない兵を助けることこそ、真の忠臣。筑前半国の価値がある。よく考えよ」

「…………」

統種は黙礼した。


「そうか。開城せよと申したか」

帰還した統種からの報告を統虎は喜んで聞いた。

「ときが一夜とはいえ稼げたわ」

「殿」

「なんじゃ」

統種が、島津忠長に裏切りをそそのかされたことを語った。

「当然であろうな。本当に裏切るかどうかなど島津は気にしてはおるまい。ただ、城中に疑心暗鬼を生み出させたいのよ。もちろん、そなたのなかにもな」

統虎は笑った。

「どう見てもこの戦は勝てぬ。おそらく数日で立花山は殲滅《せんめつ》される。五歳の子供でもわかること。皆死を覚悟している。そのなかで生き残れるやも知れぬと思えば、心が動いて当然じゃ。使者に立つくらいゆえ、そなたが一手の将であることはわかる。将が決死の覚悟を失えば、配下の兵はどうなる」

「兵は動揺いたしましょう」

「であろ。となれば、城中の守りにひびが入る。島津にしてみれば、そなたが裏切るかどうかはものの数ではない」

はっきりと統虎は断言した。

「見ているがいい。今、我がほうの死者を寺へ運んだ。その差配を由布にさせた。由布にもおなじことを島津は申すであろう」

統虎は見抜いていた。

「竹迫、由布、ともに立花の支柱じゃ。決して裏切ることなどないと島津は気づいておらぬ。秋月、龍造寺などと同等に見たことを悔やむことになる」

侮《あなど》りの色を統虎は浮かべた。

「なにより な」

「はい」

「吾は死ぬ気などない。負ける気もな」

「殿……」

統種が統虎の言葉に息をのんだ。

「三日、いや、島津のお陰で二日になった。それを耐え抜けば、島津は去る」

統虎はふたたび断言した。

翌朝、統虎は夜が明ける前に、城中のあちこちに掲げていた立花の旗を降ろさせた。

「城中より、旗が消えておりまする」

物見の島津兵が本陣へ報告した。

「旗を降ろしたか」

島津忠長が肩の力を抜いた。

戦場で旗を降ろすことは、敗北を認めたにひとしかった。

「よし、まもなく立花統虎が来るであろう。本陣の構えを整えよ。島津の威容を見せつけてやれ」

ただちに本陣の周囲が掃き清められ、陣幕の周りを足軽が取り囲み、鉄炮足軽が入り口前で隊を組んだ。

しかし、いつまで待っても立花統虎は来なかった。

「はかられたか」

島津が気づいたとき、日は中天にあった。

「ふざけおって」

島津忠長はただちに全軍進撃を命じた。

しかし、前回の伏せ勢に懲りた島津兵は、空堀土塁のたびに足を止めざるをえず、勢いのまま突っこめなかった。

「島津兵、来ます」

物見の上から兵が叫んだ。

「よし、矢玉は使いきっていい。鉄炮が焼けてしまってもかまわぬ。なんとしてでも防ぎきれ」

統虎は、兵たちを指揮した。

立花山の城門は大手、搦め手ともに内側から釘付けにしてあった。統虎は兵を出すことをもう考えてはいなかった。

「丸太を抱えておりまする」

島津兵が、大きな丸太を抱えていた。それを何人かで持ちながら、城門へぶつけて、破壊しようというのである。

「支えておる兵をまず撃て」

すでに補強を終えているとはいえ、丸太をぶつけられれば、門は揺れ、大きな音を出す。それは、城中の兵に、動揺をもたらすかもしれなかった。

「はっ」

竹盾を前に突きだした足軽を先頭に島津兵が大手門へと肉薄した。

「随時に撃て」

大手門を任された有馬伊賀守が、大きく手を振った。

たちまち轟音が立花山を包んだ。

「引きつけてからじゃ」

搦め手では、統種が勇む兵を抑えていた。

「よし。いまぞ」

搦め手の門に島津兵が触るまで待った統種が、手にしていた鉄炮を放った。我慢し続けてきた搦め手の兵たちも続いた。

「なんとしてでも、落とせ」

島津忠長が、声をからして命じた。

竹盾を支える兵の後ろから島津の鉄炮足軽が射撃を始めた。

無数とも思える矢玉が行きかい、あちこちで兵が死んでいった。

「立花の家が続くかぎり、子々孫々まで粗略にせぬ」

物見に登った統虎は、弓を引きながら絶息していく家臣たちに告げた。

「殿が見ておられるぞ。働きどころじゃ」

大声で有馬伊賀守が兵を鼓舞した。

立花兵は、隣の仲間が地に伏してもひるまなかった。死んだ兵の鉄炮を拾いあげて撃ち続けた。

「ええい。まだ落とせぬのか」

膠着した戦線に、島津忠長が焦れた。

立花勢の狙撃で丸太を持つ足軽に被害は集中していたが、一人倒れればすぐに別の兵で補充して、攻撃はとぎれていなかった。

「しゃにむに押せ」

将たちが兵に命じた。しかし、裏側でがっちりと補強された城門はびくともしなかった。

「そろそろ日が落ちまする」

側近が島津忠長へ告げた。

「かまわぬ。落ちるまで下がることを許さん」

島津忠長は、損害を無視した。

日が落ち、夜になると、がぜん立花勢が有利になった。周囲の地形を熟知している立花兵は、暗闇でも関係なく的確に敵を射ぬいた。

「火矢を射かけよ」

島津兵が火矢を撃ちこんだ。

「水を」

あらかじめ屋根の上に水を満たした桶《おけ》が用意されていた。城の壁に突きささった火矢は、すぐに消し止められた。

「こちらも馳走してやれ」

統虎の言葉で、立花からも火矢が放たれた。島津勢に燃えるようなものはないが、火が消されるまで、あたりは照らされる。そこへ、攻撃が集中し、何人もの島津兵が血を流した。

「竹盾は」

「もうございませぬ」

島津が用意した竹盾は、雨霰のように襲い来る鉄炮と矢で壊されていた。

「ええい。こうなれば人垣で塀を越えよ」

歯がみして、島津忠長が命じた。

勇猛さで島津兵にかなう者はいなかった。休むことなく飛んでくる矢玉をものともせず、数十の島津兵が門脇の塀に取りついた。兵の上に兵がよじ登り、高さを増していく。

「させぬわ」

すぐに気づいた有馬伊賀守は手にしていた鉄炮で一人を狙撃すると、槍を持って塀の上を駆けた。

登りかけていた島津兵に、有馬伊賀守が槍をまっすぐ突き下ろした。

「ぎゃああ」

首の鎧はずれを破られた島津兵が絶叫しながら落ちた。

「これでもくらえ」

止まることなく次の島津兵を槍の石突きで叩いた。

「ぐえっ」

脳震盪《のうしんとう》を起こした島津兵が、あっさりと気を失った。

「なにをしておる」

島津忠長がいらだちを露《あら》わにした。

「ええい、仕切り直しじゃ。退け」

攻め手を失った島津が退き、立花城はもう一夜生きのびた。

物見の上から矢を射ていた統虎の指の皮は、とうにめくれていた。弓弦に弾かれて頬も血まみれとなっていたが、統虎は痛みを感じていなかった。

「殿。硝薬が底をつきましてございまする」

薦野三河守が苦い顔で報告した。

「そうか。あとは弓だけか」

「矢も心許のう……」

小さく薦野三河守が首を振った。

「よく放ったからの」

統虎は弓をおろした。

「島津兵の頑強さと執念に感服したわ」

「まことに」

薦野三河守も同意した。

「女どもを落とせぬか」

休んだことで気づいた疲れに、統虎は腰をおろした。

「夜のうちならば、間道を用いて」

小さな声で薦野三河守が答えた。

戦の始まる前に、兵たちの妻はそのほとんどを豊後へとやっていた。しかし、城中の雑用をこなすため、将の妻たちの一部がまだ残っていた。

「人をつけて逃がせ」

「承知」

島津には知られていない間道が、立花山にはいくつかあった。

「姫も頼む」

統虎は誾千代を連れていくようにと頼んだ。

「それはいたしかねまする」

薦野三河守が首を振った。

「なぜじゃと聞くだけ無駄か」

誾千代の性格を統虎は身に染みて知っていた。

「立花の血筋を絶やすなど、義父上が許してくれぬ。死して後まで叱られるのは勘弁してもらいたい」

統虎は首を振った。

「ならば、殿が姫をご説得なされ」

きびしい表情で薦野三河守がつきはなした。薦野三河守は、いや、立花城の誰もが、統虎と誾千代の間になにもないことを知っていた。

「わかった」

重い身体を統虎は起こし、物見から降りた。

闇千代の居室は立花城の南東奥にあった。西の大友と称された名門といえども、立花城は支城の一つでしかない。本丸御殿も名ばかりの小さなものである。その本丸御殿の奥、闇千代の居室に統虎は初めて足を踏み入れた。

「これは殿」

かすかな生臭さを発しながら、燃える魚油の灯りに照らされた統虎を、闇千代は出迎えた。

「寝《やす》んでおられなかったか」

すでに深更に近いにもかかわらず、闇千代が起きていたことに統虎は驚いた。

「お城の大事でございまする。とても横になることなどできませぬ」

闇千代が首を振った。

「…………」

統虎は闇千代の正面に腰を落とした。鎧の隙間からほこりが舞いあがり、何日も水浴びさえしていない身体から汗が匂った。

「…………」

座っても統虎は口を開かなかった。

「……殿」

無言の統虎に闇千代が焦れた。

「闇千代どのよ」

統虎は呼びかけた。

「断腸の思いながら、この城はもうもたぬ」

「はい」

意外にも闇千代は素直に認めた。

「よくぞ、ここまで奮迅なされました」

すっと闇千代が頭をさげた。

「いや……」

思ってもみなかった闇千代の態度に、統虎はあわてた。

「たとえ、明日焼け落ちましょうとも、十倍をこえる敵を支え続けた立花の武名は永遠に語り継がれましょう」

誇らしげに闇千代が背筋を伸ばした。

「そこじゃ」

統虎は、ようやく話の接《つ》ぎ穂《ほ》を見つけた。

「名門の血を絶やしてはならぬ。ついては……」

「まさか、わたくしに落ちよと言われるおつもりではございますまいな」

闇千代が、まなじりをつり上げて統虎の言葉をさえぎった。

「……そうじゃ」

「お断りいたしましょう」

「なぜじゃ。立花山は落ちても、大友家が負けたわけではない。生きてさえいれば、立花の家も再興できよう」

理をつくして統虎は説得した。

「立花の正統な血を受けつぐのは、わたくしだけ。そのわたくしが、ご本家さまより預かった城、家臣を置いておめおめと逃げだすことなどできませぬ」

叫ぶように闇千代が断言した。

「……正統」

統虎のつぶやきは小さく、闇千代の耳には入らなかった。

「あなたさまも、覚悟をなさっておられるはず」

問いかけられて、統虎は首肯した。

将たる者、落城ののちおめおめと生きのびることはできなかった。いや、どこにでもいる将ならば、敵に降伏して家を残すこともできたが、大友の忠臣双璧と讃えられた高橋鎮種、戸次道雪の二人を父に持つ統虎には許されなかった。

「でございましょう。血のつながっておられぬあなたさまでも、命長らえようとなさらぬのに、わたくしが未練なまねなどできましょうや」

頬を染めて熱弁を振るう闇千代を、統虎は美しいと思った。ただ、その美しさは統虎とかかわりのないものになっていた。

「どうぞ、わたくしのことはご懸念なく。決して見苦しいまねなどいたしませぬ。あなたさまのあっぱれな最期を見届けた後、ただちに後を追わせていただきますゆえ」

闇千代が側に置いていた脇差に手を伸ばした。

「承知した。だが、他の女どもは逃がしてやりたいと思う。かまわぬな」

「けっこうでございまする」

同意を取って統虎は奥を出た。

「我が城、我が家臣か」

統虎の目に、傷ついた城と、最後の一夜を過ごす家臣たちが映った。

「まだ借りものなのか」

大きく統虎は嘆息した。

三

東の空が白み始めた。

立花城にいる者すべてが、顔色を失っていた。いかに勇猛果敢な者といえども、あと数刻で死ぬとわかれば、平静でいることはできなかった。

「どうだ」

統虎も落ちつかなかった。物見の兵に何度も問いかけていた。

今日を最後に武門の意地を張りとおして死ぬのである。島津兵が押しよせれば、城門を開き、兵一丸となって突っこむ手はずであった。最後のひとあてとならば、総大将が先頭に立たねば、名がすたる。統虎は、大手門前で時機を待っていた。

すでに大手門を支えていた木材などは取り除かれている。島津兵の先頭が見えれば、押しよせられる前に突撃する予定であった。

「見えませぬ」

物見が答えた。

「早くしてくれぬかの。どうもときが経つと生きたくなっていかぬ」

有馬伊賀守が、竹迫統種に話しかけていた。

「なに、人は誰でも一度は死ぬのでござる。少し早いか遅いかだけ」

統種が、なんでもないことと首を振った。

「うむ。死は避けられぬ。だが、我らの死は、九州に人がいるかぎり、代々語り継がれていくのだ。これほど名誉なことがあるか」

槍の石突きで地を叩きながら、由布惟信が言った。

「士《さむらい》として武名を残すことができる」

うれしそうに薦野三河守もうなずいた。

「………………」

立花を代表する勇将たちに囲まれながらも、統虎の顔色はすぐれなかった。

統虎は、どこか違うと思い始めていた。父の息子、道雪の義理息子として見事散ってみせることこそ、己の役目であると思いこんできた決意が、闇千代の一言で崩れかかっていた。

「早くしてくれぬか」

決意が崩れさる前に、統虎は始まって欲しかった。戦場に身を置けば、あとは無心でいい。己のことも、闇千代のことも、家のことも、家臣のことも、すべて忘れはてて、命のあるかぎり舞う。統虎は、刻々と増えていく命惜しさの思いに怖れを感じていた。

「こちらから出向いてくれようか」

おもわず統虎の口から焦りが漏れた。

「お若いうちは、なかなか我慢できぬものでございますがな、それはなりませぬぞ。この立花山におればこそ、千に満たぬ兵で島津どもに一泡吹かせることができるのでござる。麓へ降りてしまえば、数でまさる敵に押し包まれて、満足な働きもできず、全滅するだけでござる」

統虎の焦りを若さからと見た薦野三河守が、抑えた。

「わかっておる。わかっておるが……」

身体が勝手に震えた。

「おう、武者震いでござるか」

竹迫統種が、統虎を見て言った。

「いや吉兆。戦の前の武者震いは、手柄をたてられる徴《しるし》と申しまする。さすがは、殿」

隣にいた有馬伊賀守も褒めた。

統虎は他人事《ひとごと》のように聞いていた。

「まだ見えぬか」

幾度目になるかわからない問いを統虎は発した。

「いまだ」

物見の答えも同じであった。

すでに日は昇りきっていた。

「物見、あたりを見回せ」

さすがにおかしく感じた竹迫統種が、命じた。

大手だけに集中していた物見の兵は、あわてて顔をあちこちに向けた。

「えっ。まさか……」

西へ目をやった物見が絶句した。

「どうした」

薦野三河守が大声で問うた。

「し、島津が、十文字の旗印が、退いていきまする」

「なにっ」

その場にいた誰もが絶句した。

「どういうことだ」

統種が呆然とつぶやいた。

「あはは……」

腰から落ちるように座りながら、統虎は笑った。策が功を奏したとわかった。

「殿」

おかしくなったかと薦野三河守が、統虎の目をのぞきこんだ。

「勝った。勝ったのだ」

腰を地につけたまま、統虎は言った。

「噂が届いたのであろう。関白どのの軍勢が九州へ向けて進発したとの噂がな」

「あれでござるか」

由布惟信が思いあたった。

「とにかく、調べねばならぬ」

もっとも年嵩《としかさ》の薦野三河守が、数名の兵を物見に出した。

その報告は、麓から島津の兵の姿が消えているとのものであった。

「……終わったのか」

さすがの薦野三河守も信じられないという顔をした。

「生きたわ」

統虎も確認するかのようにつぶやいた。

染みとおるように、城中へ喜びが伝わり、ついに爆発した。

「わあああああ」

兵の誰もが、大声で叫んでいた。槍を、弓を放り投げて、歓喜に身を躍らせた。

「殿、殿」

顔を皺《しわ》だらけにして、統種が泣いていた。

「勝った、勝った。立花が島津を撃退したぞお」

いつもは冷静な薦野三河守も興奮を抑えきれなかった。

「ああ。ああ」

それに応えながら、統虎は勝ったのではない、負けなかったのだと理解していた。そして島津を撃退したのは戸次道雪の名前ではなく、己だと心のなかで叫んでいた。

興奮の最中でも、することは山ほどあった。傷兵の手当、死者の埋葬は急務であった。すでに八月も終わりに近い二十六日で季節は秋であったが、まだ日中は暑い。数日経たずして傷には蛆《うじ》がわき、死体は腐った。

さらに壊れた城門や塀などの修理もある。

城兵は休むことなく、後始末に走りまわった。

「すこし、お休みなされ」

ふたたび物見に登って、兵たちの様子を観ていた統虎へ、薦野三河守が勧めた。

「………」

統虎は無言であった。

「殿が見ておられると、兵たちが休めませぬ」

重ねて薦野三河守が注意した。

「そうであったな」

ゆっくりと統虎は、薦野三河守へと顔を向けた。

「恨んでおろう」

「なにをでござる」

統虎の問いに薦野三河守が首をかしげた。

「捨て駒にしたことよ」

空堀に伏せ、敵の横腹を突く。口にすれば簡単であるが、実際は命がけどころではなかった。敵に計略を見破られてしまえば、終わりであった。城の外で数十倍の敵に囲まれ、そのうえ城へ戻る門は閉ざされ、撤退することはもちろん、援軍さえのぞめないのだ。一つまちがえば全滅であった。

「拙者は、生きておりますぞ」

薦野三河守が首を振った。

「明日をも知れぬのが乱世でござる。生きのびれば勝ち。大の虫を生かすために小の虫を殺すは正しいのでござる」

多くの命を奪い、たくさんの配下を死なせた者だけが口にできる言葉は、統虎に重く響いた。

「なればこそ、殿の策にしたがいましてござる」

「…………」

黙って聞いている統虎に、薦野三河守は続けた。

「殿よ。道雪さまのことを非情とお考えでござろう。それは違うのでござる」

静かな口調で鷹野三河守が語り始めた。

「道雪さまは、より多くの者を生かすために、わざと少数を捨てるのでござる」

「捨てられる者はたまらぬではないか」

統虎は反発した。

「あたりまえでござる。死んでこいと言われて、うれしい者などおりませぬ。しかし、そうせざるを得ないのでございまする。なにせここ何年も、大友は勝つ戦をしておりませぬから」

「勝つ戦……」

「さようでござる。大友は宗麟さまがきりしたんに傾倒なされてより、版図を縮小するばかり。敵地に攻め入って領土を増やしたことなど、ここ何年もございませぬ。筑後へ、肥前へ兵を出しても、それはかつて大友のものであった地を回復するため。いや、回復ではございませぬな。それ以上侵入してこぬよう、釘を刺しに行っておるだけ」

鷹野三河守が嘆息した。

「つまり、大友は失わないための戦いしかしておらぬと言うか」

「はい。守るための戦ばかりでござる」

しっかりと鷹野三河守が首肯した。

「こたびの島津との戦でもおわかりのように、近年筑前での戦いは、おおむね数でまさる敵を少数の兵で支えきるものばかり。こちらが数で敵を圧倒することなどございませなんだ。戦はとどのつまり数でござる。先日島津が、関白殿下の軍勢来たるの報だけで去っていったのも、数が違いすぎるからで」

「……うむ」

統虎もそれは理解できた。

「道雪さまは、そのような数で劣る戦ばかりをなされておられました。数で劣る戦は結局負けぬようにするしかないのでございまする」

「勝てぬからの」

「ご明察。つまり敵を追いはらう力がない。それでいて敵を去らせるには、これ以上続けては割に合わぬと思わせるしかないので。大軍に属した者はどうしても驕《おご》りまする。負けるはずがないと。そこへ少数の兵を捨ててでも大きな被害を与えれば、たちまち戦意は喪失いたしまする」

「なるほどの。勝ったところで、損害が大きすぎては意味がないと思わせるか」

「………………」

黙って薦野三河守がうなずいた。

「楽になったわ」

統虎は、薦野三河守へ笑いかけた。

「これからも頼むぞ」

「承知いたしておりまする」

歳上の薦野三河守が、ていねいに頭をさげた。

物見を降りた統虎を、侍女が待っていた。

「湯浴みの用意がととのいましてございまする」

「……湯浴み」

言われて統虎は誾千代の誘いを思いだした。すでに何日も湯浴みも身体を拭くこともしていない。鎧下に着こんでいる小袖はおろか、下帯も替えていなかった。

「まだできぬ」

統虎は首を振った。

「兵たちが、皆鎧を脱ぐまで将たる者、兜の緒をほどくわけにはいかぬ」

「姫さまのお呼びでございまするぞ」

侍女が驚愕した。いままで夫として認めていなかった統虎を迎え入れようと誾千代が折れたのだ。侍女にしてみれば、喜んで統虎はしたがわねばならなかった。

「島津は去ったとはいえ、秋月は健在。今は、そのときではない」

きっぱりと統虎は断った。これが二度と埋めることのできない溝を誾千代との間に作ることは承知であった。しかし、統虎は誾千代を抱けなかった。誾千代は死した戸次道雪の花嫁なのだ。死人の妄執のついている女を相手にできるほど統虎は強くなかった。共寝して、役にたたなければ、誾千代のさげすみは頂点に達する。統虎の矜《きょう》持《じ》は、それに耐えきれなかった。

「下がれ」

統虎は手を振った。

「…………」

憤慨した顔で侍女が去っていった。

島津の撤退は統虎の計によるものではなかった。羽柴秀吉によって九州征討の先鋒を命じられた毛利右馬頭輝元《うまのかみてるもと》らが数万の軍勢を率いて、八月十二日安芸吉田《あきよしだ》を進発との報を得たからであった。

小牧長久手《こまきながくて》の合戦で勝負がつかず、にらみあったままの徳川家康《とくがわいえやす》との間に講和が結ばれるまでには数年かかるであろうから、羽柴秀吉の九州征伐は当分ありえない。そう読んで九州制覇をそれまでになそうとしていた島津家は、羽柴の軍勢が動いたことに驚愕、制圧しきれていない地域の攻略を放棄、領国の防衛に専念することとなった。当主島津義久の命で、島津忠長は、落城寸前の立花城を諦めただけでなく、せっかく手中にした岩屋、宝満の両城を秋月に託して撤退していった。

「島津は国境をこえましてございまする」

気が抜けたようになった立花城も、数日で落ちついた。父高橋鎮種の居城岩屋の状況を物見に探らせた統虎は、はずしていた兜をふたたびかぶった。

「殿……」

なにごとかと驚愕する有馬伊賀守へ、統虎は声を張りあげた。

「合戦の用意をいたせ」

「なんと申される。我らに矢玉なく、兵は疲弊しつくしておりまする。聞けば、関白さまの軍勢がまもなく到着されるとか。それを待たれて……」

「それではいかぬ」

統虎は首を振った。

「岩屋と宝満を取られたままでは、この筑前の半国を失ったにひとしい。つまりは、負け戦となるのだ。いかに立花城を守りとおしたとはいえ、勝ち戦ではあるまい」

「仰せのとおりながら……」

薦野三河守も納得していなかった。

「立花は勝っておらぬ。そして、大友は負けたのだ。これがどういうことかわかるか。いずれ関白さまが来られたおり、大殿はもとより、殿、そして吾も恥をさらさねばならぬということぞ。聞けば関白さまは、かなりお厳しい方とのこと。負け戦では、立花の家を潰すと仰せられるやも知れぬ」

「そのようなことはありませぬ。立花は九州の名門。大友の殿といえども、遠慮する家柄でございまする」

侍女を引き連れた誾千代が、声高に言いながら入ってきた。初夜を断って以来誾千代の態度はますますかたくなになっていた。

「なにを」

統虎は、鼻白んだ。

「関白とえらそうなことを申しておるようでございまするが、もとはといえば、織田家の家臣。しかも足軽の出であったとか。そのような軽輩に立花の家がどうこうされることなどありませぬ」

誾千代が反対を告げた。

「伊賀守よ」

「はっ」

統虎の才を早くから認めていた有馬伊賀守は、この度の戦でよりいっそう心服していた。

「兵はどのくらい使える」

「八百に少し足りぬかと」

すぐに答えた。

「よし。二百の兵を預ける。立花城の留守居をせい」

「はっ」

有馬伊賀守が平伏した。

「小野和泉守《おのいずみのかみ》。十時摂津守《ときせっつのかみ》」

続いて統虎は道雪以来の重臣を呼んだ。

「六百の兵を出陣させる。二手に分け、それぞれに三百ずつ任せる」

統虎は戸次道雪と、闇千代が執着する大友の枠組みから逃げだそうとしていた。天下人となった秀吉に、統虎は名を知らしめることを狙った。

「…………」

二人は顔を見あわせてから、闇千代へ目をやった。

「聞いておられぬのでございまするか。今は兵を出すときではございませぬ。固く城を守り、援軍の到着を待つべき。もし秋月の兵が襲来いたせば、傷ついた城に二百の兵では支えきれませぬ」

まなじりをつり上げて、闇千代が首を振った。

「城督はわたくしでござる。お口出しはお控え願いたい」

統虎は闇千代へ告げた。

「姫を奥の間へお連れせよ」

侍女に統虎が命じた。

「それは……」

二人の侍女がためらった。闇千代こそ立花の跡取りとまだ思っていた。

「連れていけと申したはずだ」

統虎は怒声をあげた。

侍女二人が跳びあがった。

「それほどに父の仇を討ちたいか」

闇千代が冷たい声を出した。

「仇……そうではないわ」

奥へと連れられていく闇千代の背中に、統虎はつぶやいた。

「殿」

竹迫統種が、膝を進めた。

「父上を討たれた恨みはわかりまするが……」

「黙れ」

岩屋から付いてきてくれていた忠臣に、統虎は荒い声をぶつけた。

てておかなければならなかった。

「吾がそのていどの者だと思うか」

統虎は立花家を衰退する大友から独立させたかった。その布石に岩屋を取りもどしておかなければならなかった。

「それは……」

叱られて竹迫統種が、口ごもった。

「拙者はなにをいたしましょうや」

薦野三河守が言った。

「十時摂津の後見を任せる」

「殿よ」

立ちあがった薦野三河守が、統虎を見つめた。

「勝ち戦でござるな」

「おうよ。勝ち戦ぞ」

統虎は力強くうなずいた。

「承知。参るぞ」

とまどっている同僚を薦野三河守が誘《いざな》った。

ようやく生きのびたあとでの出陣に、兵たちから不満の声があがった。

「今でなくば、意味がないのだ」

統虎は、兵たちの怨嗟《えんさ》の声を押しこめた。

「心配いたすな。殿は道雪さま以上の名将となられるお方じゃ。秋月、島津と数倍する敵を二度も押しかえしたではないか。たしかに儂もまだ戦の疲れが残っておる。だが、これをせねば立花の家がたちいかぬことになりかねぬ。一度は死を覚悟した我ら。殿に命を預けようぞ」

薦野三河守が兵を説得した。

「考えてもみよ。いままで何度戦ったかわからぬが、知行は寸土も増えておらぬ」

言われて兵士たちが、顔を見あわせた。

「つまり、おぬしたちに報いてやることができなかったのだ。それを殿は気にされておる。岩屋と宝満を取り返せば、さすがにご本家も褒賞をくださるに違いあるまい。少なくとも高橋どのが所領は、立花に任されることになろう。さすれば、そなたたちに加増も褒美もくれてやれる」

「おおっっ」

聞いた兵たちが、歓声をあげた。

「いまや、島津の兵は筑前から去った。残っておるのは、地の者でありながら島津に膝を屈した変節の者だけぞ。そのような者など、我らの敵ではない。鎧袖一触となし、立花の名前を天下に轟《とどろ》かせてくれようぞ」

鷹野三河守の鼓舞に、兵たちは応えた。

統虎の出陣直前、毛利の軍勢が立花山に到着した。

「追撃されるとのこと。我らもお手助けいたす」

島津に与していた高橋元種《もとたね》の豊前小倉城をあっさりと抜いた毛利勢が加勢に来たのであった。

かつて立花と毛利家はこの城を巡って死闘を演じたが、恨みつらみを飲みこんでの同行であった。

「主軍は、秋月種実へと向かいましてござる」

「よしなに」

毛利の将から状況を聞いた統虎は、共闘を約した。

最初統虎はあえて岩屋、宝満ではない高鳥居《たかとりい》城を攻略した。

高鳥居城には、大友方の杉弾正《すぎだんじょう》が籠もっていた。八百の城兵に数万の敵、杉弾正はよく戦ったが、支えきれず落城した。

今高鳥居城に籠もるのは、鎌倉武士を祖にする筑前の国人星野《ほしの》中務大輔《なかつかさのたいふ》鎮胤《しげたね》であった。

星野は大友氏と長く戦い、一時は配下となったりもしたが、耳川の敗戦を知って、島津に属した。

島津は筑前に深く食いこんだ形になる高鳥居城に星野中務大輔を置き、進軍してくる毛利の抑えにしようとした。しかし、大軍に備えるだけの準備ができるまえに、立花の急襲を受けた。

「島津さまに援軍を」

弟の民部大輔鎮元《しげもと》が進言したが、すでに島津の本軍は豊前から南下し始めた豊臣軍を迎え撃つため、豊後へと去っていた。

「間に合わぬわ」

星野中務大輔は、首を振った。

「ここは城門を開いて、大友へ降られては」

「二度と大友には与せぬ。代々の土地を侵略するだけしながら、島津の進軍を知っても援兵一人寄こさぬ。そんな情なしを主君に仰ぐのは二度とごめんじゃ」

重臣の勧めも断って、星野中務大輔は抗戦を命じた。

「吾に続けえ」

統虎は近臣数騎を連れて、突っこんだ。

「あの兜は、立花の。よき敵よ。放て」

城内から鉄炮と弓が注がれた。

あっという間に味方が血を噴いて倒れた。

「おのれえ」

小野和泉守が両足を射ぬかれた。

「和泉守さま」

救助に来た兵を小野和泉守が叱咤《しった》した。

「ここで死すとも、落城するまでは一歩も退かぬ。儂の死骸を盾として、攻めよ」

足を引きずって、小野和泉守は進んだ。

ようやく城門まで指呼の間となった。

統虎は頭を殴られたような感触に立ち止まった。敵兵の撃った弾が統虎の兜の吹き返しに当たったのだ。

「殿」

十時摂津守らが、駆けよってきた。

「一時退きましょう」

「馬鹿を申すな。ここで退けば味方の死傷が増えるばかりじゃ。難儀はあと少し、城門を破れば、矢玉は止まる」

統虎は十時摂津守の手を振り払った。

「行くぞ。ついてこい」

ふたたび統虎が軍配を振った。

「あれが、立花の婿か。さすがは、高橋の血を引くだけのことはある。よき敵ぞ」

城門近くまで迫られた星野中務大輔は、覚悟を決めた。

「あやつを討ちとれば、立花は総崩れぞ。続け」

星野中務大輔は、城門を開き撃って出た。

「敵将」

統虎の側にいた家臣が星野中務大輔に気づいた。

「ござんなれ」

一門衆として統虎の補佐をしている立花次郎兵衛《じろうひょうえ》が槍を横に振った。

「うおっ」

のけぞった星野中務大輔の額を穂先が裂いた。

「おのれ、雑兵ばらがあ」

激昂《げっこう》した星野中務大輔が、槍を軽々と振りまわしてあばれた。

「中務大輔どのとお見受けした。お首ちょうだいつかまつる」

縦横に動きまわる星野中務大輔の穂先をよく見て、十時摂津守が、槍を突きだした。

「…………」

十時摂津守の槍を喉《のど》に喰らった星野中務大輔は、断末魔の声を出すこともできずに死んだ。

「星野中務大輔を討ちとったり」

大声で十時摂津守が叫んだ。

「おおお」

立花の兵が歓喜した。

「一番乗りじゃあ」

将を討たれた兵はもろい。たちまち城の抵抗が弱くなった。

「星野民部大輔を討ちとった」

二の丸を攻めていた毛利勢が、叫んだ。

「ころあいや、よし」

城内に入った統虎の命で、本丸に火がつけられた。

高鳥居城は落城、星野家は幼児を残して滅んだ。

「なにとぞ、父の敵は、我が手で」

すでに九州の軍勢は関白羽柴秀吉の手にあった。勝手に軍を動かすことは、秀吉の怒りに触れかねない。一度統虎は息を止め、香春岳城に籠もる高橋元種を囲んでいた秀吉の軍監《ぐんかん》黒田《くろだ》官兵衛《かんべえ》孝高《よしたか》へ急使を出し、情に訴えて岩屋城攻めを願った。

「親を討たれたる情、推しはかるに余りある」

黒田官兵衛の許しはすぐにおりた。

統虎は与力してくれた毛利勢をはずして、岩屋城を夜襲した。

島津が大軍をもって十五日かかったほどの堅城も、先日の戦いで破壊しつくされ、まともな修理もなされていない状態では、籠城に適していなかった。また、秋月勢は、ようやく島津の包囲から脱したばかりの立花が侵攻してくるとは夢にも思っていなかった。

大手に薦野三河守、搦め手へ十時摂津守を向かわせた統虎は、ひたすら力押しを命じた。

「突き進めえ」

己が生まれ育ってきた城である。統虎は岩の一つ木の一本まで知り尽くしていた。たちまち間道を縫って駆けあがった立花勢は城内へ躍りこんだ。

岩屋城を預かっていた秋月種実の将桑野《くわの》新右衛門《しんえもん》は、それでも城山に籠もり、攻め寄せる立花勢に抵抗しようとしたが、兵は従わなかった。

四万の島津勢がわずかな立花勢に翻弄され、むなしく筑前から去っていく姿を目のあたりにしたのだ。兵たちは立花勢の雄叫びを聞いただけで震えあがり、我先にと逃げだした。

「とどまれ、とどまれえ」

桑野新右衛門の叫びもむなしく、秋月兵は四散した。

「もはやこれまで」

周囲を立花の兵に取り囲まれた桑野新右衛門が自刃、岩屋城は統虎の手に落ちた。

「三河守、百五十でいいか」

統虎が訊いた。

「十分でござる」

岩屋の留守を薦野三河守が請けあった。

傷んだ武器や鎧を修繕しただけで、統虎は宝満城へと進んだ。

岩屋城から逃げてきた者から、立花兵の強さを耳にしていた秋月兵は、さほどの抵抗をすることもなく逃げだした。

「父上……」

宝満城へ二百の兵を残した統虎は、岩屋城に戻り、一人涙した。

「大友はもう終わりでございましょう」

父高橋鎮種が切腹した物見櫓にたたずんで、統虎はつぶやいた。

「岩屋にも立花山にも、義統さまは援軍をお送りくださらなかった。なんのための主家でござろう。我らは主家のために死ぬのが役目と存じておりまするが、とても今の大友は、それに値いたしませぬ」

統虎は東を見た。

「羽柴の、関白さまの援軍が来なければ、わたくしを含め、立花の者は誰一人生きてはおりませんでした。生かしてくれるお方にこそ、仕えるべきなのではございませぬか、父上」

静かな問いかけに、応えはなかった。

第四章　新しき枠

一

天正十五年（一五八七）三月二十八日、関白羽柴改め豊臣《とよとみ》秀吉が、豊前小倉城に入った。

「関白に弓引く愚か者は誰《たれ》ぞ」

秀吉は、軍議の席で怒気を露わにした。

「されば、筑前の秋月筑前守種実が、第一のうつけかと」

軍監として先乗りしていた黒田官兵衛が報告した。

大友の衰退に乗じ、所領を簒奪《さんだつ》、筑前、筑後、豊前に版図を拡げた秋月は、島津と組んで秀吉に抵抗していた。

黒田官兵衛の送った降伏の使者にも応じず、秀吉の勢力を知り、島津より豊臣に与するべきと論じた重臣恵利暢堯《えりのぶたか》を切腹させるなど、あからさまな敵対行為に出ていた。

「侮っておるか、余を」

ますます秀吉の怒りは強まった。

すでに秀吉の本軍が九州に入ったにもかかわらず、秋月が強気でいられたのは、昨年十二月、豊後の戸次川《へつぎがわ》でおこなわれた豊臣、大友の軍勢と島津の戦いで、秀吉方が惨敗したことにあった。

大友の兵にやる気がなく、決死の覚悟で戦おうとしなかったことが大きいとはいえ、秀吉が先陣の将として任命した讃岐《さぬき》高松《たかまつ》城主仙石秀久《せんごくひでひさ》の驕りも一因であった。

仙石秀久は島津得意の戦法釣り野伏せにひっかかり、ひと当たりしては、偽りの退却を見せる島津の兵を深追い、伏せ勢の急襲を受けて総崩れとなった。

仙石秀久は命からがら逃げ延びたが、長曾我部信親《のぶちか》、十河存保《そごうまさやす》など秀吉方の勇将を討ち死にさせるという失態を演じた。

敗戦を聞いた秀吉は激怒し、仙石秀久の領地を取りあげたが、島津方の将へ豊臣弱しの印象を植え付けることになった。

「儂自らが退治してくれるわ」

秀吉が軍令を発した。

総勢二十五万の大軍は、筑前筑後から肥前を通る本隊十六万、豊後から日向を進む九万の二つに分かれ、薩摩を目指した。

本隊十六万を率いた秀吉は、秋月種実の支城豊前岩石《がんじゃく》城をわずか一日で破った。

岩石落城の報は、秀吉の使者によって統虎にもたらされた。

「関白殿下よりの朱印状でござる」

「はっ」

立花城大広間の下座で統虎は朱印状をおしいただいた。

「その方人数を召し連れ、秋月表まで越すべし」

朱印状に書かれた文言は、統虎の参陣を命じていた。

「わたくしめに」

統虎は使者に向かって問いかけた。

「うむ。関白さまより貴殿へ遣わされたものである」

使者が首肯した。

朱印状を受けとるだけの立場に統虎はなかった。統虎は大友義統の家臣である。豊臣秀吉からしてみれば、陪臣なのだ。

統虎になにかを命じたければ、秀吉はまず大友義統へ話をとおさなければならない。慣例を破った召集に、統虎は岩屋と宝満の両城を取りもどした戦が功を奏したとほくそえんだ。しかし、そのような素振りは見せず、統虎は恐縮してみせた。

「関白さまのご諚《じょう》でござる」

使者が返答を急かした。

「ただちに、馳《は》せ参じまする」

この言葉を統虎は待っていた。

関白の命となれば、拒否はできない。統虎は平伏して受けた。

島津を追いはらった戦いから半年近くが過ぎ、ようやく立花城も旧に復していた。戦死した者、傷ついて戦えなくなった者の跡目相続も終わり、統虎は名実ともに立花家の当主となっていた。

「兵を集めよ」

統虎の言葉に、誾千代が反発した。

「僭越《せんえつ》でありましょう」

誾千代は、きびしい声で統虎を指弾した。

「立花家の兵を動かすには、宗家大友義統さまのお許しが要りまする。勝手気儘に軍勢を起こすことは禁じられておる」

「関白殿下のお呼びぞ」

「わかっておればこそ、申しておるのだ」

一膝誾千代が詰め寄った。

「大友家の家臣である我が立花家は、関白殿下にとって陪臣である。その陪臣に声をかけ、それに我が立花が応じたとなれば直臣おとりたてになる。大友あっての立花であることを忘れてはならぬ」

「………」

顔色を変えて言いつのる闇千代に、統虎は沈黙した。

「亡父道雪が功を無にするおつもりか。父は大友のために戦い、勝ち続け、そして死んだ。そのお陰で今の立花がある。ここで身の処し方をまちがえれば、立花は世間の笑いものとなろうぞ。分をわきまえよ」

きびしい声で闇千代が断じた。

「……立花山が島津に囲まれたとき、大友は一兵も出してはくれなんだ」

統虎は静かに言った。

「宝満、岩屋が襲われたときも、大友の殿は動こうとすらされなんだ」

冷たく統虎は述べた。

「それは、宗家も島津と矛をかわしていたからである」

闇千代が返した。

「三河守」

闇千代から目を移した統虎が呼んだ。

「はっ」

「どれだけの兵がおる」

統虎は薦野三河守へ問うた。

「まだ亡くなった者、傷つき戦えなくなった兵の補充がすんでおりませぬゆえ、一千八百が限度でございまする」

薦野三河守が答えた。

「三日以内にすべての兵を用意させよ」

「すべてでございまするか」

聞いた薦野三河守が驚いた。

「城の守りは……」

「不要」

はっきりと統虎は首を振った。

「すでに筑前は太閤《たいこう》殿下のご威光に平伏しておる。城を空にするになんの不安がある。逆に兵を残すことは、太閤殿下のお力を疑うことになる」

「はっ」

説明された薦野三河守が頭を下げた。

「ただちにかかれ」

統虎は急げと告げた。

「待ちや」

席を立ちかけた鷹野三河守ら家臣たちを闇千代が止めた。

「ご宗家義統さまのご許可が出るまで、誰も城を出ることまかりならぬ」

闇千代が強い口調で命じた。

「無断で兵を動かすことは、謀叛を疑われてもしかたなきこと。忠節で聞こえた父の残した家に叛逆の噂が立つなど、先祖に顔向けができぬ」

「なにをしておる……行かぬか」

激昂している闇千代を無視して、統虎は命じた。

「申しわけございませぬ」

一礼して鷹野三河守が大広間を出ていった。

「な、なにを……」

統虎の言葉にしたがう家臣たちに、闇千代が呆然となった。

「伊賀守、鉄炮の追加は可能か」

続いて出て行きかけた有馬伊賀守に、統虎は問うた。

「博多に問いあわせてはみますが……」

「無理か」

口ごもる有馬伊賀守に、統虎は確認した。

九州一、いや大坂の堺《さかい》港と肩を並べる交易の拠点博多港は、長く大内家、大友家の庇護《ひご》をうけ、繁栄を謳歌《おうか》していた。しかし、大内家が没落、代わって台頭した毛利の侵略を受け、かなりの損害を受けた。

そこに島津の侵攻である。博多は壊滅に近い状況になっていた。

「できるだけ集めよ。金はいくら使ってもいい」

「お任せを」

うなずいて有馬伊賀守も出ていった。

「おのれ……なにをした」

重い声で、闇千代が統虎を追及した。

「立花正統のわらわを差しおいて、婿養子ごときの言いなりとは。家臣どもになにを約した。加増か」

闇千代の顔が醜くゆがんだ。

「なにもせぬ」

婿養子と言われた統虎は、醒めた顔で闇千代を見た。

「でなくば、父道雪の薫陶を受けた者どもがこのような……」

「道雪どのは、もうおらぬ」

統虎は、はっきりと言った。

「死人はなにもできぬ。城を守ることも、そなたを護ることもな」

はじめて統虎は、誾千代を格下とあつかった。

「……なにを」

真っ赤になって怒る誾千代の相手を統虎は止めた。統虎は立ちあがった。

「関白さまのご命にそむけば、立花は潰される。天下はすでに大友など歯牙にもかけてはくれぬのだ」

天下の趨勢に統虎は気づいていた。今までのように隣国と領地や城を奪いあう時代は終わりに近づいている。それをこの度の戦で統虎は知った。

九州に覇を唱えていたころの大友でさえ動員できぬほどの兵数を、関白豊臣秀吉は苦もなく集め、思いのままに使役できるのだ。

「いつまで幻影にすがるつもりだ」

統虎は苦い思いを吐きだした。

九州一の名将、大友を支える天下の知将。生涯、負けることを知らなかった父戸次道雪を誾千代は神のごとく崇めていた。

「父に並ぶ武将でなくば、我が夫たりえず」

婚姻してからもそう公言して、誾千代は統虎を近づけようともしなかった。

もっとも、立花城を島津の攻勢から守りぬいたとき、ようやく誾千代は統虎を夫と認め、寝所へ来ることを許した。しかし、そのときにはもう統虎は誾千代を妻と見ていなかった。

統虎にとって誾千代は、立花家そのもの、いや、道雪の残した作品であった。誾千代は統虎にとって女ではなくなっていた。

「旧態依然では、生き残れないのだ」

鉄炮が戦を変えたように、戦国の世は秀吉という一代の英雄の手で終焉《しゅうえん》へ向かっている。

「立花家を生かすのは、吾ぞ」

統虎は独りごちた。

四月三日、立花統虎が全軍二千を率いて、秀吉のもとへ参じる直前、長年大友家を悩まし続け、一時は筑前、筑後、豊前三国のほとんどを支配するにいたった秋月は、豊臣の大軍を前にあっさりと降伏していた。

秋月種実、種長《たねなが》親子は剃髪《ていはつ》し、秀吉のもとへ伺候、茶道具楢柴肩衝《ならしばかたつき》と娘竜子《たつこ》を差しだし、降伏を乞うた。

「首代に見合う名器よ」

信長も欲しながら手にすることのできなかった楢柴肩衝をささげられた秀吉は満悦であった。

楢柴肩衝は、新田《にった》肩衝、初花《はつはな》肩衝と並んで天下三肩衝と称された茶入れである。もとは足利義政《よしまさ》の所蔵であったが、その死後天下を転々とし、博多の豪商島井宗室《しまいそうしつ》のものとなっていた。かつて大友宗麟も大金をもって求めたが、島井宗室は手放さなかった。それを筑前まで勢力を伸ばした秋月種実が、博多を焼くと脅して取りあげて我がものとしていた。

独特の濃い褐色の釉薬《ゆうやく》を恋にかけ、「御狩《みかり》する雁羽《かりは》の小野の櫟柴《ならしば》のなれはまさらず恋こそまされ」との歌から名をつけたといわれ、一国に値するとまでうたわれた。

「なかなか娘もよいではないか」

秀吉は、さっそく竜子を寝所に侍《はべ》らせた。

統虎が秀吉を訪ねたのは、その直後であった。

緒戦の大勝に気をよくしていた秀吉は、統虎参陣を聞くと、ただちに目通りを許した。

「立花弥七郎《やしちろう》統虎にございまする」

秋月城大広間の下段、秀吉から離れた廊下際で統虎は平伏した。ちらと上座へ目をやった統虎は、大名たちをしたがえるようにする秀吉を見た。

「…………」

声には出さなかったが、統虎は秀吉が考えていた以上に小柄だと驚いていた。戦国の世をまとめ、群雄割拠している大名たちを配下にするほどの偉丈夫とは、いかほどの豪傑かと思っていた統虎にしてみれば、秀吉の風体は予想外だった。

「なにをしておる。そのような端近《はしぢか》では、よく見えぬ。九州一の強者《つわもの》の顔、たっぷりと楽しませよ」

秀吉は上機嫌で、統虎を近くに招いた。

「なれど……」

貴人に近くと言われても、おそれおおいと数回逡巡《しゅんじゅん》してみせるのが礼儀である。統虎は顔を伏せたまま、身じろぎだけしてみせた。

「ここは戦陣ぞ。礼儀など要らぬわ」

統虎の態度に満足げな笑みを浮かべて、秀吉が立った。まっすぐに統虎の前まで秀吉が来た。

「関白じゃ。見知りおけ」

「ははっ」

一瞬呆然と秀吉を見あげた統虎は、あわてて頭を床にぶつけるほど下げた。

「若いの」

秀吉が腰をおろした。

「六万ともいう島津の軍勢を、わずか一千五百で退けたそうじゃの」

勝ち戦では敵の数を多めに言うのが戦場の慣例である。秀吉は島津の軍勢を二万増やした。

「関白さまのご威光にございまする」

己の力だと統虎は誇らなかった。実際、秀吉が軍勢を動かさねば、立花城は数日後に落ちるしかなかった。

「奥ゆかしいと褒めてはやらぬ。真のもののふは、謙遜すべきと自慢すべきを知っておるものだ。なんでもかんでも我が手柄と申したてるは醜いが、引きすぎるのも見目よいものではないぞ」

秀吉は、統虎の肩を扇子で叩いて命じた。

「面《おもて》をあげよ」

ゆっくりと統虎は顔をあげた。

「ふむ。よい面構《つらがま》えじゃ」

しっかりと目をあわせた統虎に、秀吉は笑った。

「おそれいりまする」

統虎は急いで顔を伏せた。権威への礼儀との体《てい》を取ったが、その実は違っていた。統虎は秀吉の瞳に、亡くなった道雪と同じ醒めたものを見つけたのだ。

一つのものに執着し、そのためなら人を傷つけることも殺すこともためらわない冷徹な者だけが発する光が、秀吉の瞳にもあった。

「皆の者、見よ。これが立花統虎ぞ」

振り返って秀吉が大声で、統虎を披露した。

「猛将高橋紹運の血を引き、知将戸次道雪の薫陶を受けたもののふよ」

秀吉が上座へと戻った。

「立花統虎、近《ち》こう」

「はっ」

これ以上の逡巡は秀吉の機嫌を損ねると、統虎は腰に差していた守り刀を後ろに投げすて、無手となって進んだ。

「うむ」

三間（約五・四メートル）ほど離れたところで腰をおろした統虎に、秀吉がうなずいた。

「聞け」

秀吉が一同に注目を命じた。

「先年、余は九州に惣無事令《そうぶじれい》を発した。しかるにしたがう者なく、わずかに高橋紹運、立花統虎のみが余の言葉に恭順をしめした。また、島津が天下の安寧を崩し、大軍を催したおり、多くの諸将はその威勢になびき、屈したにもかかわらず、紹運、統虎は、余への忠節を貫き、孤軍抵抗した。まことに惜しむらくは、紹運を助けることができなかったことである。しかし、統虎は、父の死を知った後も、勢いに乗る幾層倍の島津勢を一人にて支え、ついに蹴散らすことに成功した。のみならず、父の弔い合戦を独力でおこない、奪われた岩屋、宝満の城を取り返したうえ、名だたる敵将の籠もる高鳥居城まで落とした」

ゆっくりと秀吉が諸大名を見まわした。

「まさに統虎こそ、九州一の武将よ」

秀吉の言葉は最大の讃辞であった。

統虎は、諸大名の注目が己に集まるのを感じた。

「宗麟」

諸大名の末席に座っていた大友宗麟を、秀吉が呼んだ。

「はっ」

大友宗麟が身体をずらし、秀吉に正対した。

「統虎を余にくれ」

秀吉が、統虎を直臣にしたいと言った。統虎の欲した言葉が秀吉から出た。

「……………」

しばらく沈黙した大友宗麟だったが、願いの形を取った命令にさからうことはできなかった。ちらと統虎を見た大友宗麟は、せつな苦い表情を浮かべたが、すぐに応えた。

「義をなによりのものとし、忠誠無二の者でございまする。ご家人となしたまわれば、当人はもとより、大友の誉《ほま》れと存じまする」

大友宗麟が承諾した。

「うむ。統虎」

首肯した秀吉が、統虎に顔を向けた。

「五千与える。島津攻めの先陣をうけたまわれ。手柄をたててみせよ」

「はっ」

思わぬ先陣の命に統虎は驚愕した。九州の地勢に詳しいとはいえ、秀吉の帷幕《いばく》には、天下に名の知れた猛将が集まっているのである。そのなかにあって先陣を許されるのは、大抜擢《だいばってき》であった。

「父を失った代わりにもならぬが……」

さらに秀吉が続けた。

「この太刀と馬を取らせる」

佩刀《はいとう》を秀吉は統虎に与えた。これも破格の名誉であった。

「戦いを終えたばかりで、玉薬《たまぐすり》の補充もままなるまい。治部《じぶ》」

治部とは、秀吉の寵臣で豊臣の金とものを動かしている石田《いしだ》治部少輔三成《みつなり》のことである。

「玉薬をつごうしてやれ」

「うけたまわりましてございまする」

秀吉の求めを、石田三成が受けた。

「弟と母も取り戻してくれる」

「かたじけなきおおせ」

統虎は額を床に押しつけた。

「よし。島津をひねり潰してくれよう。一同、名を功をあげよ」

「おおっ」

居並ぶ大名たちが唱和した。

二

翌日、秀吉は筑後高良山へ兵を出した。高良山は玉垂命《たまたれのみこと》を祀っている霊山であったが、修行者一同武具に身を固め、付近一帯を領地のように支配していた。

「ただちに武器を捨て、座主自ら陣営まで参れ」

秀吉は何度か降伏をすすめる使者を送ったが返答はなく、かえって逆茂木《さかもぎ》を作り、防備を固めて高良山は反抗の意思を明確にした。

「日輪たる帝《みかど》より天下をあずけられた関白に刃向かうか。神仏の加護があるかどうか確かめてみよ」

激怒した秀吉は、富田左近将監知信《とみたさこんのしょうげんとものぶ》を主将に三千の兵をもって高良山を攻めさせた。

「霊山になにほどのことができようか」

たかをくくっていた神官、修行者たちは、軍勢に向かい弓矢をもって抵抗した。

「焼け」

織田信長の家臣だった秀吉は、天下の守護と崇敬されていた比叡山を灰燼に帰したことがある。高良山の抵抗など気にもせず、富田左近将監に火をつけさせた。

人数装備に劣っていた高良山に、火攻めが止めをさした。

ただちに抵抗を止め、秀吉の前に膝を屈した。

「神を畏れぬお方でございますな」

薦野三河守が震えた。

島津攻めにとって高良山は枝葉でしかない。攻めに加わることのなかった立花勢は、秀吉の果断さに恐懼《きょうく》した。

「敵にまわせば、これほど怖ろしいお方もないな」

統虎は秀吉のにこやかな仮面の裏を一つ見た気がした。

「一方で物惜しみはなされぬお方だと、黒田官兵衛どのも小早川隆景《こばやかわたかかげ》どのも言われておられた。功には厚く報いてくださるそうだ」

秀吉が来るまでは、小早川隆景が九州攻略の主将を務め、黒田官兵衛が筑前の諸将を監察していた。その縁で統虎は黒田官兵衛、小早川隆景と顔を合わせていた。

「きびしいことになりそうでございまするな」

先陣を担うと、手柄に近い代わり、敵の抵抗を真っ先に受け止めることにもなる。被害が多くなるだけではなく、万一崩れでもしたら敗軍の責を問われる。

「吾は、そなたたちを信じておる。立花の兵で背中傷を負う者はおらぬ」

逃げだすなら、立花山が囲まれたときにいなくなっている。立花の兵に弱卒はいないと統虎は自信を持っていた。

「いや、我らは殿とともにありまするが、与力となった者どもが……」

ちらと薦野三河守が、加勢の五千を指した。諸将から少しずつ出された兵の士気は低かった。

「気にするな。烏合《うごう》の衆でも使いようはある」

統虎は笑った。

四月十一日、高良山に陣を移した秀吉のもとへ、遅参していた筑前筑後肥前の将が駆けつけてきた。

「関白さまに抗し奉りました不明、なにとぞお許したまわりますよう」

島津に与していた龍造寺政家《まさいえ》、有馬晴信、大村喜前《よしあき》らは、平身低頭して謝罪した。

「前非を悔いれば、罪は問わぬ」

鷹揚《おうよう》な態度で秀吉は、諸将を許した。

「しかし二度はない。余の馬前で忠節を見せよ」

秀吉は九州の諸将に参陣を命じた。

「なにとぞ、父の仇を討たせたまわれ」

父龍造寺隆信を沖田畷の戦いで失った政家の願いも聞き届けられた。

「統虎とともに先手をいたせ」

龍造寺政家は八千の兵をもって、立花統虎とともに先手を形成した。

「肥後を平らげよ」

秀吉の軍配が振られた。

統虎と政家の兵が先を争うように肥後との国境をこえた。

肥後は一国が島津にしたがっていた。

「ときを稼げば、国中が蜂起する」

十万をこえる軍勢に、野戦をあきらめた南関《なんかん》城主大津山河内守家門《おおつやまかわちのかみいえかど》は、籠城して島津の救援を待った。

「思いしらせてくれるわ」

肥後での緒戦である。秀吉は、その力を見せつけなければならなかった。

「弾を惜しむな。いくらでも堺から送らせる」

秀吉の戦は物量で相手を翻弄した。千をこえる鉄炮が間を空けることなく南関城へ撃ちこまれた。

砦に毛の生えたていどでしかない南関城は、たちまち穴だらけになった。

「とても支えきれぬ」

三日目、大津山河内守は降伏、開城した。

しかし、秀吉はきびしかった。

「関白に弓引いたは許されず」

大津山河内守に秀吉は切腹を命じた。

鉄炮を撃ちこむだけで終わってしまっては、いかに先手といえども手柄にはならない。

「戦にならぬの」

統虎は苦笑した。

いままで統虎は、少数で多勢に抗《あらが》う戦いばかりしてきた。このように敵を圧倒するほどの兵や武器での争いははじめての経験であった。

「なにやら勝った気がせぬ」

「わたくしも」

薦野三河守も苦笑した。

その後も秀吉軍は勝利を重ねた。大津山河内守への対応は、肥後の国を震撼《しんかん》させた。統虎たちはまっすぐ南下し、熊本城を目指した。

「とてもかなわぬ」

熊本城主城《じょうじゅうろう》十郎太郎《たろう》は、さっさと城を捨てて逃げだした。続く宇土《うと》城の宇土伯耆守顕孝《あきたか》も同様に城を放棄した。

「なんと手応えのないことよな」

宇土に本陣を移した秀吉があきれた。

「これもご威光でございましょう」

いよいよ近づいた島津との戦いに備えた軍議の席で、石田三成が追従を口にした。

「いかにも、いかにも。関白殿下のお力を目のあたりにして、まだ逆らえる者などおりましょうか」

安国寺恵瓊《あんこくじえけい》も同意した。

石田三成と安国寺恵瓊は秀吉のお気に入りであった。兵糧や玉薬などの小荷駄をあつかわせれば三成の右に出る者はなく、和睦の交渉など外交を任せれば安国寺恵瓊に勝る者はいなかった。

「このまま薩摩へ押しこんでもよいが……」

秀吉は二人の言葉に頬をゆるめながらも、慎重であった。

「肥後をこのままにしておけば、背後を突かれる懸念が残る」

逃げた将たちは、阿蘇《あそ》の山並みに潜み、秀吉の出方をうかがっている。このまま勢いに乗って島津に圧勝できればいいが、ひとたび秀吉軍の勢いに陰りが見えれば、たちまち牙を剝いてかかってくることはまちがいなかった。

「ならば、こうなされてはいかがでござろう」

安国寺恵瓊が、提案をした。

「いま降伏し、関白さまにしたがうなら、罪科を許し本領を安堵《あんど》してやると触れて回っては」

「それはできまい。大津山河内守を余は処断しておる。見せしめとはいえ、降伏しても殺されるとならば、のこのこ出てくるような馬鹿はおるまい」

秀吉が首を振った。聞いていた統虎も、同じ考えであった。すでに一戦したあととはいえ、降伏した大津山河内守を秀吉は誅殺していた。その果断さが、熊本宇土の両城を開く結果を生んだとはいえ、肥後の国人衆の間に、秀吉苛烈なりの意識を植え付けたのはたしかであった。

「なればこそ、効果がござる」

一層安国寺恵瓊が身を乗りだした。

安国寺恵瓊は、もと毛利の使僧であった。信長の部将として中国攻略へ来た秀吉と交渉にあたったのが安国寺恵瓊であった。そこで秀吉の才気を見抜いた安国寺恵瓊は周囲を説得して、毛利を秀吉に与させた。秀吉にとって安国寺恵瓊は恩人であり、すぐれた助言者でもあった。

「どうするのだ」

秀吉が問うた。

「直接関白さまと刃をかわしていない者どもに罪はない。本陣を宇土から移すまでに帰順を申し出た者には、本領安堵を許すと」

「なるほど。さすれば大津山河内守を誅したも、儂に手向かったからにできるか」

安国寺恵瓊の説明に、秀吉は納得した。

聞いていた統虎は詭弁《きべん》だと思った。戦国の世で軍を起こした以上、味方以外はすべて敵なのだ。戦わず逃げた者に、所領を返してやるなど、どう考えてもありえる話ではなかった。このまま秀吉が、子々孫々まで国人領主たちに領有を続けさせるとは、統虎は思わなかった。

「治部、ただちに高札を立てよ。肥後すべての村にじゃぞ」

「ただちに」

この手の仕事をさせれば、三成は天下一である。

翌日の日暮れには、肥後の国中に高札が立った。

「ご覧になられましたか」

有馬伊賀守が、近づいてきた。

「現物は見ておらぬが、話は知っておる」

秀吉指揮下の部将となった統虎は、自陣から出歩くことを極力避けていた。まだ肥後は、いや九州は秀吉の支配を受けいれていない。そんなとき、地の部将が勝手な行動を取れば、内通を疑われかねなかった。

「あのようなことですみましょうか」

高札の内容を読んだ有馬伊賀守が苦い顔をしていた。

最初から秀吉にしたがった立花へいまだなんの褒賞も与えられていない。そんなときに敵対していた者を許し、領地を削ることもなく安堵するのは、納得のできることではなかった。

「すむわけがない。それほど関白さまは、お優しくはないわ」

統虎は、首を振った。

「先手をさせられ、昨日までの味方島津と戦わされることになる」

戦国のならいである。親子兄弟でも殺しあうのだ。島津の勢力にしたがうしかなかった小領主たちは、あらたな力、秀吉の支配を受けいれなければ、滅ぶしかなかった。

「明日には、多くの国人衆が、関白どのの前に膝を屈するぞ」

統虎の言ったとおりになった。

高札が出て数日、山や谷に潜んでいた肥後の国人衆七十人以上が秀吉のもとへ集まった。肥後は風になびく草のように、秀吉のものとなった。

「戦が終わってからが大変だ」

いよいよ薩摩へ向けて進発することになった統虎はつぶやいた。

「九州攻めに参加した将への褒賞をどうなさるおつもりだ。皆に本領安堵をすれば、領地が足りなくなるぞ」

将が秀吉にしたがうのは、関白としての権威もあったが、働きに対する十分な恩賞を望んでいるからである。

「島津から全領土を取りあげるおつもりでは」

有馬伊賀守が隣に並んだ。

退いたとはいえ、薩摩、大隅、日向の三国は島津のものである。

「それはあるまい」

統虎は首を振った。

「島津の強さを関白さまは、十分ご承知だ」

戸次川の敗戦は、まだ記憶に新しい。

「なにより、まだ関白さまは天下を統べられておらぬ。関東には北条《ほうじょう》があり、奥羽《おうう》には伊達《だて》がある。さらに臣従されたとはいえ、徳川どのの勢威は関白さまに迫るものがある」

統虎は天下の情勢を熱心に調べさせていた。

「九州でときを喰えば、いろいろなところに火種が生じかねぬ」

大友宗麟が島津の暴虐を訴えてから一年、秀吉はまったく動こうとしなかった。否、動けなかったのだ。徳川家康が秀吉に対し、反抗していたからである。

関白といったところで、秀吉の勢力は尾張以西でしかなく、家康と北条が組めば、どうなるかわからなかったのだ。

己の妹と母を人質へ出し、ようやく家康を降したとはいえ、秀吉の天下はまだ確定していなかった。

「おそらく島津を滅ぼされるようなまねはすまい。島津もそこまで頑迷ではない。ただ、素直に降伏しては、今後の鼎《かなえ》の軽重が問われることになると我を張っておるのだ」

すでに統虎は戦の結果を読んでいた。

「しかし、このままでは関白さまの面目が……」

「立つようにしむけるだろうな。安国寺どのあたりがな。一度か二度戦ったところで、和睦となるだろうよ」

「島津の領地はどうなりましょう」

もっとも気になることを有馬伊賀守が問うた。

「おそらく薩摩、大隅の二国……さすがに日向は取りあげられようが、そんなところではないか」

「島津本貫の地を残すと」

有馬伊賀守が不満を口にした。

「島津が失うのは、この数年手にした領地。国人衆の手当もすんでおらぬ土地ばかり。いわば、名のみの領地。これでは、島津も本領安堵と同じではございませぬか」

この戦は島津を征伐するために興されたのである。なにより、立花家は島津の猛攻に遭い、多くの兵を失っていた。有馬伊賀守の怒りは、立花のものでもあった。

「だが、我らに不足を口にするだけの力はない」

小さな声で統虎が有馬伊賀守をたしなめた。

「独力で島津を排することができれば、大友は関白さまを頼ることはなかった」

ゆっくりと歩を進ませながら、統虎は空を仰いだ。

「もっともそれができていれば、今関白さまの兵と戦っていたのは、我らであろうがな」

「…………」

無言で有馬伊賀守は頭を下げた。

三

秀吉の弟羽柴権中納言秀長《ごんちゅうなごんひでなが》の軍勢は、豊後から日向に入ったところで島津勢と衝突した。島津方の知将山田有信《やまだありのぶ》の守る高城を巡って戦いの火蓋はきられた。高城は、小丸川《おまるがわ》の北、日向から薩摩へ向かう街道を扼《やく》する重要な位置にあった。島津勢との直接対決でもあり、戸次川合戦の敵討ちでもある。また、無視して軍勢を進めれば、背後から突かれる怖れもあったことから、秀長軍は攻略にかかった。城を落とされては、日向から薩摩へ一気に雪崩れこまれる。島津も大軍をもって高城へと向かった。

羽柴秀長は、小早川隆景ら戦巧者の武将を高城の抑えに残し、急ぎ救援に出てきた島津軍と根白坂《ねじろざか》で対峙した。

　豊臣九万、島津三万五千と兵数も違ったが、なによりも鉄炮弾薬の差が大きかった。精強でならす島津軍も、織田信長による長篠《ながしの》合戦を再現されては勝負にならなかった。

　島津は一族の忠隣《ただちか》を失うほどの猛攻を見せたが、ほぼ壊滅に近い打撃を受け、撤退した。


　一方、秀吉本軍の先鋒を担った立花統虎は、九州西岸を駆けた。本国決戦と決めた島津勢が占領地を捨てていったこともあって、薩摩国境までさしたる抵抗もなく、手柄はまったくたてられなかった。

「出水《いずみ》城には、島津薩摩守忠辰《ただとき》がいる。一族ともなれば抵抗は激しかろう」

　龍造寺政家、立花統虎は出水城を取り囲んだ。

　出水城は、山を削って断崖を作り、空堀、土塁で囲んだだけの小城であった。

「どうせよというのだ、本家は」

　城から見わたす限り豊臣の兵で埋めつくされた状況に、城主島津忠辰が嘆息した。

　忠辰は、島津分家の一つ薩州島津家七代目の当主である。

「本家を守るために分家があるとは承知しているが……」

　まだ二十歳をこえたばかりの城主は、見たこともない軍勢に戦意を喪失した。

「立花山の復讐ぞ」

統虎が兵を鼓舞した。

「負けるな。手柄をたてるはここぞ」

龍造寺政家も軍配を振った。

一万をこえる兵が鬨の声をあげた。

立花と龍造寺の放つ鉄炮が、出水城を揺らした。

薩摩兵も勇敢に応戦したが、戦力の差はあきらかであった。

「降る」

島津忠辰は、城門を開いた。

「時期をあやまっては、島津四百年の歴史が消えてしまう」

高城での敗戦、島津忠辰の開城を聞いた島津修理大夫義久は、これ以上の抵抗も難しいと降伏した。島津義久は剃髪したうえ、秀吉の軍門へ降った。

秀吉は薩摩泰平寺《たいへいじ》に本陣をおいた。

本陣庭前に弟の義弘《よしひろ》、従弟《いとこ》征久《ゆきひさ》、重臣伊集院忠棟らを連れて伺候した島津義久を、統虎は本堂の外縁から見おろした。

「島津修理大夫義久めにございまする」

義久が平伏した。

「関白秀吉じゃ」

　本堂のなかから秀吉が義久を見おろした。

「このたびは、関白さまのご軍勢に抗し奉り、まことに申しわけなく存じおります る」

「不埒《ふらち》であったぞ。修理大夫」

　秀吉がきびしい声を出した。

「前非を悔いたゆえ、こたびは堪忍《かんにん》してくれる。二度はないぞ」

「はっ、かたじけなし」

　頭を下げたまま義久が感謝を表した。

「修理大夫。薩摩一国を安堵してくれる」

「……ありがたきおおせ」

　一瞬、義久の返答が遅れた。日向と大隅の領有を秀吉は認めなかった。

「まだ終わらぬな」

　統虎は、秀吉の考えが読めなくなっていた。天下統一を急ぐならば、島津の所領を取りあげるべきではなかった。とくに大隅は薩摩と並んで島津の本領であり、治世も長く、人民も懐《なつ》いていた。そんなところに別の領主をおけば、国内が騒然となるのは火を見るよりあきらかであった。

「それを島津の煽動《せんどう》として、後日、天下統一の後、あらためて滅ぼされるおつもりか」

いまはまだ秀吉の勢威は関東にまでおよんでいない。ゆえに、九州の騒乱を、秀吉は急いで終わらせたいのである。数カ月あれば、島津を滅ぼし、九州を制覇できるのだが、あえてしない理由はそれではないかと統虎は読んだ。

統虎はまだ九州の騒乱が続くと確信した。

「国をまとめよ」

秀吉は、島津義久たちを帰した。

「宴を開く」

戦は終わったと秀吉は本陣で祝宴を開いた。

「立花どの」

隣に座った富田左近将監が話しかけてきた。

「勝ち戦はめでたいことでござるが、立花どのや龍造寺どのにとっては不本意でございましょう」

「なにがでございまするか」

統虎は首をかしげた。

「いや、貴殿と龍造寺どのにとって島津は、父御の仇敵。関白殿下が島津を滅ぼしておしまいにならなかったことは無念でございましょう」

富田左近将監が言った。

「いえ。戦はときの運と申しまする。父紹運が討たれたことはまことに無念でございまするが、私怨に因したものではありませぬゆえ、島津どのを恨みと思うことはいたしませぬ」

九州征伐は大友のためにおこなわれたものではないと統虎はわかっていた。秀吉による天下統一の一里塚なのだ。ここに一人統虎の復讐《ふくしゅう》を表に出すことは、秀吉の意に叛《そむ》くことになる。

統虎は富田左近将監に向かって否定した。

当主が降伏しても、納得しない者は多かった。

「島津はまだ戦える」

高城で羽柴秀長の軍勢を支えていた山田有信を始め、島津歳久《としひさ》、新納《にいろ》忠元《ただもと》、北郷時《ほんごうとき》久《ひさ》らは抗戦を止めなかった。

「国を滅ぼす気か」

義久がきびしく命じたことで、ようやく諸将はおさまった。しかし、火種は残った。

統虎の懸念があたった。

義久の弟、島津歳久が和睦に否を唱えた。

「城に籠もり、軍勢を引きつければ、秀吉の軍勢はやがて厭戦《えんせん》の気に満ちよう。そこへ肥後や筑後などの国人を煽《あお》り、叛乱を起こさせればよろしい。軍勢をいくつにも割かねばならなくなった秀吉勢など、我ら島津の敵ではない」

歳久はそう言って、抗戦を主張した。

「みょうな……」

噂を聞いて統虎は首をかしげた。

祖父忠良《ただよし》が、智計ならびなきと感嘆したほど、歳久の知謀は群を抜いていた。また、歳久は当初、秀吉の軍勢と抗する不利を語り、和平を選ぶべしと主張していた。

「その歳久どのが、なぜ」

今になって考えを変えたのか、統虎はきなくさいものを覚えた。

「一人くらい跳ね返りがいてもおもしろい」

鷹揚に笑いながら、秀吉は歳久の行動を見逃した。

「ここまで来たのじゃ、薩摩を見てまわるのもよかろう」

秀吉は本陣を泰平寺から大口《おおくち》へと移した。

戦の最中でなければ、関白の移動は駕籠《かご》となる。

「狙え」

その駕籠を歳久は狙った。家中でも指折りの強弓の家臣に矢を射かけさせた。羽音も高く、六本の矢が駕籠に喰いこんだ。

「何奴《なにやつ》……」

行列は騒然となった。

「騒ぐな、余は無事じゃ」

秀吉は駕籠に乗っていなかった。関白が乗っていると見せかけた空駕籠を厳重に警戒させながら、そのじつ馬上に秀吉はいた。

「申しわけございませぬ」

義久があわてて駆けより詫《わ》びた。

「ふん」

秀吉は鼻先で笑った。

「なにが不満なのだ、あいつは」

「先祖が血を流して購《あがな》った領地が削られることに納得できぬようでございまする」

低頭しながらも、義久は言いたいことを述べた。

「つまり、島津をそのままにせねば、国は治まらぬと」

冷たい目で秀吉が義久を見た。

「時勢を読めぬ者が、薩摩には多く……」

義久が肯定した。

「高くつくぞ」

秀吉は、義久に下がれと手で命じた。

「そうであったか」

一部始終を見ていた統虎は納得した。

島津一の知将は、自らを犠牲にすることで、秀吉からの譲歩を引き出そうとしていた。

「大友がかなわぬわけだ」

統虎は嘆息した。

一時九州のほとんどを支配した大友が急速に衰退したのは、部将同士が互いの連携を怠り、己の功名と栄達だけに走ったからだと統虎はあらためて思いしらされた。

「いや、将からして違うか」

島津義久の持つ威風は、人をしたがわせるだけのものがあった。また、義久は家臣たちをたいせつにあつかっていた。キリスト教に耽溺し、妻を離縁しただけでなく、政や戦への興味を失った大友宗麟は、とても義久の相手ではなかった。

「さて、どこまで関白さまにつうじるか」

島津が一族の歳久を生け贄《いけにえ》にした策である。統虎は注目した。

博多に戻った秀吉が、九州の領地割りを始めた。

「立花統虎。こたびの功績鎮西《ちんぜい》一である。筑後山門《やまと》郡、下妻《しもつま》郡ならびに三潴《みずま》郡の九十村、三池《みいけ》郡十八村を与える」

「ははっ」

沙汰を聞いた統虎は目を見張った。思いきった褒賞であった。

大友家では名門として立花城督を命じられていたとはいえ、その所領は少なかった。どのくらい増えたのか、統虎は計算できなかった。

「三成、合わせてどのくらいになる」

秀吉が、脇に控える石田三成に問うた。

「つごう、十三万二千百八十四石になりまする」

三成が答えた。

「そうか。百万の兵を率いさせてみたいが、いきなり身代が増えてもあつかいかねよう。いずれ考えてやるゆえ、これで辛抱せい」

なだめるように秀吉が述べた。

「身に過ぎた恩賞。ありがたく」

統虎は深く平伏した。

「働いてもらうぞ」

予想をこえた厚遇に、統虎は秀吉の言葉をただ呆然と受け止めていた。

預かっていた立花城を、新しい領主となった小早川隆景に明け渡し、統虎は居城となる柳川城へと移った。

「わたくしは、そのようなところには参りませぬ」

誾千代が住みなれた土地から離れるのを嫌がった。

「関白さまの思《おぼ》し召《め》しぞ」

統虎は、誾千代を説得した。

「口を開けば関白、関白と申すが、それほどありがたいか。見よ、宗家大友のありさまを。宗麟さまは亡くなり、義統さまには豊後一国しか与えられなんだではないか。関白が来るまで、大友の領地は豊前、筑前、豊後と三国におよんでいたというに」

歯がみをして大友の衰退を嘆く誾千代に、統虎はあきれていた。

たしかに島津が降伏するのを見届けたかのように、大友宗麟は五月二十三日、津久見にて病死していた。享年五十八であった。

また領地割りでも大友家は、大きく範囲を狭め、本国である豊後だけしか与えられなかった。戸次川の合戦で見せた大友家の怯懦《きょうだ》を秀吉は咎めたのだ。

「なぜに島津を滅ぼし、薩摩、大隅、日向を奪われぬ」

不満な義統は、居城へ引きこもり酒と女に耽溺していた。

「関白さまのお力がなければ、その豊後さえも失っていたでござろうに」

冷静に統虎は述べた。

「だけではない。あやうく島津に飲みこまれ、滅びるはずであった立花の家も、関白さまのご出座で生きのび、身代も大きくなった。関白さまに感謝して当然である」

「身代が大きくなった。なにを手柄顔に」

闇千代の目がつりあがった。

「あなたの手柄ではない。立花の家があればこそ、兵もおり、武器もあった。増えた領地も立花のもの。立花の家に養子に来たればこそ、できたことぞ」

顔を真っ赤にして闇千代が叫んだ。

「……そうか」

統虎は冷水をかけられた気になった。命をかけて城を守り、疲れた身体を鼓舞して手にした功名さえ、闇千代は認めなかった。

「だが、柳川に来てもらわねばならぬ。そなたの意思は関係ない」

きびしく言いつけて統虎は、闇千代の前から去った。

柳川は筑後の要衝である。大友の部将蒲池家の居城として歴史を重ねた経緯もあって、新城主となった立花をすんなりと受けいれた。

統虎の領地経営にあまり大きな問題はなかったが、九州は秀吉が引きあげるなり騒然とし始めた。

まず、佐々《さっさ》成政《なりまさ》に与えられた肥後一国で火はあがった。

天正十五年（一五八七）七月、入国してわずか一カ月、佐々成政と国人領主の間に検地を巡って問題が起こった。

佐々成政は国人領主たちの領地に検地をおこない、秀吉から朱印された以上の田畑があれば収公すると宣言したのだ。

秀吉の九州征伐に降伏した国人領主たちは、のちのちの賦役を少しでも軽減すべく、己の所領を少なめに申告していた。佐々成政はそれをあぶり出そうとした。

「関白殿下は、前々の持ち分をそのまま安堵くださると仰せでござったはず」

国人領主たちは、検地を拒絶した。

「検地を嫌がるとは、隠し田があるに相違ない。隠し田は関白殿下への裏切りであるぞ」

佐々成政も引けなかった。

本来新しい領国を与えられた大名は、国人領主たちとの融和に努め、国内を把握してからきびしい政策に出るのが普通であった。しかし佐々成政には余裕がなかった。

佐々成政が急いだのにはわけがあった。

もともと織田家で後輩であった秀吉の台頭をこころよく思わなかった佐々成政は、柴田《しば》勝家《かついえ》、徳川家康に与して抵抗した。

しかし、柴田勝家が滅び、頼りとした徳川家康まで秀吉へ膝を屈したことで、佐々成政も降伏することとなった。

領地のほとんどを取りあげられた佐々成政は、九州平定に随行、目を見張る武勇を発揮した。その褒賞が肥後一国であった。

一気に五十二万石もの大領地を与えられた佐々成政は、いっそうの手柄をたてるために国中を早く把握せねばならぬと、性急な検地に踏みきったのである。

「約束が違う」

たちまちにして肥後国人衆のほとんどが、一揆に奔《はし》った。

佐々成政は六千をこえる兵をもって、国人衆の旗頭隈部《くまべ》親永《ちかなが》の隈府《わいふ》城を攻めた。隈府城は、佐々成政の猛攻に耐えかね一カ月ほどで開城したが、親永の息子親泰《ちかやす》の籠る城村《じょうむら》城に手こずった。峻険な山岳を利用した一揆勢に翻弄された佐々成政軍は、大きな被害を出してしまった。

これを見た国人衆が熊本城へ押しよせ、あやうく落城しそうになった。

「援軍を願う」

一人では手に負えぬと、佐々成政は小早川隆景に助けを求めた。その援軍として立花統虎にも出陣の命が下った。

「急ぎ平山《ひらやま》城に食糧を」

平山城は一揆方の猛将有動《うどう》大隅守兼元《かねもと》の軍勢をよく支えていた。しかし、食糧が尽きはて、城兵は飢えていた。

佐々成政の要望は、城村城の抑えに作った平山城の救援であった。二度鍋島《なべしま》が七千の兵をもって挑んだが、地の利を押さえた有動勢によって追い払われていた。

「地の利は敵にあり。ならば、吾はときの利を使うべし」

弟高橋統増の兵四百を合わせ、一千二百騎となった軍勢を統虎は、三つに分けた。一つに小荷駄を運ばせ、一つを街道沿いの竹林に潜ませ、残りを率いて国人衆の砦へ仕掛けた。

「またも来おったわ」

すでに鍋島勢を破って勢いづいている国人衆は、立花勢の少なさを侮り、砦を開いて出陣した。

「ひと当たりしたところで、退け」

統虎は、島津得意の釣り野伏せの策を使った。

少し戦ったところで背を向けた立花勢を弱しと見て、国人衆が追撃してきた。そこへ伏せていた一軍が弓矢鉄炮で撃ちかけたのだ。たちまち国人衆は大混乱に陥った。浮き足だった国人衆が算を乱して砦へ逃げ帰ろうと踵《くびす》を返した。

「今ぞ」

統虎は兵を戻した。砦の扉が閉まる寸前、立花勢が突っこみ、自在に荒らしまわり、国人衆の長、大津山出羽守《でわのかみ》を生け捕りにし、勝利を得た。その隙を見計らって、別働隊が平山城に食糧を運び入れることに成功、城兵の飢えは解消された。

「立花め」

北肥後の有力な国人衆の一人有動大隅守は、統虎に恨みを抱き、任をはたして筑後柳川へ戻ろうとする立花勢を待ち伏せた。

先陣三百、後陣五百に分けて帰途についた立花勢に目がけて、有動が襲いかかった。

「雑兵には目もくれるな。目指すは立花統虎の首一つ」

有動勢が前後から迫った。

「大将を守れ」

立花の兵が立ちふさがったが、多勢に押しきられ、有動の兵を統虎近くまで侵入させてしまった。

「見事なる身形《みなり》、立花どのとお見受けした。その首ちょうだいつかまつる」

統虎目がけて大兵の侍が長い槍を突きだした。

「……くっ。雑兵ばらが。名を申せ」

左肘を突き抜かれながらも、統虎は右手で敵の槍を摑《つか》んだ。

「有動下総守《しもうさのかみ》」

侍が叫んだ。有動の一族であった。

「相手にとって不足だが、有動と聞けば、見逃すわけにもいかぬ」

統虎は槍を強く引いた。

「くっ」

槍を奪われまいと強く柄を握った有動下総守が、引きずられるように統虎に近づいた。

「吾に傷を負わせたこと、冥土のみやげにいたせ」

右手で有動下総守の鎧の首後ろ、小鰭《こびれ》を摑んだ統虎が、鞍の前輪へ押さえつけた。

逃れようと有動下総守が槍を捨ててあばれた。肘から槍をはずした統虎は、傷ついた左手で鎧通しの小刀を抜くと有動下総守の首へ刺した。

「……ぐはっ」

絶命した有動下総守を放り投げると、統虎は鐙の上に伸びあがった。

「敵将有動下総守を討ちとった。吾に続けや、者ども」

「おおっ」

大将自らが一騎討ちに勝ったのだ。押されていた立花勢が奮い立った。

後陣の敵を支えていた小野和泉守が、手勢を率いて敵陣へ突っこんだ。前陣にいた十時摂津守は、一度敵を突きぬけ、踵を返して背後から襲いかかった。

有利な形勢が崩れた。

「退くぞ」

有動大隅守が逃げた。

立花勢は、このあとも待ち受けていた国人衆を蹴散らし、ようやく筑後北関《きたのせき》に帰還した。

平山城の救援に出た立花兵は、つごう七回戦い、国人衆六百四十余人を討ちとったが、百四十三人を失い、三十人以上の怪我人を出した。

しかし、統虎には一息をつく間もなかった。一カ月も経たないうちに今度は南肥後で火の手があがった。

「これ以上肥後を疲弊させることはできぬ」

前回は見すごした秀吉が動いた。

「小早川隆景を大将に、鍋島直茂《なおしげ》、立花統虎を向かわせよ」

総勢一万五千の兵が、蜂起した国人衆の籠もる玉名《たまな》郡の和仁《わに》城を取り囲んだ。

小規模ながら和仁城は堅固であり、わずか千ほどの兵力で大軍を見事に支えきった。

「今なら、関白さまに取りなしてくれよう」

攻めあぐんだ小早川隆景が、勧降の手を出した。

いかに地の利を得ているとはいえ、天下人の軍勢を相手にいつまでも戦い続けることができようはずもない。

国人衆のなかから、秀吉につうじる者があらわれ、ついに和仁城も落ちた。

こうして肥後一国を揺るがした国人一揆は鎮圧された。

しかし、一揆は表向き終わったが、逃げた国人衆はまだ肥後の国内に潜んでおり、いつまた爆発するかわからなかった。

「佐々め」

秀吉は佐々成政を咎めた。

天正十六年（一五八八）五月、秀吉への謝罪に向かった佐々成政は、摂津《せっつ》尼崎《あまがさき》で身柄を拘束された。

「領地仕置きに不備ありをもって、死を命じる」

閏《うるう》五月十四日、安国寺恵瓊らの助命嘆願もむなしく、尼崎法園寺《ほうおんじ》にて佐々成政は切腹させられた。

「肥後は清正《きよまさ》と行長《ゆきなが》にくれてやれ」

秀吉は股肱《ここう》の臣である二人に肥後を分配した。加藤《かとう》清正には、肥後の半国十九万五千石と熊本城が、小西《こにし》行長には宇土城と二十四万石が与えられた。

肥後国人衆一揆鎮圧に功のあった立花統虎は、秀吉より上洛せよとの命を受け、京へと上った。

「なんと」

博多で繁華な町並みに慣れていると思っていた統虎は、京の賑《にぎ》やかさに目を見張った。

「これが天下か」

統虎はあまりの差に震えた。

もともと新しいもの好きの大友宗麟に仕えていたのである。数回しか訪れたことはないが、大友家の本領府内はそれこそ極楽浄土かと思えるほど華美できらびやかであった。南蛮風の建物、着飾った女たち、そして京から出張ってくる芸人たち。岩屋、立花しか知らない統虎にとって、府内はまさに夢の地であった。

その府内が、一瞬で色あせたほど京は煌《きら》めきに満ちていた。

「よく来た」

秀吉は統虎を満面の笑みで迎えた。

「関白さまには、ご機嫌うるわしく……」

あいさつを述べかけた統虎を秀吉は制した。

「堅苦しいことは抜きじゃ」

笑いながら秀吉が近くに来いと統虎を招いた。

秀吉が遅滞を嫌うことは、すでにわかっている。統虎は小腰をかがめて、秀吉の前に移った。

「九州でのいたしよう、きわめてあっぱれである」

「おそれいりまする」

「島津征伐の褒賞はくれてやったが、肥後一揆の功はまだ与えておらぬ。統虎。九州、四国、いずれかで一つ望みの国をくれてやる。申せ」

豪儀な言葉にも統虎は首を振った。ずにのって欲を出せば、秀吉の勘気に触れることを統虎は見抜いていた。さらに統虎には領地よりも欲しいものがあった。

「すでに筑後で十三万石余りをちょうだいし、家臣も三千をこえましてございまする。これ以上は、わたくしめの器量にあいませぬゆえ、遠慮つかまつりまする」

「さてさて欲のないやつよ」

恩賞を辞退する者など見たことがないと、秀吉があきれた。

「さりとて、なにもやらぬというわけにはいかぬ。他の者とのかねあいもある。なにか望みはないか」

機嫌よく、秀吉が続けた。

「身に過ぎた望みと承知のうえでお願い申しあげまする。できますれば、昇殿がかないますようにお計らいいただければ、なによりの喜び」

「昇殿だと……」

聞いた秀吉の顔つきが変わった。

昇殿とは従四位《じゅしい》以上の位階をいい、朝廷に参内したとき、殿舎の片隅とはいえ上がることのできる身分をさした。大友家の当主義統が従五位下左兵衛督《じゅごいげさひょうえのかみ》、死んだ戸次道雪が従五位下丹後守で終わっていることなどを考えると、統虎の望みは高いものであった。

「主と義父をこえるか」

統虎だけに聞こえるよう、秀吉がささやいた。

言われて統虎は息をのんだ。そこまで秀吉に見抜かれているとは思っていなかった。

「似ておるの、儂に」

にやりと秀吉が笑った。

「いかに今は直臣となったにせよ、旧主君をいきなり追い抜いては世間体が悪かろう。しばらく五位でがまんせい」

「かたじけのうございまする」

「乗りこえねばならぬ相手がおるのだろう。余と同じよな。ならば働け。必ず、報いてやる。いずれ海を渡ってもらうぞ」

平伏する統虎へ、いっそう小さな声で秀吉が語りかけた。

「今後、羽柴の姓を許す」

秀吉との対面は終わった。

こうして立花統虎は従五位下左近将監に任官、すぐに従四位下へと昇り、羽柴侍従《じじゅう》統虎と称した。

しかし、のんびりと京を愛《め》でる暇を与えられることなく、統虎は九州へ戻った。九州の火種はまだ消えていなかった。

国人衆による一揆も問題であったが、最大の敵は内にあった。

「四位とは身のほどを知れ」

祝福に水を差したのは、闇千代であった。

「我が父道雪をこえるはまだ許せる。なれど宗家大友の当主を差しおいて、昇殿しようなど……」

身体を震わせて闇千代が憤慨した。

「朝廷から下された官位に不満があると申すか」

統虎は怒鳴りつけた。いつもいつも命をかけてきたのは己であり、闇千代は安全な城中から文句だけをつけてきた。何一つ統虎の苦労をわかろうとしてくれなかった闇千代に、統虎の辛抱も終わった。頼るべき実父、養父を失った誾千代を、守ってやろうとの想いも砕け散った。

「立花の家も終わりよ」

誾千代も言い返した。

「もう、我慢ならぬ。主家である大友を捨て、殿上人《てんじょうびと》などと偉ぶったところで、忘恩の徒ではないか。九州の笑いものとなっていることになぜ気づかぬ。わたくしは、今日を限りに城を出る。同じ立花を名のるも恥ずかしいわ」

すでに用意していたのであろう、誾千代は身の回りの世話をする侍女だけを連れて城を出た。

「好きにせい」

統虎は誾千代を引き止めなかった。

城下の寺に居をさだめた誾千代と統虎は、夫婦としての形さえ失った。

四

肥後に入った加藤清正と小西行長は、逃げた国人衆の追捕に血眼となった。なれど、功なくときだけが過ぎていった。

「恩讐《おんしゅう》を捨て、恭順を示した者は、本領安堵してつかわす」

業を煮やした秀吉によって、ふたたび高札が肥後のあちこちに立てられ、逃げ隠れていた国人衆の多くが出頭した。降伏した国人衆は、大名たちに預けられ、秀吉の沙汰を待つことになった。

統虎も隈部但馬守《たじまのかみ》ほか十二名の国人領主を柳川に預かった。

「本領安堵などなさるまい」

統虎は、秀吉の苛烈さを知っていた。秀吉はめずらしく人を殺したがらない武将であったが、それは味方に対してのみであり、敵には水攻めや干殺《ひごろ》しと遠慮はなかった。まして、一度降伏した者の裏切りは、絶対に許さなかった。

肥後の国人衆は島津討伐のおりに、秀吉に降った者ばかりである。いかに佐々成政の検地が非道なものであっても、秀吉の任じた領主に反発してはならなかった。敗者は勝者にしたがうことで生きのびられる。それを国人領主たちは理解していなかった。

統虎の懸念はあたった。

「一同を討ち果たせ」

天正十七年（一五八九）五月二十七日、柳川城へ秀吉の指示が届いた。検使として浅野長吉《あさのながよし》が派遣されるという念の入れようであった。

「意外と遅かったな」

すでに国人領主たちを預かって半年以上が過ぎていた。

「島津の影響を抑えるためのときかせぎか」

降伏したとはいえ、島津の声望はまだ大きい。新たに九州に所領を与えられた大名たちが領地を我がものとするためには、かなりの日数が必要であった。

「関白さまが出した本領安堵の朱印状、それにすがるなど愚かなことであるが、一つまちがえば、吾もそうなっていた」

ゆっくりと統虎は、天井を見あげた。

「さえぎるものの向こうを見とおせねば、今の世で生きてはいけぬ。さりとて、あまりに哀れよな。だまし討ちにするのは、情けなし」

統虎は、預かり人たちに武士らしい最期をと考えた。

「新田掃部介《かもんのすけ》、そなたの弟が預かり一行のなかにいたの」

統虎は一人の家臣を呼んだ。

「はい。隈部善良《ぜんりょう》と申す法師でございまする」

怪訝《けげん》な顔を、新田掃部介がした。

「……本領安堵はないと教えてやれ」

小さな声で統虎は告げた。

「そのようなことを……もし、暴れ出しでもいたせば、殿にどのようなご迷惑がかかるやもわかりませぬ」

言葉の意味をくみとった新田掃部介が、驚愕した。

今は預かり人となり、柳川城で軟禁されているが、一人一人は肥後で名の知れた豪傑なのだ。抵抗されてはこちらも無事ではすまない。通常、こういった場合の処刑は、宴などの理由をつけて誘いだし、不意討ちあるいは闇討ちにするのが常套《じょうとう》であった。

「迷惑……そのようなもの、とうからかぶっておるわ。我が領土で起こった一揆ではないにもかかわらず、兵を出させられ、だいじな家臣たちを何人も失った」

「ならばより……」

新田掃部介が、口を開いた。

「だからこそ、意義あるものとしたいのだ。死んでいった者へ、おまえたちのやったことは、無意味ではなかったのだと手向《たむ》けてやりたいのだ。これだけの勇者たちと戦って勝ったと墓前に報告してやることこそ、主としての役割ではないか」

統虎は語った。

人は本能として死をおそれる。いわば死そのものである戦に、兵たちが立ちむかっていけるには理由があった。

最大の理由は栄達である。戦で功名手柄をたて、名をあげ多くの褒賞を得る。一所懸命という言葉のとおり、武士たちは所領を守るために命をかけた。

それにくらべて、はるかに小さいものではあったが、武士たちの矜持があった。ようするに後世へ名を残したいのだ。それも悪名ではなく、立派なもののふとしてである。

主君は、そこにも気を遣わなければならなかった。無駄死にあるいは犬死にと思わせてしまうと、死んだ者の遺族はもとより、残った家臣たちも、そのような戦いに兵をかりたてた主君を見かぎってしまう。

統虎の考えはそれだけではなかった。死にいく国人領主たちの名にも気配りをした。だまし討ちなどで殺された場合、同情を受けるのと同時に、侮蔑が与えられた。国人領主たちに恥を与えない。統虎はそう決意していた。

「殿……」

新田掃部介が、感極まった顔をした。

「行け、命《めい》が来た以上日延べは難しい。一対一の戦いをいたそうと伝えてくれ。ただし、逃げだそうとしたら、取り囲んで弓、鉄炮を持ちだすことになるともな」

無駄なあがきはするなと統虎は釘を刺した。

「承知いたしております。お気遣い、かたじけのう」

一礼して新田掃部介が去っていった。

「この柳川にも、まつろわぬ者がいる。そやつらの感情を刺激するわけにはいかぬ」

一個の大名として領地を与えられた以上、国中でのもめ事は、すべて統虎の肩へとのしかかってくる。佐々成政の二の舞をしないためには、国人領主たちに不満を感じさせないことが肝要であった。

統虎の手配は、好意をもって迎えられた。

「名にしおう立花家の家中と戦えるは、もののふの誉れ」

隈部但馬守たちは、最後の夜を差し入れられた酒と肴で楽しみ、翌日柳川城の二の曲輪で散っていった。

立花家の討っ手で傷のない者はなく、一人が死亡するという激しい勝負であった。

「包み囲むことなく、一人一人に応対なさるとは、寡聞にして知り申さぬ」

検見していた浅野長吉が、感嘆した。

「立花どのの見事なるなされよう、きっと関白さまにお伝えいたしましょうぞ」

浅野長吉は、報告のため京へと帰っていった。

「真の情けを知るぞ」

統虎のやりようは、筑後でも評判となり、国人衆の反抗も減った。

天正十八年（一五九〇）三月、ようやく領地と家臣の仕置きを終えた統虎のもとへ、関東での戦が始まると、浅野長吉から通知が来た。

「貴殿を召集せぬとの関白さまの仰せなれど、陣中見舞いには来られおくように」

国人衆処断の一件から、統虎と親交を結んだ浅野長吉の忠告であった。

「兵を出せとのご命なきゆえ、あまり大勢を率いて行くわけには参らぬ」

みょうなことをして勘ぐられれば、家がたちいかなくなるおそれがあった。

統虎は、近臣十数名を選んで、関東小田原《おだわら》まで秀吉のご機嫌うかがいに出た。

「これは戦ではない……」

秀吉の布陣を見た統虎一行は息をのんだ。

兵の波であった。これほどの大軍が、城攻めに集うのを統虎は目にしたことがなかった。秀吉は北条を攻めるに二十万をこえる兵を用意していた。

「いかに堅固な小田原城とて、いくばくももちますまい」

有馬伊賀守が口を開いた。

「天下の名城といえども、出入りを封じられてしまえば、物資が手に入らず干殺しにあうだけじゃ」

蔫野三河守も同意した。

「干殺しなどせずとも、このまま攻めこむだけでことは終わりましょう。大友に伝わる国崩《くにくず》しより大きな筒を関白どのはいくつもお持ちだとか。それで門を壊せば……」

兵力の差は絶対だと有馬伊賀守が告げた。

「いや、そうはなさるまい」

統虎は首を振った。

「北条が音をあげるまで、囲み続けられるであろうよ」

秀吉の狙いはすでに国の外にある。無駄に兵を損じる気が秀吉にないと知っている統虎は、結末を予想していた。

「しかし、長引いては仙台《せんだい》の伊達や、奥州《おうしゅう》の津軽《つがる》、南部《なんぶ》が北条への援軍を出して参るやも知れませぬ」

有馬伊賀守が反論を述べた。

「違うな」

もう一度統虎は秀吉の本陣前から、周囲を見まわした。

「北条を干殺しにするだけなら、これほどの大軍は要らぬ。それこそ半分でよかろう。あまった半分を使えば、伊達や南部、津軽など敵ではない」

「ではなぜ、これほどの兵を」

「示威よ。さからえば、これだけの軍を使って滅ぼすぞとのな。見ておれ、じきに伊達も南部も、津軽も辞を低くして関白さまのもとへと伺候してくる」

言いながら統虎は、小田原城へと目をやった。

「北条は、それまでに降らねば滅ぼされる。関白さまは気の長い城攻めをなさるが、一線を引いておられる」

統虎は、つぶやいた。

陣中見舞いと称して秀吉に目通りを願った統虎は、感嘆の言葉を述べた。

「これほどの陣構え、統虎拝見いたしたことも、夢で見たこともございませぬ。天竺《てんじく》、唐《から》といえどもこれほどの戦はございますまい」

「そうかそうか」

満足げに、秀吉が首肯した。

「どうだ、関東は。九州とはまた違うであろう」

「はい。木も山も水も九州とは別ものでございまする」

秀吉の問いに統虎は答えた。

「兵もじゃ」

言った秀吉が、なにかを思いついたような顔をした。

「誰ぞ、徳川どのの陣へ使いを出せ。本多平八郎《ほんだへいはちろう》がおらば参るようにとな」

秀吉の意を受けた侍が小走りに去っていった。

「本多平八郎どのと申されまするど……」

「うむ。まあ、楽しみに待っておれ」

笑顔で秀吉が言った。

「そうじゃ、近くに陣張りしている者どもも呼びよせよ」

秀吉が、命じた。

一刻《いっとき》(約二時間)ほどで、徳川家康と本多平八郎忠勝《ただかつ》が陣へと着いた。また、戦に参加している大名のほとんども参集していた。

「おおっ、家康どのも参られたか。それはちょうどよい。これが九州柳川の立花左近将監じゃ」

秀吉が統虎を紹介した。

「これはこれは。徳川権大納言《ごんだいなごん》家康でござる」

背の低い太《ふと》り肉《じし》の武将が、名のった。

「立花左近将監統虎にございまする」

天下人秀吉に比する実力の持ち主に、統虎は緊張した。

「で、これが家康どのの宝。本多平八郎忠勝じゃ。数十回におよぶ合戦を経て、いまだ背中に傷のない豪の者よ」

秀吉が、家康の脇に控えた壮年の部将に扇子を向けた。

「本多平八郎忠勝にございまする」

ていねいに本多平八郎が礼をした。これは、統虎が秀吉の直臣であるのにたいし、本多平八郎は家康の家臣と一段低いことをふまえてのものであった。

「はじめてお目にかかりまする」

統虎もていねいに返した。天下に聞こえた豪傑への礼儀であった。

「東国において隠れなき本多平八郎と、西国にて無双との誉れある立花左近将監の対面。天下無双ではなく、東西無双の二人を会わせることができたことはめでたいの。今後とも天下のために働いてくれよ」

居並ぶ大名たちの前で、褒められた統虎は気恥ずかしさに頬を染めた。

「うむ。一同下がってよい」

秀吉の許しを得て、仮の宿としている寺へ戻った統虎のもとへ、本多平八郎が訪れた。

「今宵は貴殿のお陰で、面目をはたせましてござる」

本多平八郎は天下無双と秀吉に讃えられたのは、統虎のお陰だと礼を言いに来たのであった。

「いや、こちらこそ、本多どのと並び称せられ、望外の喜びでござる」

すぐに統虎は宴の用意をさせた。

「本多どのは、おいくつになられた」

「四十三になりましてございまする」

「私は、まだ二十二。とても本多どのにおよびもつきませぬ。いかがでございましょう。よろしければ、軍語《いくさがた》りなどを願えませぬか」

統虎は本多平八郎に戦話《いくさばなし》を願った。

「若い者が、軍物語を嫌がる風潮にあって、左近将監さまは熱心な」

本多平八郎が感心した。

「どうぞ、歳の離れた弟に教え諭すとのおつもりでぜひに」

統虎は言葉遣いも朋輩《ほうばい》へのものに変えてくれるよう頼んだ。

「ならば、朝までおつきあいを願いましょうぞ」

盃を手にして、本多平八郎が笑った。

身分、年齢をこえた交流が始まった。

第五章　異国の風

一

統虎の予想したとおり、天正十八年七月、北条氏は降伏したにもかかわらず滅ぼされた。

家康の娘婿であった北条氏直《うじなお》は助命されたが、高野山《こうやさん》への隠遁《いんとん》を余儀なくされ、三代にわたって関東を支配した戦国大名は姿を消した。

「天下は余のもとに統べられた」

北条の後、奥羽へ進軍した秀吉に抵抗する者はなく、あっさりと天下は平定された。

「我が日の本は、帝を抱いた神の国である。余は帝に代わって我が国の威光を廣《ひろ》める義務がある。皆、出兵の用意をいたせ」

大坂城に戻った秀吉が外征を発表し、諸大名に準備を命じた。

「始まったか」

一報を聞いた統虎は嘆息した。

九州征伐が終わったとき、秀吉は対馬《つしま》の宗《そう》氏をつうじて明《みん》国へ使者を出し、天皇に対し朝貢するよう求めていた。

対馬の宗氏は、秀吉に属してはいたが、明や朝鮮との貿易で生きてきただけに、この命令をそのまま受けとるわけにはいかなかった。

宗氏は、明への報告を改竄《かいざん》した。朝貢ではなく、天下統一の祝賀使を派遣してくれとしたのだ。

明の言葉が話せる者はほとんどいない。明の使いが秀吉に謁見するときの通訳は宗氏が担うことになるのは明白である。いかようにもごまかせると宗氏は考えた。

しかし、明にしてみれば、たかが東夷《とうい》の小国が統一されたからといって、祝賀するほどの価値はない。明は宗氏の申し出を無視した。

あわてた宗氏は朝鮮に同じ願いをもちかけた。幸いなことに朝鮮は使者を出してくれた。これが相違を決定した。

使者を降伏のものと勘違いした秀吉は、明への先陣を朝鮮に命じたのだ。当然、朝鮮は拒否した。秀吉は激怒し、朝鮮を征服すると宣言したのだ。

「ようやく領地を整えられると思ったのだが……」

準備を命じられた大名たちは一様に迷惑な顔をしたが、天下人にさからえるはずもなく、渋々必要な対応を取り始めた。

立花家でも事情は同じであった。

所領は倍に増えたとはいえ、長く慣れ親しんだ筑前から筑後へ移ったばかりなのだ。城や町並みを整え、人心を掌握しなければならないときに、新たな戦は大きな負担であった。

だが、秀吉の家臣となった今、否やと言うことなどできようはずもなかった。

「関白さまのお言葉にしたがわねば、立花など一日で潰されてしまうわ」

不満を口にする家臣たちを統虎は叱った。

唐入《からい》りと称された戦の手始めは、秀吉の御座所の設営であった。

対馬を望む肥前名護屋《なごや》に秀吉は巨大な城の建造を命じた。

「筑紫の衆は、軍役の三分の一を担うように」

秀吉の代官、石田木工頭正澄《もくのかみまさずみ》からの報せを受け、統虎は領土内の百姓を人夫として徴発、名護屋へと送った。

まさに天下普請《ぶしん》というにふさわしい工事であった。本丸、二の丸、三の丸、山里曲輪などを配し、本丸北西隅には五層七階の天守を擁する居城は、北条攻めなどの賦役を免じられた九州諸将の総力を結集したものであった。

「急げ、急げ」

築城奉行を命じられた寺澤広高《てらざわひろたか》、加藤清正は、矢のような秀吉からの督促に応じて、夜間もかがり火を焚《た》くなどして工事を続け、半年足らずで完成させた。

「きらびやかな……」

大坂城を見たことのある統虎は別として、立花の家臣たちはできあがった名護屋城の豪華さに嘆息した。

名護屋城には、ふんだんに金箔《きんぱく》が使われていた。瓦にまで金箔が押されているのである。西日を浴びてきらめく姿は、まさに極楽浄土を思わせるほどであった。

「派手なことをなさる」

統虎は、首を振った。

名護屋城は、大坂城のように豊臣の居城として代々受け継がれていくものではなかった。唐入りが終われば用済みとなって、近隣の大名に下げ渡されるか、破棄される。いわば出城でしかないのだ。それにこれほどの金をかけるのは、無駄遣いでしかないと統虎はあきれていた。

「これも太閤殿下の深慮遠謀でござる」

背中から声がかかった。

豊臣秀吉は弟豊臣秀長、一子捨丸《すてまる》を失った去年の天正十九年（一五九一）、関白を甥《おい》の秀次《ひでつぐ》に譲り、おのれは太閤となっていた。もっとも秀次はただの飾りでしかなく、政の実権は変わらず秀吉が握っていた。

「これは……筑前守さま」

振り向いた統虎は頭をさげた。

姿を現したのは、小早川筑前守隆景であった。

稀代の謀将毛利元就の三男隆景は早くからその知謀をうたわれてきた。安芸の豪族小早川家を継いだあとも本家に尽くし、兄吉川元春《きっかわもとはる》とともに毛利両川《りょうせん》と呼ばれた。

つねに毛利を残すことに腐心し、中国攻略に来た秀吉との和睦を、安国寺恵瓊とともに周囲へはかった。本能寺の変に伴う撤収、世に言う中国大返しのおりにも、追撃を主張する兄吉川元春を抑え、秀吉が天下に名のりをあげるきっかけを作った。

天文《てんぶん》二年（一五三三）生まれで、六十歳と老齢ながら、秀吉の信頼厚く、北九州においで三十万石をこえる大領を得、九州探題ともいえる地位にあった。

「お耳ざわりをいたしました」

ていねいに統虎が詫びた。

「いや、勝手に聞いた拙者がよくない」

手を振りながら小早川隆景が笑った。

「筑前守さま。少しお伺いいたしてよろしいでしょうか」

「深慮遠謀のことかの」

小早川隆景が確認した。若い統虎を、小早川隆景が優しい目で見た。

「名護屋城は岬に建っておる。それは海から見えることを意味しておる。玄界灘《げんかいなだ》を行き来する船は、金色の天守閣を仰ぐことになる。このような崖の上にこれだけの城を造りあげるだけの力を太閤さまは持っている。人の噂ほど拡まるのが早いものもない。これから海を渡り、朝鮮から唐天竺へと兵を進めて行くうえで、この噂は大きな味方となろう」

「誇示だと」

「いかにも」

統虎の答えに、小早川隆景がうなずいた。

「巨額の金を費やしたが、それで一つの戦でも避けられたならば、無駄遣いではござらぬよ。侍従どの」

小早川隆景がさとした。

「お教え願ってよろしいか」

小早川隆景は、統虎が島津に攻められているときの援軍でもあり、領地が隣り合っている関係でなにかと顔を合わせることが多く、親しくつきあっていた。

もっとも親子ほど歳が離れていることもあり、同僚というより師弟に近い関係である。統虎は遠慮がちに質問を発した。

「なぜ唐入りするかということでござろう」

小早川隆景が声をひそめた。

「………」

無言で統虎は首肯した。

「ちと、対馬を見にいきましょうぞ」

名護屋城の本丸へ行こうと小早川隆景が統虎を誘った。

「ここで待っておれ」

小早川隆景が、人払いを命じた。統虎も有馬伊賀守たちを残して、小早川隆景の後に続いた。

本丸からは玄界灘が見渡せた。

「あれが対馬だそうでござるな」

はるか遠くに霞《かす》む島を、小早川隆景が望んだ。

「はい」

筑前で生まれ育った統虎は、対馬の遠景をなんども見ていた。

「これほど海で隔たっておるが、対馬は本邦になる」

小早川隆景が話した。

「………」

統虎は、無言でうなずいた。

「太閤殿下は天下六十余州を平定された。対馬もしたがった」

「筑前守さま」

回りくどいことは止めて欲しいと、統虎はうながした。

「お若いな」

性急な統虎に、小早川隆景がほほえんだ。

「太閤殿下は気前がよすぎであられたのよ」

小早川隆景が言った。

「気前がでございますか」

統虎は首をかしげた。

「そうじゃ。太閤殿下は、降伏した敵にまで本領安堵を許されるであろう。これではしたがった将や兵たちに報いるだけの所領が生じぬ。それでは、戦った兵たちがたまらぬであろう」

「……はい」

新規譜代とはいえ、統虎も一個の大名である。多くの家臣を抱えており、兵たちをなんども戦にかりだした。

戦は、負ければなにも手にできないどころか、命さえ失ってしまうことがある。だけに勝ったときの褒賞がなければ、誰も戦へと出ていかない。

「たしかに北条や、佐々成政のように、すべてを取りあげられた者もおる。しかし、それも太閤殿下は気前よく分配なされてしまう。もっとも、拙者も太閤さまの思し召しで、筑後に大禄をはんでおるのだがな」

小早川隆景は苦笑した。

「それを言われれば、わたくしなど身に過ぎた身上をたまわっておりまする」

統虎は赤面した。

「忠誠を尽くそうと思うであろう」

「はっ」

「先主より、かいがあろう」

「まさに」

「これが原因よ」

柔らかい表情を小早川隆景が一変させた。

「太閤さまは、一代の英傑じゃ。足軽から身を起こし、織田家屈指の大名を経て天下を統一された」

「はあ」

小早川隆景がなにを言いたいのか、統虎は理解できなかった。

「一代で出世されすぎた。どういうことかおわかりか」

「いえ……」

統虎は首を振った。

「譜代の家臣がおられぬのだ」

ようやく統虎は気づいた。

「太閤さまの家臣は、ものと金につられた者ばかりと」

「我らをふくめての」

ふたたび小早川隆景が苦笑した。

「太閤さまには、将として、人としての魅力がある。我らはそれに惹《ひ》かれて、したがっておるつもりである」

「わたくしも同じ」

統虎も同意した。

「わかっておりまするとも」

しっかりと小早川隆景が首肯した。

「しかし、太閤さまに利を求めている者がおるのもたしかなのでござる」

「…………」

答えようもなく、統虎は無言で小早川隆景の次の言を待った。

「天下は統一されもうした。しかし、徳川家康どのは関東に三百万石近い領土を持ち、伊達政宗《まさむね》どの、島津義久どの、上杉景勝《うえすぎかげかつ》どのら百万石内外の大藩が残っております」

「一枚岩ではないとおっしゃられるか」

「さようでござる」

小早川隆景がうなずいた。

「太閤さまはご不安なのでござろう」

静かに小早川隆景が述べた。

「天下人になんの不安があるのかと思われるだろうが、太閤さまは怖れておられるのだ。おこがましきことながら、黒田官兵衛どの、蜂須賀小六《はちすかころく》どの、ご貴殿、拙者、あといくたりかは、お頼みくださっておられるようだが、あまりに少ない。なにせ、利をもって味方した者は、より以上のものをもって誘われれば、さっと旗をひるがえす。それを防ぐには、利を与え続けるしかない。しかし、国内は定まり、もう余っている土地はない。太閤さまは新たな褒賞の地を求めるために、渡海される決意をされたと、拙者は考えておる」

小早川隆景の話が終わった。

「腑《ふ》に落ちましてございまする。かたじけのうございました」

統虎はていねいに頭をさげた。

「互いに気張りましょうぞ。兵たちを無駄に死なせぬよう」

ゆっくりと小早川隆景が去っていった。

「吾も同じか」

立花の婿養子という立場を思いだした統虎は、秀吉の恐怖を共有した。

二

できあがるのを待っていたかのように、天正二十年（一五九二）四月、秀吉は名護屋城へ入った。

「陣立てを告げる」

本丸御殿大広間に諸大名を並べて、秀吉が口を開いた。

「第一陣。小西摂津守七千、宗侍従五千、松浦刑部大輔《まつうらぎょうぶのたいふ》三千、大村新八郎《しんはちろう》一千、五島若狭守《ごとうわかさのかみ》七百。小西摂津守に大将を命じる」

「はあぁ」

小西摂津守始め、名前を呼ばれた大名たちが、頭をさげた。

「第二陣……」

途切れることなく朝鮮渡海の陣営が読みあげられた。

つぎつぎに将たちが、秀吉の命を受けた。

「第六陣。小早川筑前守一万、毛利侍従一千五百、立花左近将監二千五百……」

ようやく統虎の名前が出た。

「はっ」

統虎は、一膝進めて平伏した。

「以上十五万八千七百。総大将は宇喜多参議秀家《うきたさんぎひでいえ》、副将は毛利参議輝元に命じる。また名護屋の留守は、徳川大納言家康に任せる」

「承知」

最後に徳川家康が首肯して儀式は終わった。

「それぞれ在所に戻り、戦の準備をいたせ」

秀吉の号令に、大名たちは争って大広間を出た。

統虎も馬をかけさせた。

織田信長が短気であったこともあるのか、秀吉も遅滞を嫌った。とくに天下を取ってからはいっそう、その傾向が強くなっていた。

柳川に帰った統虎は、国中へ動員をかけた。

「このたび、太閤さまはまつろわぬ朝鮮、明をしたがえられるための戦を興される。

四国、九州、中国の諸将に出陣を命じられた。立花は太閤さまのお陰で生きのび、これだけの大身にしていただいた。我らがこのご恩に報じるのはこのときぞ。よいか、決して他家の軍勢に劣るではないぞ」

統虎の意気があがった。

兵たちを鼓舞するために、統虎はまず戸次道雪の墓に参拝し、加護を願った。続いて統虎は、闇千代のもとを訪れた。ようやく落ちついた生活ができると思っていた家中に大きな負担をかけることになる。統虎は、家中へのしめしとして、闇千代の前で覚悟を語ってみせた。

「海の向こう、人心風土、戦いよう、すべてが異なる国へ出征するとなれば、生きて帰れるとは思っておらぬ。これを今生の別れと思い、勝たぬかぎり、二度とお目にかかることはござらぬ」

「…………」

決意のほどを述べた統虎に、闇千代は応えなかった。

「これを機に、名をあらためたく思う。統虎をあらため、宗虎《むねとら》と名のる」

続けて統虎は告げた。

「なんと……」

闇千代が大きく反応した。

「大友の宗家吉統《よしむね》さまよりいただいた偏諱を捨てるというか」

かっと誾千代が叫んだ。

武将の名のりには大きな意味があった。とくに主君からその名の一字を与えられるのは格別であった。

一門であるか、手柄を立てるか、あるいはよほどの気に入りでもなければ、与えられず、許されることは大いなる名誉であった。

それを統虎は捨てると言った。

「立花は、大友の一門。西の大友と称され、代々重きをなしてきた武門でございますぞ。本来偏諱は婿養子でしかないそなたに許されるものではない。その名誉を捨て去るとは、大友との縁を切る気か」

誾千代は的確に統虎の意図を読んでいた。

「今の大友とのつながりなど百害あって一利なしではないか」

はっきりと統虎は口にした。

宗麟亡きあとの大友家は、衰退の一途をたどっていた。義統は、九州征伐の後、秀吉の一字をもらい吉統と改名し、羽柴の名のりも許されるなど、表向きはかなりの待遇を受けていた。しかし、黒田官兵衛の強い勧めで一度はキリスト教に改宗したものの、二カ月後秀吉からバテレン追放令が出るなり放棄、ふたたび仏教徒へと戻るなど、芯のない行動で天下の笑いものとなっていた。

「今の立花があるのは、大友のお陰。根を切り捨てて生きのびる木はない」

氷のような口調で闇千代が言った。

「腐った土台の屋敷に住み続ける愚か者は、死ぬだけぞ」

冷たく統虎が返した。

「滅ぶならばそれも運命。栄枯盛衰こそ定め。戦国に生きる者の覚悟もお持ちでないか」

皮肉げな笑いを闇千代が浮かべた。

「戦国の世は関白さま、いや、今は太閤さまか、によって平定された。この国すべての大名たちは、太閤さまの家臣となった。戦国は終わったのだ」

「終わった……ならばなぜ、軍を起こす」

闇千代が問うた。

「海の向こうをしたがえると太閤さまが命じられたからだ」

「戦うのであろう。ならば戦国は終わっておらぬではないか」

皮肉げな顔のまま闇千代が、唇の端をゆがめた。

「いや、戦国は終わった。もう、立花の家が島津や、秋月などと争うことはない。城を留守にしても襲われぬ」

統虎は反論した。

「詭弁を」

闇千代が断じた。

「代わりに朝鮮へ戦いをもたらすではないか。よくぞそれで争いはなくなったなどと言えたものよ」

嘲笑を浮かべながら闇千代は、席を立った。

「ご帰郷のご報告は無用でござる。ご武運を」

闇千代が感情のない声を残した。

「始まりからまちがっていたのだ」

統虎は、豊後の府内館で見た闇千代の凜々しい姿の思い出に、心のなかで別れを告げた。

博多を出航した立花の兵は、壱岐《いき》、対馬を経て、四月二十日、釜山《プサン》に上陸した。

「軍勢を整えよ」

小早川隆景が第六軍に集結を命じた。

「早すぎる」

第六軍の将を集めた小早川隆景が嘆息した。

「なにがでござる」

筑紫広門が首をかしげた。

「小西摂津守の第一軍、加藤主計頭《かずえのかみ》の第二軍は、すでに漢城《かんじょう》を包囲しておる」

「よろしいのではございませぬか」

「そうではないのだ。毛利侍従どの」

毛利秀包《ひでかね》の言葉に、宗虎が懸念を表した。

「先陣まで、小荷駄が届きませぬ」

小荷駄とは、兵の消費するものすべてのことである。兵糧はもとより、鉄炮の弾、矢、破損した刀槍の補充など小荷駄の量は軍勢が増えれば、多くなる。

「兵糧などは、現地で調達できましょう」

毛利秀包が述べた。

「無理なことを」

聞いた小早川隆景が首を振った。

「数万の兵の腹を満たすほどの米を集めることができると思うか。なにより、民のものを奪い取るなど恨みを買うだけである。まつろわぬ民がどれほど面倒なものか、知らぬわけではなかろう」

小早川隆景が叱った。

毛利秀包は小早川隆景の弟である。毛利元就の末子で、小早川隆景とはじつに三十四歳も離れていた。小早川隆景からすれば、子供どころか孫のようなものであった。

「しかし、これほど先陣が疾《はや》いのは、朝鮮の兵が弱いからでござろう。兵の弱い国など、統治するになにほどのことがございましょう」

毛利秀包が反論した。

「愚かな……」

大きく小早川隆景が息をついた。

「民と兵では必ず民が多いのだ。でなくば兵を支えることなどできまい。その兵を支えてくれる民に憎まれては、戦ができぬ。面と向かって民は兵と戦えぬかも知れぬが、いくらでもやりようはあるぞ。それこそ、民に手を抜かれれば、十とれる米が八になり、いや五になることもある。それでは、国が持つまい。戦というのは敵を倒すことだけではない。勝ったあとの治政も含まれる。よけいな恨みは買わぬべきじゃ。でなくば、統治はうまくいかぬ。秀包、そなた朝鮮平定の後、領土をここに移されるやも知れぬのだぞ」

「……浅慮でございました」

一門の長老の意見に、毛利秀包が引き下がった。

釜山で待機している第六軍のもとへ、先陣からの報告が届いたのは、五月の四日であった。

「漢城を攻略せり」

朝鮮の都を陥落させたとの報告であった。

「おお、おおっ」

「破竹の勢いぞ」

釜山の陣が歓声であふれた。

「まことに無念」

毛利秀包ら、若き血気の将は戦に参加できなかったことを地団駄踏んで悔しがった。

「詳細を」

小西行長から派遣された使者に、小早川隆景が報告を求めた。

「四月三十日、朝鮮国王、闇に紛れて漢城を出奔。ために朝鮮の兵たちも雪崩をうって城門から脱出、漢城騒乱。主君摂津守、漢城の人心落ちつくを待って、五月二日、東大門《とうだいもん》より入城。現在残敵の掃討をおこなっております る」

誇らしげに使者が述べた。

「そうか。ご苦労であった。十分に休養をなせ」

小早川隆景が使者をねぎらった。

「さっそくに我らも出陣なし、先陣におとらぬ活躍をなさねば、太閤さまに申しわけなし」

筑紫広門、宗虎の弟高橋主膳正統増改め直次《なおつぐ》、毛利秀包らが、小早川隆景に迫った。

「うむ」

ここで抑えこむことは、若き将の暴発をまねきかねない。小早川隆景も進軍を認めた。

第六軍は黒田長政《ながまさ》ら第三軍の通路をなぞるように北上、漢城《ハンソン》に陣営を置いた。追いつくように毛利輝元率いる第七軍、宇喜多秀家指揮下の第八軍も漢城へ入った。

「将一同集まられよ」

八軍までの大将を命じられた宇喜多秀家が、軍議を開催した。

「この後をどういたすかを話しあいたい」

若い宇喜多秀家が議題を呈した。

「朝鮮の兵弱し。策不要なり」

損害らしい損害を出していない加藤清正が、まず口火を切った。

「たしかに」

朝鮮の兵と戦った経験のある将たちは一様に首肯した。

長く戦乱から遠ざかっていた朝鮮は、もともと儒教の国というのもあって、武よりも文を尊ぶ風潮があった。

「倭《わ》との間には大海あり。眼前の小川といえども渡るに難渋いたしまする。倭の軍が朝鮮へ来られるはずもなし。いたずらに兵を集め、砦を作り、武器を貯《たくわ》えるは、民への圧迫。仁ある政とは申せませぬ。ただちに軍備を止め、民を慈しまれますよう」

秀吉の脅威を感じて戦の準備を始めようとした朝鮮国王宣祖《ソンジョ》に名のある学者が進言、宣祖もこれを受け入れた。このような経緯で、まったく戦の用意も調《ととの》えていないところに、戦国で鍛え抜かれた日本兵が襲いかかったのである。勝負になどなるはずもなかった。

「太閤さまは、迅速を好まれる。いかがであろう。今までのように皆で一つところを目指すのではなく、軍ごとで進撃いたしては」

加藤清正が提案した。

「それは戦力の分散となりませぬか」

領土が近い関係もあり、親しくしている加藤清正へ、宗虎が危惧を表した。

「左近将監どのよ。怖れずともよい。これほど簡単に都を明け渡してしまうような弱腰の連中など、我が兵のみでも十分であるぞ」

力強く加藤清正が言った。

「……ふん」

その加藤清正を小西行長が冷えた目で見ていることに、宗虎は気づいた。

「手柄か」

加藤清正は二番手に甘んじていることに我慢できない。宗虎は加藤清正の真意を理解した。

朝鮮への派兵では、小西行長の軍勢が先陣を務めている。まだ朝鮮の兵が強ければ、二軍である加藤清正に活躍の場はあったかもしれないが、もろすぎた。国都漢城でさえ、抵抗することなく開城してしまったのだ。小西行長が一番乗りを果たし続けるのに対し、加藤清正はずっと二番手に甘んじなければならない。猛将としてならした加藤清正にはこれが我慢できなかった。

いや、それだけではなかった。佐々成政のあとを受けて肥後を二分した加藤清正と小西行長は、領土の境界などでたえずもめていた。もともと商人あがりの小西行長を、武人の加藤清正は軽んじ、なんでも力で終わらせようとする加藤清正のことを、小西行長は馬鹿にしていた。互いに相手のことを嫌い抜いている。なにより相手の後に立つのが、二人には耐えられなかった。

「太閤さまもむごいことをなさる」

声高に話す加藤清正へ小早川隆景が憐《あわ》れみの声を漏らした。宗虎も同感であった。

秀吉は子飼い二人の仲が悪いことを承知で、肥後を分けて与え、わざと朝鮮侵攻の先鋒としたのだ。

「競いあわせようとのお考えでござろうが……」

小早川隆景に宗虎は首を振ってみせた。

「うむ。しかし、加藤主計頭どのが話もたしかでござる」

静かに小早川隆景は述べた。

「戦は早く終わらせるにこしたことはござらぬ」

すでに季節は夏である。日本よりも朝鮮のほうが冬はきびしい。玄海が荒れれば、補給が止まりかねない。戦場では身にまとえるものが鎧だけなのだ。重ね着することのできない状況で、冬の寒さに耐えるには十分な食糧が必要であった。

「秋までには漢城までの陸路を確保しておかねばならぬ」

戦慣れしている小早川隆景の助言もあって、加藤清正の提案は可決された。

「第六軍は、南下し全羅道《ぜんらどう》を攻略されたし」

総大将宇喜多秀家の命を受けて、宗虎ら第六軍は、漢城を出て、ふたたび南下した。

釜山から漢城への街道の安全確保を命じられた宗虎たちは、はげしい抵抗にあった。

散り散りになった朝鮮軍の兵たちに代わって、立ちふさがったのは民衆たちであった。朝鮮の庶民たちは、国土損失の危機に義兵となり、日本軍と勇敢に戦った。

「やりにくいわ」

宗虎は首を振った。

武器を持って戦っているのである。区別をする理由はないのだが、民を殺すのはいい気がしなかった。朝鮮を平定した後は、己の領民となるやも知れぬのだ。どうしても矛先は鈍る。

「錦山《きんざん》にて、一揆勢蜂起」

早馬が陣営に届いた。

「背後を突かれたな」

小早川隆景が苦い顔をした。

第六軍は、漢城へ向かう街道の根本、永同《ヨンドン》に陣営を置き、留守部隊を駐屯させていた。その留守部隊との間を裂かれた。

「本陣を崩されるわけには参りませぬ」

わずかな兵しか本陣には残していない。宗虎は、引き返すことを提案した。

「やむをえぬな」

第六軍は釜山への進軍をあきらめ、錦山《クムサン》攻略にかかった。

地の利は朝鮮にあった。まさに路傍の石、街道の草木も敵なのだ。錦山の敵陣を鎮圧したとはいえ、第六軍は数百の兵を失った。

「徐々に足下を固めていくしかあるまい」

本陣に引き返した第六軍は、小早川隆景の命で進軍速度を落とし、一カ所一カ所を押さえる方針に変えた。しかし、朝鮮の義兵たちの意気は高く、思うような動きはできなかった。

「明軍との決戦に備え、毛利参議輝元、小早川筑前守隆景は、兵を率いて都まで進軍すべし」

そこへ緒戦の勝利を聞いた秀吉が、朝鮮怖るるにたらずと、さらなる侵攻を命じてきたのだ。

「無茶なことを……」

誰もが顔色を変えた。第六軍一万五千の内、小早川の一万が抜けることになるのだ。それこそ本陣まで危なくなりかねなかった。

「太閤さまに、ご一考願いましょうぞ」

朝鮮の実情を話し、秀吉に命令の撤回を求めるべきだと、宗虎は主張した。

「儂もそうしたいが……なるまいな」

ゆっくりと小早川隆景が首を振った。

「なぜでございましょう。戦いの実際をお報せするのも、我らの任でございまする」

宗虎は喰いさがった。

「立花どのよ。太閤さまのご渡海が中止になったことはご存じであろう」

「はい」

小早川隆景の言葉に宗虎は首肯した。

侵攻から早い時期に渡海すると宣言していた秀吉は、徳川家康らの諫止《かんし》を受け、名護屋にとどまることとなっていた。

「太閤さまといえども、御自身の目でご覧になられぬことを知るには、一つしか方法はない。朝鮮におる我らからの報告じゃ」

「…………」

宗虎は無言で聞いた。

「人というのはな、いいことは早く、いやなことは後回しにしたいものぞ」

嘆息する小早川隆景に、宗虎はさとった。

「先陣を承っておる小西摂津守どのと加藤主計頭どの、お二人の仲があまりよろしくないことは、貴殿もご承知でござろう」

「はい」

「ともに太閤さまが天下人となられる前からお仕えしていた股肱の臣。太閤さまのご出世にあわせ立身してきたお二人には、寵愛《ちょうあい》を競う気持ちがござる。どちらがより多くの手柄をたて、太閤さまのお褒めをいただくか。摂津守どのも主計頭どのもそれしか考えておられぬ」

小さく小早川隆景が首を振った。

「お二人ともによい報せしか出しておらぬと」

「おそらく」

小早川隆景が認めた。

「無理が参りましょうぞ」

嘘ではないが、美辞麗句で塗り固めた報告では、正しい状況は理解できない。今後いっそう秀吉の命令がきびしくなると宗虎は懸念した。

「しかたあるまい。我らは太閤さまにしたがうと決めたのだ。でなくば、国元へ帰り、城を固め武備を調え、太閤さまに取って代わる戦を興すしかござらぬ」

「…………」

宗虎は返答さえできなかった。

「あとは、立花どのにお任せいたす」

兵を率いて小早川隆景が漢城へと向かった。

三

残された宗虎は半分に減った兵で、支配している地域を守った。とても漢城にある本陣から出された全羅道《チョルラド》の攻略などできなかった。

宗虎が兵たちをすり減らしていた天正二十年七月、朝鮮国王宣祖の嘆願を受けて、明軍が国境をこえて進軍してきた。

「倭軍なにほどのものぞ」

当初、日本兵を舐めきっていた祖承訓《ズーチェンシュン》率いる明軍先鋒は、待ちかまえていた小西行長率いる第一軍の猛攻であっという間に敗退した。

「明軍を一蹴、明兵恐るるにたらず」

早馬で小西行長は戦勝を秀吉に報せた。

「よし、一気に攻めよ」

歓喜した秀吉は、さらなる進軍を命じた。

しかし、そうはいかなかった。しっかりとした水軍を持たなかった日本は、朝鮮水軍きっての名将李舜臣《イスンシン》の采配で大打撃を受け、本土からの小荷駄輸送に障害が発生していた。兵糧はまだしも、鉄炮の弾、火薬の補給が追いつかなくなっていた。

たしかに日本の兵は強かった。命がけの戦いを何年にもわたって続けてきたのである。それでも敵国に遠征し、これだけ短い間に都を始め領土のほとんどを蹂躙《じゅうりん》できるなどは異常であった。

要因は鉄炮であった。鉄炮の数はもちろん、練度精度ともに日本軍は朝鮮、明を圧倒していた。

いまだ弓矢槍戈《そうか》での戦いしか想定していない朝鮮、明の兵が着こんでいる鎧では、鉄炮は防げないのだ。いかに大軍であろうとも、雨霰のごとく撃ち出される鉄炮を前にしてはひとたまりもない。

その鉄炮の弾薬の補給が追いつかなくなった。

そこへ、明の王朝から使者がやって来た。

「秀吉の望む通商を認め、和議を結ばん」

使者沈惟敬《チェンウェイチン》の提案は、小西行長とともに第一軍を務めていた宗義智《よしとし》へ大きな影響を与えた。もともと米のとれない対馬の国主である宗家は、朝鮮との交易で生きてきた。口にはしなかったが、秀吉の朝鮮派兵に、宗義智は反対であった。

「小西摂津守どの。ここは明と交渉し、朝鮮の領有を認めさせるべきではございませぬか」

「そうでござるな。弾薬もこころもとないところでござるしな」

小西行長も堺の商人出身である。交易の利はよく知っていた。

「なにより、明との交渉ごとを一手に引き受けられれば……功績第一は摂津守どののものとなりましょうぞ」

戦いを早く終わらせたい宗義智の口車に小西行長は乗った。

「では、その旨、皇帝陛下に奏上つかまつる。なれど、明の都は遠く五十日ほどの猶予を願いたい。その間、和睦の証として平壌《へいじょう》より先に兵を出されぬよう」

そう言い残して沈惟敬が去った。

しかし、これは策略であった。朝鮮から援兵を求められた明だったが、すぐに応じられない理由があった。国内甘粛省《カンスー》で叛乱が起こり、他国へ兵を出す余力がなかったのだ。

明の謀略で生まれた日数は、日本の首を絞めた。補給がままならない状態で五十日もの無駄なときを費やすことは、兵糧の不足を招き、平壌《ピョンヤン》の状況は悪化の一途をたどった。

武器弾薬の欠乏は、釜山に近い全羅道でも同じであった。

「殿、さすがにきつうございますな」

有馬伊賀守が辛そうな顔をした。

鉄炮という優位を失えば、数の差が大きくものを言った。

義兵の一揆を抑えるたびに、第六軍の死傷者は増えていった。

「本陣を守ることに徹するしかない」

宗虎は、戦線を縮小した。

「無駄玉を撃つな。引きつけて確実に狙え」

立花の鉄炮足軽の練度は高い。近づく敵に焦って弾を撒《ま》くようなぶざまなまねはしなかったが、それでも補給がなければ節約するしかなかった。

遠い間合いで狙撃していたのを、敵の顔が見えるまで待つように変えた。しかし、それは味方の損害を増やすことでもあった。無駄玉はなくなった代わりに、二度、三度の射撃ができなくなった。斉射のあとは、すぐに肉弾戦となるのだ。敵味方入り乱れての戦いとなれば、番狂わせも起こる。名の知れた将が、義兵の竹槍で討ちとられるようになった。

「このままではもたぬ」

さすがの宗虎も、音をあげかけた。それでも半年、宗虎は支配地を死守した。

「明軍総攻撃。小西摂津守さま、ご敗走」

その報せが飛びこんできたのは、年号も年も変わった文禄《ぶんろく》二年（一五九三）一月五日、将軍李如松《リールーソン》率いる四万三千の明兵と八千の朝鮮兵からなる連合軍が平壌を攻撃、小西行長は支えきれず、開城《ケソン》まで撤退した。

「おのれ、明の二枚舌め」

歯がみした小西行長を諸将が嘲笑した。戦場では、策略をこうじるのが当然であり、罠にはまるほうこそ悪いのだ。

「兵を分散するは、愚策」

小早川隆景の提案を受け、日本軍は諸方面の支配を放棄、漢城へと集結した。

「明軍南下」

物見の兵からの報告は、漢城に集まる諸将に対応を要求した。

「物資兵糧に不安があるならば、籠城は下策でござる」

いならぶ諸将を前にして、加藤清正が弁じた。

たしかに籠城は、味方の援軍が来ることを前提としている。対馬から釜山へいたる海路を封鎖されている日本軍に、望めるものではなかった。

「しかも冬となれば、田畑雪霜に覆われ、糧秣《りょうまつ》の手配もかないませぬ。ここは、開《かい》城《じょう》まで撃って出て、敵の出鼻をくじき、同時に兵糧を手に入れるべきでござる」

「やむなし」

総大将宇喜多秀家が決断した。

「先鋒は誰が……」

「拙者が出る」

加藤清正が名のりをあげた。

「いや、加藤どの、小西どのの軍勢は疲れておられましょう。しばし休息なされよ」

宇喜多秀家が、諫めた。

平壌での敗退は、とどのつまりこの二人の功名争いに端を発している。ここで加藤清正に先鋒を許せば、小西行長が黙っているはずもなく、ことはいっそうややこしくなる。

首を振った宇喜多秀家が、小早川隆景へ目で合図を送った。宇喜多秀家は経験もあり、知略でも群を抜く小早川隆景に頼った。

「開城ならば、しばらく滞在していたこともあり、よく知っております。よろしければわたくしめが承りましょう」

意図を見抜いた小早川隆景が声を出した。

小早川隆景の率いる第六軍は、九州勢で占められ、武勇で知られている。誰もが反対を口にできなかった。

「後詰めは、わたくしが引き受けましょう」

無傷に近い二万二千の兵を擁した総大将宇喜多秀家が、告げた。

「正念場でござる。ご一同、気を引き締めてお願いいたす」

総大将宇喜多秀家の言葉で評定は終わった。

「立花どの、先鋒をお任せいたす」

「承知」

「鉄炮が思うままに使えませぬゆえ、かなりきびしい戦いとなりましょう」

小早川隆景が、嘆息した。

まともな抵抗もせず平壌から敗走した小西行長は、陣営の後始末をすることなく逃げだしたのだ。平壌に入城した明軍が、小西軍の残したものを十分調査し、日本の物資不足を知ったことはまちがいなかった。

「お任せあれ。別段明軍に鉄炮が増えたわけではございませぬ。我らの真の力を見せつけてくれましょう」

引き受けた宗虎は、弟高橋直次の兵とともに開城へ向かって進軍した。

日本軍の撤退を追うように、明、朝鮮の連合軍本陣は、開城まで進出していた。

「我が軍略にかかれば、倭軍など」

開城まで抵抗なく占領した李如松は、日本軍を侮った。

長く続いた王朝では、将軍同士出世を争って足の引っ張り合いが日常茶飯事である。李如松は緒戦で敗退した祖承訓の教訓を学ぼうとしなかった。

「すでに漢城では日本軍の兵が逃げだし、陣営も整わぬありさまとか」

朝鮮兵の報告の真偽も確かめず、勝ちに酔った李如松は自ら三千の兵を率いて開城を後にした。

この李如松の三千と宗虎が出した物見三百が、開城を出て二里（約八キロメートル）ほどのところで遭遇した。

「一番手柄ぞ」

立花の兵は、数の差をものともせずに突っこんだ。

「倭兵」

明軍の先鋒は混乱した。

「退け、碧蹄館《へきていかん》まで下がれ。本隊と合流する」

散り散りになる兵たちに叫びながら、李如松も背を向けた。

「逃がすな」

勝ちに乗じ追撃した立花兵は、碧蹄館《ビョクジェグァン》手前の坂を登りきったところで蒼白となった。十五万をこえる朝鮮、明連合軍が陣取っていた。

「かかれえ」

李如松の命で連合軍が立花の物見に襲いかかった。立花の物見はあわてて退却した。

「味方を殺させるな」

物見の後に続いていた高橋直次が、二百の兵とともに加勢した。

「先陣をやらすな」

小早川隆景の兵一千五百も走りこんだ。

しかし、衆寡敵せず、立花、小早川の軍勢は大きな痛手を負って坂下まで退いた。

物見からの急報を受けた宗虎は、小野和泉守に二千を与え、急行させた。

「明軍、すでに開城を出る」

宗虎の報告で、黒田長政、宇喜多秀家、石田三成らの軍勢が進発、四万の兵が碧蹄館の手前に陣を敷いた。

「倭兵は少数。包みこんで殲滅する」

十五万の数を頼みに、李如松は日本軍を取り囲んだ。

「固まれ。決して抜けがけをいたすな」

宇喜多秀家が軍勢に円陣を作らせた。

「かかれええ」

李如松が、大声をあげた。

宗虎の軍勢は、円形陣の外周にあった。

「殿、なかへ」

小野和泉守が宗虎に陣の後ろへ退くようにと述べた。

「かまわぬ。ここが正念場なれば、命をかけるときぞ」

雨のような音をたてて矢が降るなか、宗虎は兜をかたむけ、足軽の持つ盾の陰で待った。

味方の兵が射ぬかれて倒れていくのを、じっと宗虎は見つめていた。

「防げ、防げ。敵が近づけば、矢は止まる。それまでしのげ」

同士討ちを避けるため、白兵戦となれば飛び道具は使えなくなる。

「数が多い。鉄炮は引きつけて撃て。あやつらの鎧ならば、一弾で二人倒せるぞ」

首をすくめながらも、宗虎は兵を鼓舞した。

「敵の顔が見えたら、一斉に放て」

宗虎が告げた。すでに他の陣営からは鉄炮が雨霰のように撃ち出されていた。しかし、距離が遠すぎ、目に見えるほどの効果はあげていない。

迫り来る大軍を目のあたりにしながら、宗虎は落ちついていた。

「拠るべき城がありませぬが、島津の侵攻を受けたときよりも、数の差は小そうございますな」

小野和泉守が笑った。

「ああ。立花の兵は、逆境に慣れておる。ろくに戦ったこともない明の兵などに負けるはずはない」

周囲の兵に聞こえるよう、大声で宗虎は述べた。

「おう」

矢を受けて倒れる仲間を見ながらも、立花の兵は意気軒昂《けんこう》であった。

「名をあげるは今ぞ。働きは、このまなこで見ておる。一同、舞え。放てえええええ」

我慢し続けていた五百の鉄炮が火をふいた。

突っこんでくる明兵の表情まで見える距離である。一つのはずれもなく、銃弾は明兵を射ぬいた。

「わあああ」

「ぎゃああああ」

立花の正面にあった明兵の壁に大きな穴が空いた。

「突っこめええ」

宗虎は、手にしていた槍を振るった。

「おおおっ」

兵たちが開いた穴に突っこんだ。

鉄炮の威力に萎縮した明兵はひとたまりもなかった。手にしていた戈《ほこ》や刀を捨てて敗走するものが続出した。

前に進む者、後ろに逃げる者と明兵の軍勢が乱れた。

「立花に遅れるな」

小早川隆景、宇喜多秀家の兵が、大きくなった傷口を拡げた。

こうなると数を頼みにしていた明兵は弱かった。包囲していた一角が、あっという間に崩壊した。

「下がるな」

李如松の叫びも届かなかった。

雄叫びと白刃のきらめきに、明兵がひるんだ。

「よき敵ぞ」

きらびやかな身形で騎乗している兵を明の将と見た宗虎は、背負っていた強弓を引きしぼった。

音をたてて飛んだ矢が、明将の眉間《みけん》に刺さった。

「………」

悲鳴もあげられず、明将が落馬した。

「行くぞ」

弓を捨てて、宗虎も走った。

将を失っていっそう明兵の恐怖に拍車がかかった。

逃げだす兵が押してくる味方と交錯し、陣形が混乱した。しかし、四倍の兵差は大きな壁であった。空いた穴はすぐに新たな明兵で塞がれた。

「押せや、押せ」

宇喜多秀家の声が戦場に響いた。

日本兵の勢いと明、朝鮮の勢いが釣り合った。阿鼻叫喚が戦場を支配した。

「十時伝右衛門《でんえもん》さま、お討ち死に」

「蒲池伊予《いよ》さま、ご最期」

立花家の将たちも次々に倒れた。

「ひるむな」

味方の死を乗りこえて、宗虎は軍勢を指揮した。

「りゃあ」

宗虎が突きだした槍が、一度に二人の明兵を貫いた。

「一人が五人倒せばすむ。行け、行け」

槍を振るいながら、小野和泉守が叫んだ。

日本兵の鬼気迫る戦い振りに、戦況はゆっくりと傾いた。支えていた明兵がついにもたなくなった。

明兵たちが背を向けた。

「突け、突け」

勝機を小早川隆景は見逃さなかった。

半日続いた戦いに終止符が打たれた。

「退け、退け」

ついに李如松が、撤退の声をあげた。

明、朝鮮の連合軍が、開城まで退却した。

「追うな、追うな」

勝ちに乗じて追撃しようとした兵を小早川隆景が止めた。

「なぜでござる」

血気盛んな宇喜多秀家が、喰ってかかった。

「このまま開城を落とすべきでござろう」

「城攻めには三倍の兵がいると言いまする。ご覧あれ、敵将が逃げたとはいえ、戦場にいる兵はほとんどが明の者どもでござりましょう。なにより、我らにこれ以上戦う余力はございますまい」

小さく小早川隆景が首を振った。

「左近将監どのよ」

小早川隆景が呼んだ。

「はっ」

宗虎は駆けよった。

「兵は……」

損害を小早川隆景が問うた。

「満足に戦える者は、一千二百ほどでしかありませぬ」

「一千二百……」

宇喜多秀家が絶句した。

三千近かった立花の兵が半減していた。

「おそらく五百は討ち死にいたしたかと」

きびしい顔で宗虎は追加した。

「敵のもっとも厚いところを担われたのでござる。無理もないが……」

宗虎をねぎらった後、小早川隆景が宇喜多秀家に目を向けた。

「立花どのなればこそ、これですんだのでござる。経験の浅い兵ならば、全滅。そして明兵の我が陣への突入を招いていたでございましょう」

「ううむ」

よく見れば累々たる死屍《しし》のなかに日本兵の姿がいくつもあった。

「陣形を調え、明、朝鮮の反抗に備えましょうぞ」

宇喜多秀家が首肯した。

四
「あやつらは鬼か。四倍の兵数にもおびえず、かえって突っこんでくるとは正気の沙汰とは思えぬ。あのような兵法の正道さえわからぬ野蛮な者どもと戦えるものか」

開城に退却した李如松は戦意を失っていた。

大敵を蹴散らした日本軍の戦意はあがったが、武器弾薬人員の欠乏にいっそうの拍車がかかった。

「治部少輔どの。玉薬がもうござらぬ」

「鎧を修理したいのだが、馬皮はござらぬか」

「米が尽き申した。配分を願いたい」

石田三成のもとには、毎日のように諸将からの嘆願が来ていた。

「まことに残念ながら、お渡しするだけのものがござらぬ」

そのすべてを石田三成は拒んだ。

「小荷駄がござるではないか」

石田三成の軍勢が守る陣営には、小荷駄がわずかながら置かれていた。

「あれは万一の備えでござれば、それまでは余力のある陣営から分けていただくなど、工夫を願いまする」

がんとして石田三成は首を縦に振らなかった。

「なにを考えておる。玉薬のない鉄炮など、なんの役にもたたぬではないか」

「空腹で戦えと言うか」

断られた諸将は口々に不満を漏らしながら、陣営へ戻っていた。

「水軍になんとかしてもらわぬと」

小早川隆景が嘆息した。

「勝てませぬか」

話しかけられた宗虎が問うた。

「船が違いすぎまするな。朝鮮の船は亀甲《きっこう》と申す造りで、全体を堅い板のようなもので覆っており、弓矢はもちろん、鉄炮さえも弾くのでござる。また、安宅船《あたけぶね》に比べれば、小さく小回りもきき、すばやく近づいてきては、こちら側の軍船の横腹に痛撃をくわえてまいる」

「お国の瀬戸内《せとうち》水軍でもかないませぬか」

「鉄甲船でも無理でござろうなあ」

小さく小早川隆景が首を振った。

鉄甲船は、毛利の水軍に勝てなかった織田信長が発案したものである。毛利水軍が得意としていた火矢攻撃に対抗するため、船体を鉄板で覆った安宅船で、最強を誇っていた。

建造に費用がかかるため十分な数もなく、船体が重すぎ、動きが鈍いため、朝鮮水軍のえじきとなっていた。

「まあ、朝鮮水軍も一枚岩ではござらぬ」

ゆっくりと小早川隆景が言った。

「李舜臣《りしゅんしん》将軍が一人手柄を立てるのは気に入らぬのでござろうなあ。毎日は出てこられないようで、お陰で細々とながら、我が軍は荷駄を朝鮮まで届けることができております る。もっともあまりにも少ないため、ここまで届いてはくれませぬが」

小早川隆景は、朝鮮侵攻軍の支柱となる老練な将である。宗虎のもとにまで聞こえてこないこともよく知っていた。

「我らと同じでござるか」

小早川隆景の言葉に宗虎は思いあたることが多々あった。

「いつの世も、国は違えど、人というのは変わりませぬ。妬心というのは、すべてを見誤らせまする。我らのなかで足の引っ張り合いをするはまだしも、国難に遭っている朝鮮でこのようなことがあるのは、他人事ながら、民が哀れでござる」

言いながら小早川隆景があきれた顔をした。

その国難を起こしているのは、我らなのだ。矛盾に小早川隆景が苦笑を浮かべた。

「朝鮮も不幸でござるな。上に立つ者があれでは」

宗虎は思わず口にしていた。

朝鮮の国王宣祖は、開城が侵略される前に家臣、庶民を見捨てて、一族とわずかな寵臣だけを連れて逃げだしていた。

「お気をつけられよ」

すっと小早川隆景が声をひそめた。

「ここには、耳が多すぎますぞ」

「なんのことで……」

いきなりの変化に宗虎はとまどった。

「朝鮮も、と言われたであろ。もということは、朝鮮の他にどこかがあるということ……」

「まさか……」

宗虎は息をのんだ。

「太閤さまへの批判と取られてはおおごとでござる」

小早川隆景が、石田三成の陣へと目をやった。

「なんのために三奉行がわざわざ海をこえたか、ご思案なされよ」

「…………」

言われて宗虎は沈思した。

「太閤殿下自らご渡海のはずが、停止となった。その代わりに三奉行の石田治部少輔どの、増田《ました》右衛門尉どの、大谷《おおたに》刑部少輔どのが来た」

「荷駄の手配のためでは……」

「御自身でさえ、お思いでないことを口になされるな」

年長の小早川隆景がたしなめた。

「申しわけござらぬ」

すなおに宗虎は頭を下げた。

「おわかりであろう。太閤殿下は人たらしの名人であられるが、それは信じられる家臣をもたぬ裏返しでしかござらぬ」

「…………」

無言で宗虎は首肯した。小早川隆景が同じ考えをしていることに安心した。

「太閤殿下は前の右大臣さまの影を追われておるように思える。人を信じず、ただ己だけを頼みとする。前の右大臣さまと太閤殿下の違いは、それを表に出されるか、出されないかだけよ。前の右大臣さまは、譜代といえどもあっさりと切り捨てられた。そのせいで明智日向守に謀叛されてしまったのだが」

前の右大臣とは織田信長のことである。覇業まであと少しと迫っていたところで、家臣明智日向守光秀の謀叛にあい、京本能寺で自害した。

「それを他山の石となされたかどうかは知らぬ。だが、太閤殿下は疑心を裏に隠されておる。その証が、あの三人よ」

その言動から、宗虎は小早川隆景が、三奉行のことを嫌っていることを理解した。

「あの三人は、太閤殿下の目と耳。遠く離れた朝鮮に出ている我らの言動を覚え、すべて太閤殿下に報せるが役目」

「なれば、治部少輔どのお一人でよろしいのではございませぬか」

石田三成は、秀吉に子供のころから仕えている。長浜《ながはま》の領主だったころの秀吉が、その気働きに目をつけて家臣とした。石田三成も秀吉の期待によく応え、二百石取りの小姓から水口《みなくち》四万石の大名へと出世していた。加藤清正や福島正則《ふくしままさのり》とは毛色は違うが、秀吉の股肱の臣であり、その忠誠は群臣のなかでも抜きんでている。

「信じておられぬのだ。治部少輔どののさえな。あの三人は我らを見張るだけでなく、お互いをも監視しているのだ」

「そこまで……」

宗虎は絶句した。

「それが天下人というものなのかも知れぬ。信じていた者にいつ裏切られるかわからぬ。親子、兄弟で争った例はいくらでもござる。まして家臣に叛乱を起こされた天下人など掃いて捨てるほどいよう」

「疑心暗鬼」

「さよう。人の心に棲《す》みつく魔ものに、太閤さまは囚《とら》われてしまわれた。なればこそ、我らも注意いたさねばならぬのだ」

「気をつけまする」

小早川隆景の教えに、宗虎はうなずいた。

「周囲に人は集まれど、天下人とは孤独なものなのでござろうなあ」

しみじみと小早川隆景が漏らした。

碧蹄館での戦いに勝利したが、それ以上侵攻するだけの力を日本軍は持っていなかった。また、平壌まで退却した李如松将軍も戦意を失っていた。こうして戦線は膠着した。

明にしても日本にしても、戦場は母国を遠く離れた朝鮮の地である。補給も思うに任せず、手柄を立てられない兵たちの不満は募り、軍規も乱れた。

「このままでは」

なんとか明との仲を取りもってふたたび交易を始めたい宗義智は、ひそかに使者を明軍陣営へと派遣し、独自に和平交渉を始めた。明側も宗義智の提案を渡りに船と受けいれ、講和条件の話しあいに入った。

「朝鮮南部だけで、この度は満足すべきではござらぬか」

宗義智と石田三成は、近い関係にあった。

「太閤さまが、納得されようか」

聡明な石田三成は現状がどうしようもないことを理解していた。

「しかし、このままでは、せっかく手にした土地まで失いかねませぬぞ」

「わかってはおるのだが」

物資の枯渇は戦線を維持するどころか、縮小しても難しいところまで落ちこんでいた。明軍に戦意がないことでなんとかなっているが、援軍を再派遣され、本気で攻めかけられれば、日本軍は朝鮮半島から海へと駆逐されかねなかった。

「明と朝鮮から和睦を願ってきた体をとれば、太閤殿下も無下にはなされますまい」

宗義智がささやいた。

秀吉の願いは、明の併合であった。もともと秀吉は力押しの戦ではなく、敵の降伏をうながす策略で攻めるのを得意としている。明が和睦を申し出てきたならばそこで満足し、兵を収めることは、十分ありえた。

「しかし、明が納得いたしまするか」

石田三成の心配はそこにあった。

明は朝鮮への援軍でしかなく、戦いで負けたとはいえ、寸土も奪われてはいない。和睦を受けいれる理由はなかった。

「お任せを」

明や朝鮮との交易で食べてきた宗義智には勝算があった。

「一つだけ条件がござる。兵を漢城まで下げてくだされ」

「それはすでに考えていたことでござる」

石田三成が首肯した。

撤退に大きく反対していた加藤清正、鍋島直茂らも担当している咸鏡道《ハムギョンド》での義兵一揆に押され、同意せざるを得なくなった。

宗義智と明の使者との間でおこなわれた講和は、ともに相手が降伏したとの虚偽で折り合いをつけることで合意、秀吉、明帝へともたらされた。

講和交渉となると宗虎に出番はなかった。碧蹄館から漢城へ戻った宗虎には、あらたに、城造りの命が下った。

城といったところで、石垣を積み櫓を備えたものではなかった。防御拠点ではなく、漢城への街道の治安を維持するために兵を駐留させる、いわば砦のようなものであった。

「船がたらぬ」

城を造るには人夫、兵が必要である。しかし、その運搬に使用する船が、義兵たちの焼き討ちなどにあい、まったく足りていなかった。

「宇喜多どのへ、願いを」

宗虎は、総大将の宇喜多秀家に船の手配を頼んだが、事情はどこも同じである。満足な数は届かなかった。

「まずいな」

一向に進まぬ普請《ふしん》に、宗虎は焦った。

「太閤さまのもとへ報されては、吾の力を疑われる」

戦に強いだけでは、一人前の将とは見なされなかった。領国の経営、家臣の統率、築城などの差配もできなければならなかった。

すでに国内での戦は終結している。皆豊臣秀吉の前に膝を突き、その家臣となった。天下人たる豊臣秀吉の機嫌次第で、国替え、減禄されても文句もいえないのだ。

「太閤さまが、柳川を与えてくださったのは、吾にそれだけの働きがあったからだ。しかし、見合うだけのことができなくなれば、過去の手柄などなんの役にもたたない」

宗虎は、佐々成政の末路を目の当りにして、秀吉の苛烈さをよく知っていた。

「なにもかも国元と違う異国との言いわけはつうじぬ」

難問を処理してはじめて秀吉の機嫌が取り結べる。

なにより朝鮮での戦績は、決してかんばしいものではない。今は偽りの報告がまかりとおっているが、石田三成ら三奉行が帰国したとき、秀吉にどのような報せを告げるかわからない。己たちの失態を隠すための生け贄が要ると三成らが考えたとき、わずかな瑕瑾《かきん》が立花家の命運を左右するやもしれなかった。

「急げ、急げ」

宗虎は、家臣たちを追いたてた。

「無茶でござる」

有馬伊賀守が、せきたてる宗虎を諫めた。

「いかに仰せられても、人もものもないのでございまする」

「なんとかいたせ」

「どうにもなりませぬ」

有馬伊賀守が宗虎にさからった。

「おのれ、余の言うことがきけぬと申すか」

宗虎は怒鳴った。

宗虎が家臣にあたったのは、道雪の跡を継いで立花家の当主となって、初めてのことであった。

「戦場で万の敵に単騎で突っこめとの命ならば、よろこんでお受けいたしまするが、材木もなしで城を造れとのお言葉にはしたがえませぬ。この有馬伊賀守は武士でござる。放下師《ほうかし》ではあり申さぬ」

真っ赤になって有馬伊賀守が言い返した。放下師とは、手品などを披露して投げ銭を貰う大道芸人の一種である。

「なにっ」

反抗されて宗虎の頭に血がのぼった。

「家臣は、告げられたことをやればいい。できぬならば、不要ぞ」

「けっこうでござる。武士の意味さえおわかりにならぬ主君など、こちらから願い下げでござる」

憤慨して有馬伊賀守が座を蹴った。

「おのれ……」

怒りに吾を失った宗虎は、太刀の柄に手をかけた。

「斬ると言われるか」

有馬伊賀守は柄に手をかけはしなかったが、身構えた。城造りの最中である。周囲にいた立花兵が緊迫した。

秋月種実の侵攻以来、宗虎を当主としてまとまってきた立花にひびが入った。

「殿よ」

ただならぬ雰囲気を小野和泉守の静かな声が崩した。

「手をお引きなされ」

小野和泉守が、宗虎の右手を押さえた。戦場往来を重ねた豪の者、小野和泉守の膂《りょ》力《りょく》に宗虎はうめいた。

「離せ」

宗虎は身をよじったが、小野和泉守の手はびくともしなかった。

「おまえまで、余にさからうか」

「さからう、とんでもござらぬ」

微笑しながら小野和泉守が首を振った。

「わたくしは、殿の身をお守りいたしておるのでござる」

「どういうことだ」

「兵どもの顔をご覧になられよ」

小野和泉守に言われた宗虎は、兵たちの瞳を見た。

「……うっ」

そこには、かつて宗虎が立花家へ婿養子として来たときに向けられていたよそよそしい光があった。頭の血が一気に下がるのを宗虎は感じた。味方は一人もいなかった。

「なんじゃ、その目は」

宗虎は怒鳴りつけた。

「殿よ」

すでに老境に達している小野和泉守である。若い宗虎の勘気を静かに受け流した。

「兵なくして戦はできませぬぞ」

「………」

不意に陥った孤独に宗虎は言葉を失った。

「我らは殿のご活躍で禄をちょうだいいたしております。そして、殿は兵たちの命で功名をたてられておるのでござる」

「わかっておる」

いらついた宗虎は小野和泉守をにらみつけた。

「いいえ、おわかりではござらぬ」

あくまでも静かに小野和泉守が続けた。

「失礼ながら、殿。立花の家が柳川で十万石をこえる身代になれた理由をお考えになったことがおありか」

「どういうことだ」

「太閤さまに早くからお味方し、島津の猛攻を支えきったから。そのとおりでござる。しかし、それは殿一人のお手柄ではございませぬ」

言葉の意味が染みとおるのを待つように、小野和泉守が間をとった。

「殿の命《めい》に皆がしたがったればこその成果でござろう。いかに弓の名手でござろうとも、お一人で島津の大軍を相手にはできますまい」

「……………」

　宗虎は、反論できなかった。

「少したとえ話をいたしましょうかの」

　小野和泉守が、宗虎から有馬伊賀守へと目を移した。

「家というのは、どれほどの身上であるかにかかわりなく、船のようなもの。ああ、帆に風を受けて進むものではなく、人が漕《こ》ぐことで動く船でございますぞ」

「なにが言いたい」

「船の舵取《かじと》りは将、そして漕ぎ手が兵。将が舵取りをまちがえても、兵が一つにならずばらばらに漕いでも、船は目指すところに着きませぬ」

「立花の家の舵取りは吾だと」

「さよう。殿が舵を取っておられる。そして、我らが漕ぎ手。いままでは、戦国という荒波のなかを殿の舵取りと兵たちの一心でうまく乗りこえて参りましたが、異国の地に移ってからどうも息がうまく合わぬようになった気がいたしませぬか」

　小野和泉守の話に宗虎は思いあたった。

　島津や秋月など、大敵がたえず立花の城を狙っていた。わずかな油断が家を滅ぼし、命を奪う。毎日が緊張していた。その戦国も一代の英雄豊臣秀吉によって終わり、立花の家は近隣から襲われる恐怖から解き放たれた。

しかし、泰平は訪れなかった。

戦国が続いたのなら、まだよかった。さほどの大身ではない立花は、今までどおりの守る戦いをくりかえすだけでいい。慣れたことをするだけなら、人は変わらずにすむ。

だが、天下人豊臣秀吉が求めたものはちがっていた。豊臣秀吉は、宗虎に侵略することを命じたのである。

守る者と攻める者。

まったく逆の立場となった立花家は、果敢に戦ったが、慣れぬことで無理が出ていた。

とくに宗虎への影響が強かった。

憎しみを覚えていない相手と争うことに宗虎はとまどっていた。

将のためらいは、兵に伝わる。兵たちも命のかかる戦場では無我夢中であったが、城造りなどの作業へは真摯《しんし》になりきれなかった。

「伊賀守どのよ。おぬしもわかるはずじゃ。有馬は立花の家臣であると同時に、一つの家なのだからの。伊賀守どののもとにも家臣はあろう」

「それはそうでござるが」

有馬伊賀守も立花家きっての老臣には強く出られなかった。

「殿、ぎゃくもまたしかりだとおわかりであろう」

「………」

宗虎は理解した。立花の当主とはいえ、秀吉の家臣でしかないのだ。たった一段下れば、宗虎と有馬伊賀守は同じ立場にすぎなかった。

「わかった」

宗虎はそれ以上小野和泉守に言わせなかった。

「すまぬ」

宗虎は有馬伊賀守にではなく、いあわせた家臣一同に頭を下げた。

「殿……」

満足そうに小野和泉守が首肯した。

「申しわけござらぬ」

聞こえないほど小さな声で有馬伊賀守が詫びた。

「さあ、城造りに戻りましょう。我らは皆一艘《いっそう》の船に乗っておるのだ」

取り囲んでいた兵たちがおのおの持ち場へと散っていった。

しかし、立花家に生まれた亀裂が修復されてはいないことを統虎は認識していた。

「船……舵取りは吾であろう。だが、船主ではない。船主は名護屋におられる」

一人残った宗虎はつぶやいた。

第六章　天下騒擾

一

文禄四年（一五九五）六月、朝鮮在留の諸将へ秀吉の朱印状が届いた。

「大明《たいみん》、朝鮮いろいろ無事のこと御詫《わ》び言《ごと》つかまつり候間《そうろうあいだ》、御赦免候。さりながら釜山海、金海《きんかい》など五カ所の城は残し置かれ候……」

明との休戦は、すでに昨文禄三年に成立していたが、帰還の許しが出なかったため、続けていた城番から、ようやく宗虎は解放された。

「やっと帰れるな」

宗虎はほっとしていた。朝鮮での駐留は秀吉の命で、いくらかの合力《ごうりき》は出るとはいえ、ほとんど立花家の費用でまかなっている。

戦いは終わり、矢玉の消費はなくなったとはいえ、一千二百からの兵を養う兵糧だけでもかなりの負担であった。

「しかし、よろしいのでございますか」

撤収の準備をと言った宗虎へ、小野和泉守が問うた。

「なにがぞ」

「殿、おわかりでございましょう。宗どののことでございまする」

小野和泉守が、宗虎を見つめた。

「だめに決まっておろう」

不機嫌な顔で宗虎は言った。

今回の和睦は、宗対馬守義智の策略であると朝鮮に駐留している諸将は皆知っていた。

宗対馬守は、秀吉に向かっては明が降伏したと告げ、明には秀吉が詫びを入れたので許して欲しいと願い、互いの偽文書を作成して和睦をでっちあげたのであった。

「太閤さまに知れたときが、また戦いの始まりであろう。一度国に帰れはするが、そう遠くない先に、ふたたびここへ戻ることになろうな」

宗虎が首を振った。

「どうにもなりませぬか」

異国の地で戦い、衆目を集めるだけの手柄をたてた立花家だったが、田一枚手にできなかった。武士にとってこんなばかげた話はなかった。

小野和泉守の不満は、朝鮮へ渡海したすべての兵のものであった。

「ならぬ。命とあればしたがうのが家臣である。いやならば、国に戻り城を固め、叛旗をひるがえすしかない。そうして滅ぼされるか」

小野和泉守の不満に宗虎は不快な顔をした。

宗虎の焦りに端を発した立花家中の不和は、おさまったように見えていたが、そのじつ深く根を張っていた。

戸次道雪から宗虎へ、最初に信頼を移してくれた有馬伊賀守が、宗虎から離れていった。家中を出たわけではないが、有馬伊賀守は、宗虎と口をきかなくなっていた。水魚の交わりに近かった主君と家臣の溝は、あっという間に家中へも拡がっていった。

「殿よ。お平らに」

荒れる宗虎を小野和泉守がなだめた。

「誰もが殿の功を侮ってはおりませぬ。道雪さまがご存命であったとしても、島津の攻勢を支えきれたかどうか。たとえ島津を追いはらったとしても、殿が岩屋と宝満の城をお取り返しされなくば、太閤さまより褒賞をいただけなかったでござりましょう」

小野和泉守が述べた。

「柳川に移り、身上は倍になり申した。我らは殿について行くのみ。なれば、殿よ。我らをお頼りくだされ。お一人でお抱えになられるな」

老齢に達した小野和泉守から見れば、宗虎は息子どころか孫のようなものであった。

「急かれずとも、殿には十分なときがござる。大殿もそうでござったが、走られすぎでござる。少し、立ち止まられてはいかがでござろうか」

「立ち止まる……」

「いかにも。今は異国の地におりまするが、国へ戻れば天下は統一され、戦はなくなりましてございまする。殿、もう二度と城が敵勢に囲まれることはありませぬ」

「敵が来ぬ……」

宗虎はくりかえした。

思いだしてみれば、宗虎の今までは、敵に襲われてばかりであった。

「そして、国に帰られるのでございまする」

「……帰れる」

ふたたび宗虎はくりかえした。

空、匂い、水、風、土。そのすべてが違う異国での戦いは宗虎の心身を削っていた。恩も讐《あだ》もない朝鮮人と命のやりとりをしなければならない。敵が兵ならばまだしも、相手にしているのは庶民なのだ。

考えてみれば、宗虎はいつも流されてきた。誾千代の婿になったのも、立花城の城督として島津と戦ったのも、宗虎の意思ではなかった。

柳川へ移されたのも、朝鮮へ渡海したことも、違った。

宗虎は一度たりとも望んで戦ったことなどなかった。唯一島津に奪われた岩屋の城を取りもどす戦いだけ、宗虎の意思であったともいえるが、あれも流れにそった動きでしかない。

「戦わずともよいのか」

「……はい」

宗虎をまっすぐに見て、小野和泉守が首肯した。

撤退といっても、数万の軍勢を渡海させなければならない。今日明日に終わるものではなく、宗虎ら立花勢が九州の地を踏めたのは、撤退の命令を受けてから三カ月後、九月になってからであった。

しかし、宗虎に領国でのんびりする余裕は与えられなかった。

「勝ったのか負けたのかわからぬ」

いわば家付き娘である誾千代へ、帰国の報告だけをすませると、宗虎はただちに上京した。秀吉へ戦況の報告をするためであった。

「……委細は後日書付にいたし、お側の衆へ出させていただきまする」

伏見《ふしみ》城で宗虎は秀吉と面会した。

「ご苦労であった。筑前守からも報告は受けておる。左近将監、九州での武名にたがわぬ活躍であったそうだの。頼もしく思うぞ」

宗虎の話を聞き終わった秀吉が満足げに首肯した。

「おそれおおいお言葉」

平伏した宗虎に、秀吉が続けた。

「余も太閤となった。そろそろ隠居いたそうかと思う。ここ伏見は、京と大坂にはさまれ、どちらへ行くにも至便。なにより茶に使うよい水が出る。ここを隠居の地と定めるつもりじゃ。ついては、宗虎、そなたにもたびたび顔を出して貰いたい」

「お召しとあらばいつなりとも」

宗虎は間髪《かんはつ》を容《い》れずに応えた。

「うれしきやつめ。しかし、来るたびに京や大坂の宿に泊まっていては不便であろう。ついては伏見に屋敷地をくれてやる」

「屋敷地を……」

聞いた宗虎は驚いた。伏見の城下に屋敷を与えられるのは、加賀《かが》の前田、江戸《えど》の徳川、安芸の毛利などの大大名か、秀吉譜代の臣だけである。そこに宗虎は加えられた。

「さっそく普請をいたせと言いたいが、九州からではなにかと手間もかかろう。聚楽《じゅらく》第《てい》の御殿を一つもっていけ」

「なんと……」

秀吉が贅《ぜい》を尽して建てた京聚楽第の御殿をくれると言われて、宗虎は絶句した。思いがけない厚遇であった。

「朝鮮での武功にこれでは薄い。明との約定で朝鮮の南半分は、余のものときまったが、まだ手に入れたわけではない。朝鮮の南半分の割譲が終われば、そなたに約束どおり朝鮮で一国をくれてやる。それまでは辛抱せい。正家《まさいえ》」

側に控えていた長束《なつか》正家へ、秀吉が声をかけた。

「扶助を考えてつかわせよ」

「はっ」

長束正家が受けた。石田三成と並んで長束正家は豊臣の内政を受け持っていた。

秀吉が去った後、長束正家が宗虎へ膝を進めた。

「左近将監どの」

「ご承知のとおり、小早川筑前守さまのご養嗣子《ようしし》として太閤さまの甥、羽柴秀俊《ひでとし》さまが入られましてございまする」

その話を宗虎は知っていた。

毛利元就の三男として、安芸の豪族小早川家へ婿養子に入った隆景は、妻となった家付き娘を愛し、妾《めかけ》などを側におかなかった。仲睦まじい小早川夫婦だったが、残念なことに子宝には恵まれず、隆景は一族の毛利秀包を養子に取っていた。その小早川隆景が、秀包を放りだしてまで秀吉の正室北政所《きたのまんどころ》の甥を迎えたにはわけがあった。

当初、秀吉は毛利本家へ秀俊を押しつけようとしていた。本家の血筋を奪われては、父元就の苦労が水の泡となる。そう考えて小早川隆景は、あえて秀吉に秀俊を世継ぎに欲しいと願ったのだった。

「秀俊さま襲封にともない、山口玄蕃頭《やまぐちげんばのかみ》どのが領地確定の検地をおこないに九州へ入られまする」

「検地でございまするか」

宗虎は顔色を変えた。

秀吉は天下を取った証として、全国の検地を始めていた。決まった大きさの竿《さお》や枡《ます》を使い、全国統一の規格で大名たちの領土を確定するのである。

大名たちにとって検地はつごうが悪かった。表には出していない山間部の隠し田が見つけだされるのも一つの理由だが、最大の原因は道具にあった。

太閤検地で使われる竿も枡も従来より小さいのだ。竿が短ければ、狭い土地でも多くなり、枡が小さければ少ない米で一俵ができる。

つまり、いままで与えられていた土地が充行状《あてがい》よりも大きく、石高が多くなってしまうのだ。十万石だった領地が、検地の後で十二万石に増えるようなこととなり、当然増えた二万石は秀吉に返さなければならなくなる。

すでに時期は十月、今年の年貢は徴収した後である。差額を返せといわれても戦費で内情の苦しい大名たちはとっくに使い果たしていた。

「ご懸念あるな。太閤さまが仰せのご扶助とはこのことでござる。とくにお声のあった皆様は、その差がなかったことになりまする。もっとも、あらたに確定した領地の充行状が下された後は、それにしたがっていただくことになりまするが」

長束正家の話は、一年の目こぼしということであった。

「かたじけないことでございまする」

朝鮮への出兵で立花家の藩庫は空っぽに近い。そこへ数万石の米を返せと命じられては、藩が立ちゆかなくなる。

宗虎はほっとした。

「では」

長束正家に礼をして、宗虎は伏見城より下がった。

秀吉の移動に伴い、京から多くの大名が伏見へと移ってきていた。

「お暇がござればぜひに」

宿へ戻った宗虎を誘いに来たのは、本多平八郎忠勝であった。宗虎は、すぐに徳川家康の屋敷へと向かった。

天下の豪傑本多平八郎忠勝といえども、秀吉から見れば陪臣でしかない。京ならばまだしも伏見に屋敷を持つことは許されておらず、本多平八郎は、家康の屋敷の一角に滞在していた。

「ご無沙汰をいたしておりまする」

身分からいけば秀吉の直臣である宗虎が上になる。しかし、年功と手柄からいけば、本多平八郎が一枚も二枚も上と、宗虎はていねいな口調であいさつをした。

「いやいや。なにを仰せられる。どうぞ、奥へ、我が家とお思いくだされ」

本多平八郎も、年若の宗虎を下にも置かぬもてなしで迎えた。

「お疲れのところお呼びだていたし、まことに申しわけなきことでございまするが、異国での戦話をお聞かせ願いたく」

どちらが上座に着くかでもめた後、とりあえず床の間を横に、向かいあって座を決めたところで、本多平八郎が願った。

「本多どのに聞いていただくような話などございませぬが、そこまでおっしゃっていただくならば、若輩者の自慢話をお聞き願いましょう」

武将にとって戦話は、勉学であり楽しみであった。本多平八郎ほどの武将に、戦話をできる誇らしさを宗虎は感じた。

「渡海からして、厳しいものでございました。いままであれほど長く船に乗ったことなどございませぬうえに、なにより天地が返るかと思うほど揺れ……」

宗虎は、対馬から釜山への移動の話を皮切りにした。

「それほどまでに揺れまするか」

聞いた本多平八郎が、感嘆した。

「とてもとても、弓を放つどころか立つことさえ難しゅうございました」

手で船の揺れ具合を表しながら、宗虎は首を振った。

そこへ、大きな足音とともに徳川権大納言家康が現れた。太りぎみのうえ、足が短い家康は静かに歩くことができなかった。

「左近将監どのが参っておるそうじゃな。おおっ、ここにいたか」

「これは殿……」

「大納言さま」

すぐに本多平八郎と宗虎が手を突いた。

「左近将監さまより、朝鮮での戦話をうかがわせていただいておりましたところで」

「なに、戦話とな。平八、なぜ儂を呼ばぬ。ええい、薄情なやつよ。儂とて左近将監どのが話ならば、なにをおいても聞きたいわ」

家康が本多平八郎を叱った。

「気づかぬことをいたしました。殿がそれほど戦話がお好きとは存じませせず」

意外だと本多平八郎が詫びた。

家康は駿府《すんぷ》へ人質にやられていた子供のころ、今川の老将たちから、さんざん戦話と名づけた自慢を聞かされていた。いかに今川が強く、松平《まつだいら》は情けないかを嫌味たらしく語られるのだ。家康が戦話嫌いになったのも当然であった。

「うるさいわ。儂もたまには聞きたくなるのだ」

揶揄《やゆ》するような本多平八郎へ、家康がすねた表情をした。

「さようでございましたか。ならば、どうぞ、上座へ」

本多平八郎が家康を床の間の前に座らせた。

「酒もないのか、ここは。客へもてなしをできるだけの禄はくれてやっておるはずじゃ」

今度は家康が本多平八郎をいじめた。

「すでに命じてございまする。もっともご来客である左近将監さまとわたくしの分だけでございまするが。殿は客人ではございませぬ」

「吝《しわ》いことを申すな」

家康がしぶい顔をした。

「ご入り用とあれば、ただちに」

ほほえみながら本多平八郎が、従者へ用意を命じた。

二人のやりとりを聞いて宗虎はうらやましかった。不遇の時代から苦楽をともにしてきた君臣の交わりの深さを目のあたりにして、宗虎は寂しい思いをしていた。

宗虎はいつまで経っても、立花の婿養子なのだ。譜代の家臣、子供のときから同じように育ってきた忠節を尽くしてくれる者をもっていない。

「どうかなされたかの」

黙ってしまった宗虎を家康が気づかった。

「いえ。なんでもございませぬ。なにより、東海一の戦巧者である大納言さまへ戦話をお聞かせするなどおそれ多ございまする」

宗虎は話をきりかえた。

「いやいや。太閤さまが鎮西一と褒められた左近将監どのではないか。ぜひとも異国の戦振りなど教えていただきとうござる。なにせ、こたびは、我が手の者一人として彼の地を踏まなんだゆえ」

多くの将兵が留守となる隙を狙い旗あげる者があったおりに備えるとして、家康は日本に残っていた。

「酒も参ったで、夜を徹して話していただくぞ」

家康がどっかとあぐらをかいた。

伏見滞在中の二カ月ほどを、本多平八郎を始めとする諸将たちと交誼《こうぎ》を重ねた宗虎だったが、十一月十五日柳川へ帰ることにした。

「名残おしゅうござるが、左近将監どのも我らと同じく領地をあらためられたばかり。国元をしっかり固められるのも太閤殿下へのご奉公なれば」

家康が壮行の宴を催してくれた。

「かたじけのうございまする」

徳川家の宴席は質素であった。かつての苦労を忘れないためにと、膳の上には酒と菜の漬け物、焼き味噌しかのせられていない。

「なによりのご馳走でございまする」

宗虎は徳川家の家風に酔った。

二

大坂から船を仕立て、博多に入った宗虎は、黒田、小早川らの領地を通って柳川へと戻った。

「お戻りなさいませ。御前体《ごぜんてい》はいかがでございましたでしょうや」

老臣小野和泉守が出迎えた。

「太閤さまのご機嫌うるわしく、とくに我が家には検地のお心遣いをたまわることとなった」

「それはよろしゅうございました」

報告を聞いた小野和泉守の顔がほころんだ。

厳しく検地をおこなったがために、肥後一国が一揆に見まわれ、国主佐々成政は切腹させられた。筑後柳川は、肥後ほど国人領主の勢力が大きくないとはいえ、火があがれば、立花の家に傷がつく。柳川立花家の老臣として藩政を担う小野和泉守が、ほっとしたのも当然であった。

「もっとも、この恩恵は、我が立花だけへ下されたものである。弟高橋直次、筑紫広門どのらには適用されぬ。なにごともなくばよいが」

筑後は小早川隆景、立花宗虎の他に、三池郡の高橋直次、上妻郡の筑紫広門、御原《みはら》郡他二郡の毛利秀包らが領していた。このうち、優遇されるのは、小早川隆景と立花宗虎だけで、あとの三者へは厳しい検地がおこなわれる。

厳しい検地は、国人領主たちの所領の余裕をあからさまにし、奪い去ることになる。太閤秀吉の九州征伐で本領安堵を条件に降った国人領主たちが、黙って許すはずもなかった。

「無事にすんでくれればよいが……」

筑後の国でなにかあれば、出兵するのは小早川隆景と宗虎である。一度で治めきれればよいが、高橋直次、筑紫広門の領土で度重なれば、縁戚として連座を喰らいかねなかった。

「注意をうながす手紙を書こう」

宗虎は、弟直次、広門へ、検地にしたがうよう忠告することにした。

「それはよろしゅうございますな」

小野和泉守が首肯した。

「留守の間、なにもなかったのか」

伏見での話を終えて、宗虎が問うた。

「それが……」

小野和泉守が気まずそうに目をそらした。

「なにかあったのだな。申せ」

宗虎は、うながした。

朝鮮から帰国して、なに一つ領内のことに手もつけず、秀吉のもとへ急いだのだ。ことが起こってもしかたがなかった。

「じつは……有馬伊賀守が立ち去りましてございまする」

言いづらそうに、小野和泉守が告げた。

「なにっ」

聞いた宗虎は絶句した。

朝鮮でぶつかったとはいえ、有馬伊賀守は宗虎が立花に来て最初にしたがってくれた家臣であった。異国の地でいらだちを互いにぶつけたとはいえ、積み重ねてきた絆は崩れないと思っていた。

「これを」

小野和泉守が一通の書状を取りだした。

「有馬伊賀守が殿へと」

「…………」

無言で宗虎は受けとった。

「御用がございますれば、お呼びくださいますよう」

気づかって小野和泉守が、出ていった。

「殿でなくなったか」

書状の表に書かれた立花左近将監さまとの墨痕が、有馬伊賀守との繋がりの遠さを表していた。

「伊賀守……」

しかし読まないわけにはいかない。宗虎はゆっくりと書状を開いた。

「………」

書状には、宗虎との思い出がいっさい記されていなかった。ただ、君臣の間にひびを入れてしまったことへの詫びと、このまま家中に残ることで火種となることを危惧して去るとだけあった。

宗虎は自失した。わずかないらだちが、最初に譜代となってくれた股肱の家臣から見限られる原因となった。

「積むは難く、崩すはたやすいか」

力なく書状を落として、宗虎はつぶやいた。

「主とはこれほどまでに、孤独なものか」

一応の収まりはついたが、まだ戦国は終わっていない。人と人が殺し合い、首を刎《は》ねて手柄とし、褒賞をもらう。いかに敵を殺すかだけに、すべてをかけなければならない。

大名たる者、なによりも家を存続させるのが任である。そのためには、生きて帰れない、捨て石と化すことを家臣へ命ずることもある。それに家臣たちがしたがうのは、ただ無駄死にはさせないはずという主君への信頼なのだ。

宗虎は今、その信頼をなくした。

「闇千代の絶望はこれか」

太閤秀吉のもとへ身を寄せると宗虎が宣したとき、誾千代は立花家代々の家臣たちに思いとどまるよう命じた。そのおり家臣たちは誾千代ではなく、宗虎の言にしたがった。あのとき誾千代が浮かべた表情と、今宗虎の顔にあるものは同じであった。大名などと偉ぶったところで、家臣がいなければ何一つできない役立たずな存在でしかないことに宗虎は気づいた。

拾いあげた有馬伊賀守の書状をていねいにたたみ、懐に入れた宗虎は、城を出て城下の寺へ寄寓《きぐう》している誾千代のもとを訪れた。

「これはこれは、殿自らのお出ましとは、光栄でございまする」

わざとらしく、宗虎に上座を勧めながら誾千代が皮肉った。

「朝鮮の戦でますます立花の名をあげられたよし、祝着至極に存じあげまする」

「…………」

宗虎は、誾千代の顔をじっと見つめた。

「太閤殿下のお覚えもめでたく、伏見に屋敷地と御殿をたまわられたとか。それに比して大友の殿は、朝鮮にて醜態をさらし、先日所領を奪われるはめになったとか。大友家から豊臣家へ鞍替えした殿のご慧眼《けいがん》には、この誾千代心底感心いたしておりまする」

誾千代の言葉どおりであった。

秀吉から羽柴の名のりと吉の一文字をもらうほど優遇された大友吉統は、文禄二年、明の大軍に包囲された小西行長の救援要請に応じず、かえって守備していた城を放棄、後方へと撤退した。さいわい小西行長は助かったが、この一件が秀吉の逆鱗《げきりん》に触れ、帰国早々所領を剝奪、佐竹義宣《さたけよしのぶ》の城下水戸《みと》で幽閉されていた。

「で、武功を立てられた殿へは、どのような褒賞が。大友家から召しあげられた豊後一国でもたまわられましたか」

「……………」

突き刺すような誾千代の嫌味を宗虎は黙って聞いていた。

「殿。どうかなされたのか」

ようやく誾千代が、宗虎の異変に気づいた。

「誾千代どの」

宗虎は呼びかけた。

「すまぬことをいたした」

深々と宗虎は頭を下げた。

「急になにごとでございましょう」

誾千代が驚いた。

宗虎は、戸次道雪からゆがんだ愛情を注がれ、女の身で立花城督としてふさわしいだけの軍学を押しつけられた闇千代への反発を詫びた。たしかに、宗虎もまだ世間知らずな子供ではあったが、あまりに気づかいがたりなさすぎた。宗虎はようやく己に不足しているものがなにか気づいた。

「もう少し、吾に余裕があれば、闇千代どのに辛い思いをさせることはなかった」

夫婦となったが、ついに肌をあわせることのなかった闇千代との仲を、宗虎は悔やんでいた。

たしかに戸次道雪の妨害もあった。闇千代の驕慢《きょうまん》も宗虎を遠ざけた。だが、それを乗りこえて行くだけの勇気が宗虎にはなかった。

「今となっては、もう遅いが……」

宗虎はふたたび低頭した。

「殿……」

唖然としている闇千代を残して、宗虎は去った。

しかし、そんな宗虎が領地家臣の取りまとめに集中する間を、秀吉は与えてくれなかった。

朝鮮への再侵攻が決まった。

間に入った者同士で作りあげた架空の講和である。無理がありすぎた。

文禄五年（一五九六）九月、明からの使節が大坂城へ来たことで、和睦の嘘がばれた。

明の使節が取りだしたのは、日本国王の金印と明の朝廷における秀吉の身分をしめす官服であった。明の和睦条件を知った秀吉は激怒した。

「虚偽の和睦を申し出るなど、言語道断。朝鮮の南半分は、我らが実力で手に入れた地である。明が降伏すると申せばこそ、兵を引いてやったというに。舐められてなるものか。ただちに軍を派遣し、朝鮮を取り返せ」

慶長二年（一五九七）、秀吉は十四万の大軍をふたたび、渡海させた。

宗虎も小早川秀俊の補佐を任じられ、兵を率いて釜山へ上陸した。

文禄の役ほど甘くはなかった。すでに朝鮮、明の連合軍は、日本軍の再侵攻に備えており、前回のような猛撃はできなくなっていた。

ようやく蔚山《ウルサン》城へ入った加藤清正にいたっては、連合軍の包囲によって食糧の供給を絶たれ、全兵士が飢え死に寸前まで追いこまれた。なんとか毛利秀元《ひでもと》らの活躍で包囲は破られたが、日本軍の優位は過去のものとなっていた。

「きっと固城《こじょう》を守るべし」

宗虎は秀吉から、釜山近くの固城《コソン》守衛を命じられた。固城は全羅道への補給を担う重要な拠点である。宗虎は最前線からは遠い固城で日々を過ごした。

戦は一進一退であった。破竹の勢いを止められた日本軍は、各地に堅固な城を築いて、連合軍と対峙、早々と戦線は膠着した。

「戦場の兵《つわもの》ども、一堂に会し、一気呵成《いっきかせい》の攻勢をかけるべく」

慶長三年（一五九八）、動かなくなった戦いに業を煮やした秀吉は、翌慶長四年を期して進撃をおこなうよう、命じてきた。

「兵糧、矢玉は要るだけ送る。受けとり以降、各将は、責任を持って自陣へ回送すべし」

文禄の役で日本水軍を苦しめた朝鮮水軍の圧迫がなく、荷駄の渡海に問題はなくなっていた。

かつて日本水軍を壊滅に追いこんだ朝鮮水軍の名将李舜臣は、文禄の役での功を妬まれ、将軍位を剝奪され、一兵卒に落とされていた。李舜臣のいない朝鮮水軍は日本水軍の敵ではなく、あっという間に駆逐されていた。

「勝ったところで、どうやって維持するのだ」

宗虎は嘆息した。秀吉の行動はどう言いわけしたところで、侵略でしかなかった。侵略者は軍は滅ぼせても、庶民を潰すことはできない。庶民を失えば、田畑を耕す者がいなくなり、国土は荒れ、残るは食べものさえ持たない漂泊の民だけとなる。日本から百姓を連れてきたところで、土地も気候も違うのだ。まともに生産することなどできはしなかった。

「お荷物を抱えこむだけではないか」

すでに朝鮮へ渡海している将たちは、秀吉の命令が無茶であることを体感していた。

「されど、さからうことは、己の国を失うこと」

どういったところで秀吉は天下人なのだ。うかつに意見などして国を取りあげられては元も子もない。

進むことも退くこともできない。朝鮮へ派遣された軍に厭戦気分が満ちた。

そんな慶長三年八月十八日、秀吉が死んだ。

一代の英雄は、晩年にようやく得た実子秀頼《ひでより》の後事をただひたすら憂えながら、六十一年の生涯を閉じた。

もっとも異国にいる兵たちの動揺を避けるため、秀吉の死は五大老、五奉行らにより秘事とされた。

朝鮮侵攻を強く望んだのは秀吉一人であり、家康を始め五大老の誰一人としてその継承を口にしなかった。

「ならば、順次、兵たちを呼びかえし、朝鮮との講和をはかるということに」

五大老の意見は一致した。

だが、急な撤兵は隙を突かれることになる。引き際をまちがえれば、朝鮮にいる日本軍は壊滅しかねない。

五大老は、徐々に戦場の範囲を縮め、その間に朝鮮、明との講和をなすことにした。

秀吉の死後七日目、秀吉の名前で朱印状が出された。

「日向衆並びに肥後相良《さがら》の兵は、帰国すべし。小早川、筑紫、寺澤は、対馬豊崎《とよさき》への在番を命ず。加藤、黒田、小西、島津、立花、高橋の者どもは、釜山へ集結いたせ」

すでに蔚山にいた宇喜多、毛利、浅野の軍は、五月に日本へ帰還していた。この朱印状は、朝鮮に残っていた全軍への撤退命令であった。

朱印状を受けた諸将は十月三十日に会談、撤兵の手はずをうちあわせた。

蔚山方面へ出ていた将は、さしたる抵抗もなく釜山まで引きあげられた。しかし、順天《スンチョン》城から戻ろうとした小西行長が、朝鮮、明の連合軍に襲われた。秀吉の死を知った連合軍が、陸と海から小西行長の退却を阻んだのだ。

すでに巨済島《コジェ》まで退いていた宗虎は、小西行長からの救援要請を受けて、島津、宗の諸兵とともに露梁津《ノリャンジン》まで進出、南下してきていた朝鮮、明の水軍と決戦した。

両軍の邂逅《かいこう》は夜のとばりが下りてからであった。

「放て」

先陣をきったのは島津義弘であった。

急遽集めた船に鉄炮足軽を満載した島津の水軍は、島影から現れた朝鮮水軍へ向かって発砲した。

更迭された李舜臣の復帰で朝鮮水軍の意気はあがっていた。激しく銅鑼《どら》を鳴らし、火矢を見せつけて迫ってきた。

「殿、我らも」

小野和泉守が、はやった。

「待て、地の利は向こうにある。焦っては敵の思うつぼぞ」

宗虎は、天をあおいだ。十一月十六日は、満月である。煌々《こうこう》と照らす月明かりに、敵兵の表情が見えるまで、宗虎ははやる家臣たちを抑えた。

「諸将の手前もございまする。殿」

すでに島津と宗は戦端を開いている。いつまでも立花だけが動かねば、怯懦と嘲笑《わら》われかねなかった。

「まだぞ。立花の鉄炮は百発百中でなければならぬ。闇夜の鉄炮で数撃てばよいというものではない」

はやりたつ家臣たちを宗虎はなだめた。

やがて火矢が立花の船にも届き始めた。

「落ちついて火を消せ」

宗虎は、ゆっくりと命じた。己が失った信頼は、戦場で取りもどすしかないと宗虎は落ちついた風を装った。

「うわああ」

島津の水軍から火があがった。火矢を消しそこねた船が、炎上し、火だるまとなった兵が海へと落ちた。

「殿……」

戦わずして死ぬほど兵にとって悲惨な運命はない。小野和泉守の表情も硬くなっていた。

「一艘ずつ潰すぞ。鉄炮、右からじゃ。吾が弓を放つ。合わせよ」

宗虎は舳先《へさき》で踏ん張ると、強弓を引き、放った。風切り音を残して宗虎の矢が、朝鮮水軍の将を射落とした。

「放てえ」

小野和泉守が大声をあげた。たちまち船に乗っていた数十の鉄炮が火をふいた。十分に引きつけてからの発砲である。立花勢の射撃に無駄玉はなかった。

ほとんどの兵を撃ち抜かれた朝鮮水軍の船が、あわてて旋回した。

「次」

すばやく再装塡した鉄炮足軽が、第二射を撃った。また朝鮮水軍の一艘が脱落した。

「ええい、倭の水軍ごときに後《おく》れをとるな」

李舜臣も必死であった。

朝鮮水軍は、日本水軍に対して連戦連敗の状況にあった。そのお陰で李舜臣にふたたび水軍統帥の座が回ってきたのだが、すでに順天城沖合の戦いで、被害を出している。またこのたびの戦いも、小西行長と停戦した明水軍から、李舜臣にもしたがうようにと連絡があったのを無視して出撃したのだ。李舜臣は負けることが許されなかった。

急造水軍と背水の陣である朝鮮水軍の戦いは熾烈《しれつ》を極めた。両軍ともに多大な損失を出したが、終焉はあっさりと訪れた。一夜の戦いは、突出しすぎた李舜臣が戦死したことで終わりを告げた。

将を失った朝鮮水軍が撤退、戦いは日本の勝利で終わった。

十一月十六、十七日にわたったこの戦が、朝鮮の戦の締めくくりとなった。

釜山まで退いた日本軍を明、朝鮮連合軍は放置、粛々と宗虎たち将兵は、玄界灘を渡った。

三

天下人であったにもかかわらず、秀吉の葬儀はおこなわれなかった。

朝鮮の戦の後始末がそれを許さなかった。

たしかに朝鮮で戦った兵たちにとって、侵略を命じた主の死はなんともむなしいものである。褒賞はおろか、ねぎらいの言葉さえ与えられないのだ。また、莫大な戦費を無にしたばかりである。壮大な葬儀などおこなっては、苛斂誅求《かれんちゅうきゅう》をうけた庶民たちの一揆をまねきかねなかった。

それでも天下人の墓に参らないわけにはいかない。宗虎は上京し、秀吉の葬られた京東山《ひがしやま》阿弥陀《あみだ》ヶ峰《みね》へと参拝した。そのまま宗虎は伏見へ滞在し、徳川家康ら在府していた大名たちと茶会を開くなど交流を深めた。とくに朝鮮でともに戦った加藤清正、島津義久らとは宴席を重ね、昵懇《じっこん》の仲となった。

「お目通りを願うべきぞ」

加藤清正が勧めた。

まだ六歳の秀頼は大坂城に君臨していた。秀吉は死に際して、幼い秀頼のために、豊臣家の方針を五大老の合議で決め、行政を五奉行へ任せる形を取った。愛息を守るためのものであったが、秀頼を飾りものにしてしまった。

秀吉は天下人であった。幕府を開くことはできなかったが、関白太政大臣太閤と位人臣を極め、諸大名を力のもとに抑えつけ、日本から戦をなくした。

しかし、秀頼は、秀吉の息子であるというだけで、官職も権中納言と、家康や前田利家《としいえ》らよりも低く、なにより百戦錬磨の武将たちを平伏せさせる経験がなかった。

「よろしいので」

宗虎は、まだ秀頼に会ったことがなかった。生母、織田信長の姪淀殿《めいよどどの》が、秀頼をなかなか人前に出さないのだ。

「要らぬ疑念を持たれぬためにも、お目通りは願っておいたほうがいい」

清正が言った。

すでに伏見では、家康へ近づく将も見られ始め、豊臣の継承が危ぶまれ始めていた。

「とくに貴殿は、本多平八郎と親しく、徳川内府《ないふ》どの寄りと見られておる。三成あたりに危惧を抱かれてもつまりますまい。あの茶坊主めのな」

憎々しげな顔で清正が罵《ののし》った。

石田三成は秀吉が見いだした能吏である。

豊臣家の内々から天下の台所まで、そつなくさばいてのける。情に流されることなく、的確な対応をとれるとして、秀吉の信頼を得ていた。

それだけに、秀吉から一族として子供のころから情をもってかわいがられた加藤清正、福島正則ら子飼いの武将とは、そりが合わなかった。

秀吉の目の届かない朝鮮侵攻で軍目付となった石田三成は、加藤清正らの策を無視した行動を非難、勝ち戦かどうかなど関係なく、秀吉へ告げた。

とくに加藤清正は、朝鮮側と交渉するため、捕虜としていた王子二人を無断で返還した一件を事情の勘案もなしに報告され、激怒した秀吉から京へ呼び戻されたうえ、謹慎を命じられる羽目となった。これが、石田三成との間に感情のもつれを生んでいた。

同様に加藤清正と親しく、朝鮮の戦で命をかけて戦った武将たちも、石田三成のやり方に反発していた。

「己では首一つあげたことのないやつだが、五奉行筆頭として大きな力をもっておる。左近将監どのなどは、文禄の役の褒賞で検地逃れをいただいておろう。そこらをつかれても面倒なことになる」

清正が真摯に警告した。

「承知いたしましてござる」

宗虎は承諾した。

秀頼に会うといっても、そう簡単なことではなかった。まず、大坂城へ使者を出し、秀頼の都合を問い、了解を得てから土産《みやげ》を用意しなければならないのだ。

申し出をしてから十日後、ようやく宗虎は大坂城へと向かった。

「立花左近将監、お目通りを許され、恐悦至極にございまする」

本丸御殿千畳敷大広間、下段の間襖《ふすま》際で宗虎は平伏した。はるかかなたの上段の間奥に、秀頼を抱きかかえて淀殿が中央に座していた。

「上様に代わってお言葉を伝える」

秀頼の左に控えている大野治長《おおのはるなが》が口を開いた。

「左近将監の武勇忠節は、父太閤さまより幾度も耳にしておる。これからも頼りといたしておるゆえ、忠勤を励め。こう仰せである」

「はっ。左近将監、身命を賭しまして」

宗虎は平伏した。

このあと土産物の披露、逆に秀頼からの下賜などがあり、宗虎が御前を下がったのは、けっこうなときが経ってからであった。

「とうとう一度も口を開かれなんだな」

大坂城本丸御殿大廊下を歩きながら、宗虎はつぶやいた。

慶長四年（一五九九）閏三月三日、豊臣五大老の一人前田利家が死んだ。

織田信長の家臣であったころから秀吉と交友のあった利家は、死の直前まで豊臣の行く末を案じ、加藤清正ら武辺と石田三成ら文官の間を取りもっていた。

その重石《おもし》がなくなった。

待っていたかのように、加藤清正、福島正則、黒田長政ら七人の将が、大坂の三成屋敷を襲った。異変を察知していた三成は、盟友である佐竹義宣の屋敷に隠れ難を逃れた。もちろん、七将たちの追及はやまなかった。佐竹の屋敷にも兵が迫るを知って、三成は股肱の臣島左近《しまさこん》とともに女装して大坂を脱出、なんと伏見の家康を頼った。

家康は後を追ってきた七将に、三成を五奉行から降ろすことを確約し、ようやく騒動は収まったが、豊臣のなかでの明暗をはっきりさせた。

前田利家が亡くなり、宇喜多秀家、毛利輝元、上杉景勝ら大老も領国の経営のため帰国し、豊臣の政は家康の一手へまとまった。

その直前、伏見でもう一つことがおこっていた。島津義久の養嫡子、忠恒《ただつね》が伏見において、重臣伊集院忠棟を殺したのだ。

忠棟は、三成と親しく、島津領内の検地を取りしきっていた。豊臣家で並ぶ者のない三成の権を背景に、忠棟は、主君さえもないがしろにし、僭越な行動が多かった。

我慢の限界と忠恒は凶行に出た。

あわせるように、国元にいた島津義久も兵を率いて伊集院忠棟の息子忠真《ただざね》の本領日向国庄内《しょうない》を攻めた。

「いつでも兵を出し申す」

柳川にいた宗虎は、親交の深い島津義久へ協力を表明した。

惣無事令はまだ生きている。他領への兵の派遣は、豊臣家の命なくしてはおこなえない。この言動が伏見で問題となり、宗虎は家康に呼びだされ、釈明をするはめとなった。

「主従の理《ことわり》を乱して、どうして政の根本が保てましょうや」

宗虎は叛逆ととられかねない行動を、豊臣の基礎を守るためと抗弁した。

君臣の間に亀裂が入るのを、宗虎は我慢できなかった。

なんとか、宗虎の主張は認められ、家康から派兵の許可を得た。

しかし、宗虎が伏見へ上ったり、国元へ帰って戦の準備をしている間に状況は変化し、家康の調停で、伊集院から島津へ臣従の誓書を出すことでことは収まり、立花は兵を出すことなく終わった。

慶長五年（一六〇〇）、島津騒動の終焉を待っていたかのように、東北で異変が始まった。

上杉景勝が公然と家康を非難した。

稀代の名将上杉謙信《けんしん》の養子である景勝は、豊臣秀吉と早くからつうじることで所領を大きく増やし、会津若松《あいづわかまつ》で百二十万石という大大名となっていた。

上杉景勝は、家康の専横に立腹し、戦いを挑む準備を始めた。支城を築き、兵を集め、武具を調える。あからさまな態度は、ただちに家康のもとへと知らされた。

「上杉、血迷ったか」

家康は、まず学僧西笑承兌《さいしょうじょうたい》に上杉弾劾の文章を書かせ、伊奈昭綱《いなあきつな》らを問罪使として派遣した。

「軍備増強は、秀頼さまへの異心の表れ。他意なきならば、上京し、陳弁に務むべし」

京で交流のあった西笑承兌の弾劾書を受けとった家老直江兼続《なおえかねつぐ》は、鼻先で笑った。

「秀頼さまへの忠義といわば、上杉にかなう者なし。ぎゃくに内府公こそ、近年のなされようは、秀頼さまを差しおいて僭越至極。亡き太閤さまのご遺言に叛くこと多々あり」

直江兼続は、詫びるのは家康のほうであろうと記した返書を西笑承兌へ送りつけた。

「なんたる傲慢」

受けとった家康は激怒、即日上杉討伐の軍勢を起こすと宣言した。

増田長盛《ながもり》、長束正家、前田玄以《げんい》ら豊臣の重臣たちが止めるのもきかず、家康は軍令を発し、六月十六日、大坂城を出た。

先陣は福島正則、細川忠興《ほそかわただおき》、加藤嘉明《よしあき》ら豊臣恩顧の大名が務め、さらに上杉領内を東北北陸の諸大名に攻めさせるという必勝の陣形であった。

「家康が大坂を離れた」

佐和山《さわやま》城で謹慎していた石田三成が、家康を排除する好機として、立ちあがった。

「内府専横を咎める」

七月十七日、三成らの檄文《げきぶん》が、西国の諸大名へと飛んだ。

同日、五大老の毛利輝元、宇喜多秀家らが兵を率いて大坂城へ入城、家康との対決を表明した。

柳川城にも檄文は届いた。

「どうするべきか」

宗虎は沈思していた。

本多平八郎をつうじて家康とも交流がある。かといって昨今の家康のやりかたはあまりに露骨すぎた。

「石田三成は気に喰わぬが……」

「義に殉じなされませ」

家老小野和泉守が、檄文を読んで進言した。

「内府さまのなされようには、腹中抑えかねておられる方々が多ございましょう。必ずや、この戦勝ちまする」

小野和泉守が膝を詰めてきた。

「勝つか……」

家康と三成の対決が、天下分け目となることくらい、誰にでもわかった。勝てば所領は倍増する代わり、負ければすべてを失う。

かつて島津軍に立花城を取り囲まれた以上の切所《せっしょ》であった。

「難しい……」

さすがの宗虎も即断できなかった。

勝てばいい。負けたときは、家臣全部が禄を失い、路頭に迷うことになるのだ。朝鮮で入ったひびは、有馬伊賀守が退いてくれたお陰で、大きくならずにすんでいる。しかし、ここで対処をまちがえれば、宗虎は二度と主君として頼られることがなくなってしまう。

数日、煩悶《はんもん》している間に、あちこちから使者がやってきた。

「家康どのは、秀頼さまに異心を抱いておられぬ。三成こそ、秀頼さまを傀儡《かいらい》に、天下をおもうがままにいたそうとしておるのだ」

まず領地を接する加藤清正から書状が届いた。加藤清正の三成憎さは骨身にまでしみこんでいる。たとえ三成に理があったとしても、決して与することはないとわかっていた。

「となると、家康どのについて上杉討伐に向かった加藤嘉明どのや、福島正則どのも三成どのにはつかぬな」

みな戦場で相対したくない豪の者である。当然家臣に弱卒はなく、一騎当千の者ばかりであった。

「家康さまに与されることこそ、お家大事と存ずる」

続いて黒田長政からの勧誘が来た。

「みょうよな」

柳川は豊前の黒田家と境界を接していない。間には小早川家があった。

宗虎が師とも仰いでいた小早川隆景は、慶長二年に亡くなっていた。あとは、秀俊あらため秀秋《ひであき》が継いでいたが、交流はほとんど消えていた。

「小早川家からの話が来ぬ」

首を宗虎はかしげた。

小早川秀秋は豊臣の縁続きということもあって、三成とともに家康弾劾の先陣となっている。

「誘いがあってしかるべしだが」

宗虎は違和感をぬぐえなかった。

「太閤さまのご恩に報うべくは、ただこのとき」

少し遅れて島津義弘からの勧誘が届いた。

島津義弘は、上杉征伐に出向く家康を伏見まで見送っていたが、三成の挙兵にあわせて、大坂城へと移っていた。

「どうしたものか」

いずれにも理があり、利もあった。

決断を下せないでいた宗虎のもとへ家康の書状が着いた。

「領国を固め、国境をこえられぬよう」

家康の書状には、それだけしか書かれていなかった。

「内府公……」

家康の心遣いに宗虎はうなるしかなかった。家康は宗虎が持つ秀吉への義理を考え、味方せずとも、傍観していてくれればいいと言って来てくれたのだ。

「しばし、一人にしてくれるよう」

宗虎は柳川城の櫓で端座した。

主君の孤独を宗虎は、ふたたび味わっていた。有馬伊賀守と諍《いさか》いをしたときとは違う、もっと重い孤独であった。

柳川十三万二千二百石、そのすべてが宗虎の決断一つにかかっていた。

「どちらにもつかずとはいかぬ」

天下分け目となるのは確実である。ここで日和見《ひよりみ》をすることは論外であった。それこそ勝者敗者のどちらからも憎まれ、嘲《あざけ》られることとなり、築きあげてきた立花の武名は一夜にして地に落ちる。

「秀頼さまには、恩義もないが……」

まともに声さえかけてもらっていないのだ。義理立てする気など起こるはずもなかった。

「なれど、太閤殿下には、尽くせぬ恩がある」

宗虎は眼下を埋めつくした島津勢の恐怖を忘れていなかった。

「内府公とは、つきあいもある。秀頼さまとどちらが天下人たるやと申せば、内府公であろう」

親しくなんどか行き来しているうちに、宗虎は家康の人柄に惹かれていた。いや、本多平八郎の語る家康の魅力に引きこまれていた。

「内府公にしたがうか」

宗虎は柳川の先を思った。

「よし……」

立ちあがろうとした宗虎の脳裏に、誾千代の姿が浮かんだ。

「誾千代……」

脳裏のなかの誾千代が、さげすむように宗虎を見ていた。

「二度も主家を裏切るとは、なかなかの武者振り。父もさぞかし、泉下で嘆いておりましょうぞ」

宗虎には、闇千代が嘲笑ったような気がした。

「すまぬと申されたは、なんでござったのか」

そう言い残して闇千代が、消えた。

「……つっ」

立ちくらみを感じるほどの衝撃を宗虎は受けた。

「…………」

無言で櫓を降りた宗虎は、大広間で待ち受ける重臣たちを前にして、叫んだ。

「太閤さまのご恩に報いるべし。立花は秀頼さまにつく」

大広間が沸いた。

四

ただちに柳川城は出兵の準備に入った。領内からあらたに兵を募り、武具を集め、他領からの街道を封鎖した。

「まことに無念。戦となれば、遠慮はいたさぬ」

すぐに加藤清正から、書状が届いた。

「ご交誼に感謝すれど、報恩の思いやみがたし。次にお会いいたすおりは、矢玉にてごあいさつつかまつる」

ていねいな返書を宗虎はしたためた。

立花宗虎の名前で始めた募兵は、すさまじい効果を発した。故秀吉によって課されていた軍役一千三百人が、わずか数日で五千人をこえた。多くが佐々成政や大友吉統らの旧臣であった。お家再興に燃える意気は高かった。

「留守を頼んだ」

宗虎は、小野和泉守に一千の兵を預けた。

「ご活躍を。柳川のことはご懸念なく」

小野和泉守が国境まで見送った。

大坂城へ入った宗虎は、秀頼のねぎらいを受けたあと、島津義弘らとともに伊勢《いせ》方面を任された。

八月には美濃《みの》へ進軍、垂井《たるい》に滞陣した。

「岐阜《ぎふ》城主、織田中納言どの、ご開城」

八月二十四日、急使が報告した。

岐阜城において秀頼方を表明した織田信長の孫中納言秀信《ひでのぶ》は、二十二日から家康の先鋒池田輝政《いけだてるまさ》らの攻撃を受けていた。

「一日でか」

聞いた宗虎は耳を疑った。

岐阜城はあの信長でさえ、攻めあぐんだ名城である。長良川《ながらがわ》へ突き出た崖の上にあり、攻めるに難く、矢玉兵糧を貯えてさえおけば、数倍の敵を数カ月支えるだけの堅城のはずであった。

「惟信」

宗虎は、戸次道雪以来の旧臣を呼んだ。

「周囲の味方に注意をはらえ」

小声で宗虎は命じた。

「承知」

戦慣れしている由布惟信は、余分なことは問わずに去った。

岐阜城が落ちては、美濃に滞陣しているのもよろしくないと、宗虎は近江松本《まつもと》山まで退いた。

宗虎の危惧は十日を待たずして当たった。

「大津《おおつ》城主、京極《きょうごく》参議どの、夜陰に乗じてご帰還。籠城のご様相」

「蛍《ほたる》め」

聞いた宗虎は京極高次《たかつぐ》を罵った。

京極高次は、秀吉の愛妾となった妹、松《まつ》の丸《まる》のお陰で大名に取りたてられ、参議の高官まで与えられていた。妹の尻で出世した、蛍大名と陰口を叩かれていたが、豊臣家への義理は厚い。

「ただちに、大坂表へ使者をたてよ」

宗虎は、急ぎ事情を報せた。

「ええい、京極めが」

事態を聞いて激怒したのは、淀殿であった。同じように秀吉の寵愛を競っていただけに、淀殿の松の丸への反発心は根深かった。

「裏切り者を許されるな。天下どの」

淀殿が秀頼の耳にささやきを入れ、大津城攻めが決定した。

命令を受けた宗虎は、唖然とした。

「大津まで戻れと……たかが三千ほどの城ではないか。出てこぬように二千ほどの抑えを置いて放っておけばよいものを。まもなく内府公の軍勢がとって返してくるというに。こんなところで貴重なときを」

岐阜城が陥落した。当然、天下分け目の合戦は美濃国でおこなわれることになる。そのために進軍した軍勢を近江の西まで下げよという作戦は、宗虎の理解をこえていた。

「淀殿がご諚にござる」

使者は気をつけろと忠告した。秀頼を片時も手もとから離さない淀殿は、実質大坂城の主である。ここでさからえば、たとえ天下分け目で勝ったところで、宗虎の進退に悪影響がでるのは必至である。

「承知つかまつった」

宗虎は、四千の兵を率いて大津へと進軍した。

「蛍ごときに、ときを喰ってはおれぬわ」

大津城は背面を琵琶湖《びわこ》に守られた難攻不落の城である。攻め手の大将毛利元康《もとやす》以下一万五千の兵は九月七日大津城を包囲、京極高次に降伏を勧告した。

しかし、京極高次は返答の日延べを申し出るばかりで一向に埒《らち》があかなかった。

「これ以上は無駄でござる」

大津城攻防に加わったのは、立花宗虎、毛利秀包ら戦場往来の血気盛んな武者ばかりである。一日も早い総攻撃をと毛利元康に迫った。

「やむなし」

九月十日、毛利元康の軍配が振られ、総攻撃が始まった。

立花の兵は三の丸に近い浜町口《はままちぐち》を、攻め口として担った。

琵琶湖の水を引きこんで回した堀は広く深く、わずかな橋一つでしか城への道は開かれていなかった。

二間（約三・六メートル）ほどの幅しかない橋を渡っては、城中からねらい撃ちとなる。

「竹束を用意いたせ」

宗虎はまず大量の竹束を用意させた。竹束に身を隠しながら、橋のたもとに鉄炮足軽を進め、城中の敵兵を狙撃させた。

練度でいえば、まさに天下一といっていい立花の鉄炮足軽である。たちまちにして城からの銃撃が減衰した。

「ゆっくりと、一寸刻みでよい。橋を渡れ」

竹束を持つ足軽の後ろに、腰をかがめた鉄炮足軽が続く。援護するように橋のたもとからは、絶え間なく鉄炮が放たれた。

竹束を持って門へ近づいた足軽の身体が跳《は》ねて、湖に落ちた。

「近くなれば、竹束とて貫通する。盾は重ねよ。隙間をつくるな」

宗虎は橋のたもとで指揮を執った。

十日は、橋の攻防で暮れた。

明けて十一日、立花勢の一斉射撃で戦は再開した。

「取りつけ」

夜陰に紛れて橋のなかほどまで進んでいた十時摂津守、立花吉右衛門《きちえもん》らが、銃撃の音に首をすくめた城兵の隙を見て、駆けた。

「摂津守たちを死なせるな」

宗虎は、軍配を振って、鉄炮の連射を命じた。

立花勢の戦意に、大津の城兵は揺れた。もともと秀頼方につくと決めておきながら裏切ったのである。戦意があがるはずもなかった。

「十時摂津守、一番乗り」

大津城の守りは水路に頼るところが大きすぎた。家臣数名を連れて十時摂津守が塀を乗りこえると、たちまち三の丸は混乱に陥った。

昼すぎ、三の丸は落ちた。やがて大手口からも兵が乱入し、大津城二の丸に攻防は移った。

本丸、二の丸、三の丸と、大津城はすべてが湖に浮かぶ島のように独立している。一つを落としてもなかなか次へと進めない構造は、攻め手のいらだちを募らせた。

十三日、ついに二の丸が陥落、攻撃は本丸へと向けられた。

「太閤殿下のお身内である」

京極高次と親しい石田三成の使者が、毛利元康へ助命を示唆しに来た。

「いまさら、なにを」

毛利秀包らは激怒したが、言われてしまえばしかたなかった。翌日、毛利元康は陣中見舞いに来ていた高野山の僧木喰応其《もくじきおうご》を使者にたて、降伏を勧めた。

「いやじゃ、儂は内府公にしたがうと決めたのじゃ」

一人京極高次が反対したが、すでに抵抗の意味がないと察した重臣たちによって説得され、十五日、大津城は陥落した。

「お見事なり」

立花兵はまたも面目を施したが、やはり宗虎には致命傷となった。

「大津の城をお任せいたす」

京極高次が連れ出されたあと、毛利元康から命じられた宗虎は、首を振った。

「敵に取られることを懸念されるならば、火をかけてしまわれよ。今は少しの兵でも内府公との決戦に向かわせるべきでござる」

しかし、宗虎の抗弁も無駄であった。

大津城が落ちた九月十五日、関ケ原で始まった天下分け目の戦いは、大方の予想に反して、わずか半日で終わっていた。

家康にしたがう東軍八万、秀頼を擁する西軍十万、類を見ない大軍同士の会戦は、あっけない終焉を迎えた。

東軍の進む谷を望む高地を押さえ、鶴翼《かくよく》の陣で待ちかまえる西軍絶対有利の状況は、開戦から狂った。

戦が始まるなり裏切った小早川秀秋を始め、西軍の半数以上が参加せず傍観したのだ。

「おのれ、おのれ」

勢力の逆転した西軍は、わずか三万で東軍八万の攻撃をよく支えた。いや、押しかえすほどの勢いを見せた。

しかし、東軍の猛攻を支えていた宇喜多が崩れ、敗走をはじめた。こうなれば、数に劣る西軍はもろい。そこへ日和見していた、朽木元綱《くつきもとつな》、赤座直保《あかざなおやす》らがやはり返り忠をおこし、東軍となって襲いかかった。こうして関ヶ原での戦いは家康勝利と決まった。

「あれは……」

背中を向ける西軍へかさにかかった東軍の兵が足を止めた。潰走する西軍のなかで静かに陣形を保つ軍勢があった。

「丸に十字は……島津だ」

東軍兵の足が止まった。

島津義弘は、決戦前夜の戦評定で提案した夜襲を拒否されたことで西軍に見切りをつけてしまっていた。

「夜襲など、青天白日の王道を歩まれる秀頼さまにふさわしからず。姑息《こそく》な手で勝利したとなれば、なにを言われるかわかったものではない。正々堂々と内府を討ってこそ、太閤殿下のご遺志は達成される」

一部の将も同意した夜襲を、石田三成が一言のもとに切って捨てた。

「ならば、石田どのの堂々たる戦、拝見つかまつる」

姑息と嘲笑われたことに立腹した島津義弘は、立ちあがり、自陣にこもったのである。

それ以降、なんど三成の使者が参戦をうながそうと、島津義弘は無視した。

「当家には当家の戦機というものがござる」

そして、島津家の戦が始まった。

「敵は、正面ぞ」

西軍総崩れのなかで、島津は勝ち誇る東軍への突入を開始した。

「えっ」

勝ちに乗じている兵たちは、あっけにとられた。背を向けている敵はすでに戦意を失い反撃してこない。いわば、狩り放題の状況で、いきなり強敵にぶちあたったも同然であった。たちまち、東軍の先鋒が破砕された。

「殿を逃がす」

一千五百の島津兵すべてが、死兵となった。一気に関ヶ原を駆けた島津へ、自失から意識を取りもどした東軍の兵が、数を頼んで襲いかかった。

「おうよ」

敵に近づかれた島津兵は、わざと足を止め、そこで迎え撃った。

一人の犠牲で一歩先に進む。島津独特の捨てかまり戦法である。

捨てかまりとなった島津兵は、槍が折れ、刀が曲がるとその四肢を武器として敵に喰らいつき、喉を破る。己の生還はいっさい考えない戦いで、一人で数十人の敵を足止めした。次々と死兵と化す島津兵の恐怖に東軍の兵の勢いは止まり、義弘は無事関ヶ原を突破、伊勢路を経て大坂へと戻ることができた。

五

「負けただと」

大津城で宗虎が敗戦の報を聞いたのは、十五日の夜であった。逃げてきた宇喜多兵から詳細を聞いた宗虎は、血涙を流した。

「天下分け目に加われずして、なんで九州から出てきた甲斐があるか」

立花家の命運をかけるとわかっていたからこそ、その場にいたかった。自らの手で運命にかかわれなかったことを、宗虎は悔やんだ。

「おのれ、秀秋。おのれ、淀」

宗虎は、恨みをこめて二人の名を叫んだ。

だが、いつまでも大津にいることはできなかった。すでに味方の軍勢は崩壊している。宗虎は軍勢をまとめて、大坂へ戻った。

大坂城は大騒動であった。

「なにごとぞ、なにごとぞ」

「天下さまに、響きはすまいな。こたびのこと内府と石田治部少輔の争い。天下さまは大坂のお城を出てさえおられぬ」

大野治長を始めとする秀頼側近は右往左往するだけで、淀殿は秀頼のことだけしか考えていなかった。

宗虎はあきれながら、総大将毛利輝元へ面談を求めた。

「ご活躍でござった」

毛利輝元は、宗虎を小部屋へと招いた。

「勝敗はときの運と申しまするが、痛いところで逃げられ申した」

一族の小早川、吉川が開戦前から家康と内通していたことを知った毛利権中納言輝元が、かなり憔悴《しょうすい》していると宗虎は感じた。

「中納言どの」

ゆっくりと宗虎は語りかけた。

「まだ結末がついたわけではございませぬ。大坂城は天下の堅城。太閤殿下が心血を注がれた名城でござる。この城に拠って戦えば、負けることなどありえませぬぞ」

宗虎は籠城を進言した。

「なにより、今内府どのに味方している福島どの、加藤どの、浅野どのらは太閤殿下ご高恩の者ばかり。桐《きり》のご紋が入った大坂城に矛をつけることなどできませぬ。また、大坂城へ兵を向けたとなれば、それは秀頼さまへの叛逆となりまする。なにより、石田治部少輔どのは、ここにおられぬ」

石田三成憎しで家康についている将が多いことを宗虎は理由とした。

「いや、大坂の城を戦場といたすわけには参らぬ。なにより秀頼さまの御身に傷一つおつけ申すことは許されぬ」

毛利輝元が首を振った。

「なにを……」

詰め寄った宗虎から毛利輝元が目を逸《そ》らした。

「…………」

すでに毛利輝元も家康へ降っていることに宗虎は気づいた。吉川広家《ひろいえ》も内通していたと聞いたおりに見抜くべきであった。

「ごめん」

それ以上迫らず、宗虎は城を出た。

「筑後へ戻りましょうぞ」

大坂屋敷においていた母宋雲院を、宗虎は連れだした。

宋雲院は豊臣家に対する忠誠の証としての人質であった。それを引き連れて帰る。

これは宗虎が豊臣家と絶縁するとの意味であった。

「柳川へ帰る。頼むぞ」

宗虎は、交渉ごとに長《た》けた家臣丹半左衛門尉《たんはんざえもんのじょう》に後事を託した。

大坂における立花家御用いっさいを預かる住吉《すみよし》屋に、船を用意させた宗虎は、港で途方にくれている島津義弘の姿を見つけた。

「いかがなされた」

「これは、左近どの。いや、お恥ずかしい話、国元へ帰る船がござらぬ」

すでに大坂方の敗北は知れている。島津義弘のために船を用立てようという者はいなかった。

「手狭でよろしければ、我が船にどうぞ」

宗虎は島津義弘を誘った。

「助かり申す」

　島津義弘が喜んだ。

　宗虎が母宋雲院を同行しているように、島津義弘も大坂へ出していた人質の正室と息子を取り返して連れていた。

「ご一同で一艘お遣いになられよ」

「かたじけない」

　島津義弘が数少ない家臣たちとともに船に乗った。

「殿」

　一人の家臣が、宗虎に近づいてきた。

「島津は、殿のご実父高橋紹運さまの仇。今、ここで首を取り、積年の恨みを晴らされてはいかがでございましょう。また、島津の首差し出せば、家康さまも悪くはなさいますまい」

　家臣がささやいた。

「なにを申すか」

　宗虎は怒った。

「父が死んだのは、戦のうえでのこと。乱世に身をおく武将ならば、戦で果てるのが本望。まして、今や島津は当家と同じく、敗軍である。立花家が相手の数が少ないことにつけこんで、討ったところで、なんの自慢になろうか。泉下の父へ顔向けができぬ。船を出せ」

一喝して、家臣の言葉を退けた宗虎は、出航を命じた。

木津川《きづがわ》の河口には、大坂方の船番所があった。

「止まれ。船を出すことはまかりならぬ」

番士たちが、邪魔をした。

このときすでに、大坂方は、諸大名の人質を城内へと収容する触れを出していた。関ヶ原の敗戦を受けて、寝返る武将が出ないようにとの処置であった。

「今さらなにを言うか。豊臣の一族である小早川秀秋の裏切りも止められなかったというに」

宗虎はあきれた。

「番士どもを蹴散らせ。押し通る」

「おう」

たちまち家臣たちが、船番所へ襲いかかった。

「もうよかろう」

戦場働きをしてきたばかりの立花兵の勢いに、番士たちが逃げ散った。宗虎が兵を収めた。

こうして無事に大坂を脱することができた宗虎、島津義弘は、別れるまで、ともに船を行き来して、今後のことを語り合った。

「内府どのが天下を取るのは確実でござる」

「これも戦国のならい」

二人の意見は一致していた。

「それはよろしかろう。いずれにせよ、天下人たる器量などない我らにしてみれば、仕える主が代わるだけでござる。問題は、この負け戦の後始末をどうつけるか」

家康に敵対したのだ。とても無事ですむとは思えなかった。

「どうすれば、家を残せましょうや。この身一つですむことなれば、腹切るなど惜しみませぬが」

「いや、貴殿が死なれれば、立花は潰されましょう。叛逆を認めたことになりますからの」

宗虎の言葉を島津義弘が否定した。

「よい手かどうかはわかりませぬが、今はとにかく領地に帰り、東についた者どもの侵略を力で跳ね返すのみ。それこそ、我らを潰すには、かなりの手間と犠牲が伴うと思いしらせれば、和睦の道も見えましょう」

島津義弘は、かつて秀吉の侵攻に対したと同じ手段を執るつもりのようであった。

「そういたすしかございませぬか」

大きく宗虎も嘆息した。

数日の航海を経て、船は博多に着いた。

「では、ご武運を」

「そちらこそ。万一敵味方となっても、できるだけ手を尽くしましょうぞ」

宗虎と島津義弘は、別れた。


柳川に戻った宗虎を、留守していた家臣一同が出迎えた。

「すまぬ。負けたわ」

宗虎が、小野和泉守に詫びた。

「いやいや。殿は戦には勝たれた。大津の城でのご活躍、立花に属する者として面目躍如でございまする。ただ、勝負が手の届かぬところで終わってしまっただけで」

小野和泉守が首を振った。

見まわした宗虎は、そこにいる家臣一同が誇らしげな顔をしていることに驚いた。

「家が潰れるやも知れぬのだぞ」

朝鮮で向けられた冷たいまなざしを予想していた宗虎は、思わず聞いてしまった。

「なにを仰せか」

ほほえみを小野和泉守が浮かべた。

「あの立花城で全滅していたと思えば、十五年生きただけでも儲《もう》けでござる」

「よいのか。吾が内府どのについておれば、より禄高も増えたであろうに」

「でまた、嫌な顔つきになられるので」

小野和泉守が言った。

「なにっ」

宗虎は息をのんだ。

「あの朝鮮での戦、殿はお好みではございませんでしたでしょう。毎日嫌気がさしてばかりでおられた。心がゆがみ、いつもの殿ではなくなられていた。なればこそ、有馬伊賀どのとぶつかられた」

そこまで言って小野和泉守が家臣たちのほうを見ろと勧めた。

「皆、殿の采配に惚れて、ここまでついて参ったのでござる。あの死を覚悟した立花城での戦い、殿はあらゆる手を尽くし、最後まで諦めようとはなさいませなんだ。なんとかして我ら家臣を生き延びさせようとして苦悶《くもん》してくださった。忘れられるものではございませぬ。なればこそ、殿本来の戦なれば、我らは安心してしたがえまする。どうぞ、殿の思うがままになされませ」

小野和泉守が平伏した。

「………」

宗虎はなにも言えなかった。

「立花の者は馬鹿ばかりよな。なれば、その名にかけて、我が領地に敵を一人たりとて入れるな」

「おう」

檄に家臣たちが応じた。

宗虎が帰ってくるのを待っていたように、三方から敵が侵攻してきた。

肥後の加藤清正、豊前の黒田官兵衛の東軍と、西軍から寝返った肥前の鍋島直茂が柳川へと迫った。

このうち加藤清正と黒田官兵衛は、柳川領に入ったところで陣を張り、様子見の態勢に入ったが、家康へ忠誠を見せつけないとまずい寝返り組鍋島直茂は、速度を落とさず、攻めこんできた。

待ち受ける立花勢と鍋島軍は、十月二十日、柳川城の北江上《えがみ》で激突した。

「ござんなれ」

数倍の数で力押しに来る鍋島直茂勢へ、立花兵は果敢にあたった。

「立花了均《りょうきん》どの、お討ち死に」

「新田掃部介さま、ご最期」

次々と重臣が討ちとられる激戦となったが、立花は鍋島の攻撃を押しかえした。

「小野和泉守さま、ご負傷」

翌日以降も被害は続いた。そこへ、上方《かみがた》へ残しておいた丹半左衛門尉が、家康の書状をもって帰還した。

「和睦を」

柳川城近くにまで陣を進めながら、戦いを傍観していた加藤清正のもとへ宗虎はただちに使者を出した。

「城を明け渡しまする」

「うむ。できれば、城は鍋島どのへ渡してやれ」

加藤清正は、ただちに承諾、唯一被害を出した鍋島直茂の手柄とするよう手配した。

「あと、母上どのを、今度は内府どののもとへ送るよう」

こうしてふたたび宋雲院は、人質として大坂へ送られることとなった。

柳川城を明け渡した宗虎は、加藤清正のもとへ出頭、以後島津攻めの先鋒となることとなった。

島津攻めの先鋒となった宗虎は、まず島津義弘へ書状を出した。

鍋島、黒田、加藤の勢が筑後に入り、そのうち鍋島勢と交戦。家康からの和睦を受けいれ、城を開けたとまず経緯を報せた後、

「上方の儀静謐《せいひつ》せしめ、東国まで仕置き、残るは貴家のみ。一刻も早く御使者をさし出されるよう」

と島津の謝罪を勧めた。

九州の諸勢を集めた軍勢は、家康の命で薩摩国境で待機、やがて島津との和睦が成立、撤兵となった。

立花勢も帰国の途についたが、すでに柳川城へ戻ることはできない。

「我が領内の高瀬《たかせ》へ参られよ」

見かねた加藤清正が誘った。

「ご厚意に甘えまする」

宗虎はしたがった。

兵たちを高瀬に残して、宗虎は伏見へ上った。家康から出された身上安堵の書状を頼りに、処遇の決定を待っていた。

「筑後一国は田中吉政《たなかよしまさ》に与える」

慶長六年（一六〇一）、宗虎の謹慎は意味をなさず、ついに立花家は改易《かいえき》と決まった。

「……………」

失意を露わに宗虎は高瀬へ戻った。

家臣たちは、加藤清正の援助でなんとか生計をたてていた。

「おかえりなされませ」

大怪我を負った小野和泉守を宗虎は、まず見舞った。

「だめであったわ」

「お気落としあるな。必ずや、殿に日が当たるときが参りましょう」

傷がもとでまともな立ち振る舞いができなくなった小野和泉守がなぐさめた。

「まだまだ天下が落ちついたわけではございませぬ」

小野和泉守が、大坂に豊臣あるかぎり戦は終わらないと告げた。

関ヶ原の後、家康は味方した大名に手厚く、敵にまわった武将に手厳しい処断をくだしていた。秀頼を守るとの大義で立ちあがった西軍諸将への改易、減封は豊臣家の許しなくしてできないはずである。それを家康は独断でおこなっていた。これは秀頼から権が家康へ移った明確な証であった。

「ふたたび戦がございましょう」

「だろうな」

「それもそう遠くはございますまい。そのおり、きっと立花勢が手柄をたてて、殿を柳川の主に戻しましょう」

「うむ」

小野和泉守のもとを去った宗虎は、家臣たち一人一人と声をかわし、日が暮れてから寓居《ぐうきょ》を出た。

立花勢が謹慎している近くに、やはり柳川を出た誾千代の住居があった。

「ごめん」

暗くなってからの訪れにもかかわらず、誾千代は宗虎を拒むことなく招き入れた。

すでに柳川を取りあげられたことは、誾千代の耳にも届いていた。

「白湯《さゆ》など」

命じられた侍女が白湯をさしだした。

「………………」

白湯の湯気がたたなくなるまで、宗虎は黙っていた。誾千代も姿勢を崩さなかった。

どのくらいのときが経ったのか、ようやく宗虎は顔をあげた。

月明かりが誾千代を照らしていた。

「………………」

すっと背を伸ばした誾千代に、宗虎は二十二年前を思いだしていた。大友の府内館で催された宴、そのときはじめて見た誾千代の凜々しい姿。宗虎の人生はそこから始まったといっても過言ではないときが、目の前にあった。

ようやく宗虎は気づいた。宗虎はあの日の誾千代に追いつき追いこしたかったのだ。

「失ってしまった」

宗虎は近年にない気分であった。まるで母を前にした幼子のような弱々しい声で宗虎がつぶやいた。

「最後まで意地を通されましたな」

泣きそうな顔をした宗虎を見て、闇千代がやさしい目つきになった。

「おいでなされ、我がもとに」

誘われるままに、宗虎は闇千代へ抱きついた。

「やすまれるがよい」

かつて胸をざわめかせたかぐわしい香りに包まれて、宗虎は目を閉じた。

「あなたもわたくしも意地を張り続けていたのでございますな。歳下のあなたをわたくしは包みこめず、歳上のわたくしにあなたは甘えられなかった」

眠りに落ちた宗虎の背を、そっと闇千代が撫《な》でた。

終章　失地回復

二十年ぶりに心を通じあわせた夫婦だったが、逢瀬《おうせ》を重ねる暇は与えられなかった。宗虎は立花家の再興を果たすため、伏見へ戻ることになった。

「家臣どもを路頭に迷わせることはできぬ」

「はい」

旅支度を手伝いながら、誾千代が首肯した。

「加藤肥後守どののご厚意にいつまでも甘えてもおられぬ」

勇猛で鳴る立花の兵である、多くの家中から誘いはあった。しかし、皆立花家の復活を信じ、高瀬に残っていた。

「ほんに」

誾千代が宗虎の襟元をただした。

「いつ戻れるかわからぬ」

「承知いたしております」

一膝《ひとひざ》離れた誾千代が、手を叩いた。

「お呼びでございましょうか」

一人の侍女が顔を出した。

「八千《やち》か。そこにいやれ」

闇千代が命じた。

「殿。わたくしはお供つかまつれませぬ。代わりにこの者をお連れなさいませ。男どもだけではどうしてもいたらぬことができましょうほどに」

「なにを言う、闇千代。吾は……」

「これぱかりはきけませぬ。この闇千代が生涯はじめての願いでございまする。まげてお連れのほどを」

背筋をすっと伸ばして闇千代が言った。こうなったときの闇千代に宗虎は勝てなかった。

「この者は、重臣矢島勘兵衛《やじまかんべえ》の娘。どうぞ、八千をわたくしめとおぼしめされて」

「わかった」

承知した宗虎は、二十名ほどの家臣を引き連れて高瀬を出発した。

「吉報を待っておれ」

寓居の門まで見送りに出た闇千代に、宗虎が声を張りあげた。

「お気をつけて」

闇千代は、宗虎の姿が見えなくなるまでていねいに頭をさげ続けた。

「残念ながら、二度とお目にかかることはございますまい」

小さな声でささやいた闇千代の身体がぐらついた。

「お館《やかた》さま」

あわてて侍女が闇千代を支えた。

「皆、引き移る用意をな」

数年前から、闇千代は肺を病んでいた。

数日後、闇千代は高瀬から、同じ加藤家領内の玉名郡腹赤《はらか》村へと隠遁した。


伏見へ上った宗虎は、毎日の噂に一喜一憂した。

「金地院崇伝《こんちいんすうでん》どのが、仲立ちをくださるそうだ」

「井伊兵部少輔《いいひょうぶしょうゆう》どのが、内府公へおとりなしを」

しかし、どれも実らなかった。

またあれほど親しかった本多平八郎が、まったく音信をくれなくなったのも宗虎を愕然とさせていた。

じつは、家康が宗虎に怒っていたのだ。

家康は、関ヶ原以前、よく茶会に招いたりと宗虎に目をかけていた。その宗虎が、関ヶ原直前に家康が出した手紙にも応じず、西軍へ加わったことが許せなかった。

「儂一代の間は、左近将監を許さず」

本多平八郎も、家康の憤懣《ふんまん》をよく知っていただけに、なにもできなかった。

すぐに、大坂から江戸へと大名たちの大移動が始まった。皆争うように江戸に屋敷を建て、大坂にあった人質を江戸へ送る。

「豊臣の運命もきわまったな」

高瀬にいる家臣たちからの細々たる仕送りで露命を繋ぎながら、家康からの許しを待つ宗虎は、秀頼の末路を読んだ。

しかし、宗虎に江戸へ下向する許可は出されなかった。

江戸へ進んでいく大名行列をうらやむ毎日を送っていた宗虎のもとへ、誾千代の訃報が届けられた。

「なにっ。奥がか」

聞いた宗虎は絶句した。

慶長七年（一六〇二）十月十七日、誾千代は眠るようにこの世を去った。

婚すること二十一年、夫婦としてのときはわずか数日でしかなかったが、宗虎にとってあこがれであった女城督の最期は、浪人の妻としてわびしいものであった。

「今一度、城へ迎えてやりたかった」

あたりをはばからず、宗虎は号泣した。

それからの宗虎は失意の固まりとなった。

翌慶長八年には、高瀬に残った家臣たちへ加藤家への仕官を勧める書状を出すなど、あきらめの境地に入り始めていた。

「内府さま、将軍ご宣下」

宗虎の胸にもう一度希望が灯《とも》った。慶事の後には特赦がある。宗虎は家康の呼びだしを待った。

しかし、家康は宗虎のことなど忘れたかのようであった。

「申しわけございませぬ」

家族もあり、生きていかなければならない家臣たちが、詫びて去っていった。

「すまぬ。情けない主であった」

主従の縁を終えた者たちへ渡す餞別《せんべつ》さえ、今の宗虎にはなかった。

島津の立花城攻め、秀吉による九州征討、二度にわたる朝鮮の役と、立花家の兵の勇猛さは知られている。立花家にいた者たちは、次々と加藤家、田中家、黒田家などへ抱えられていった。

「言上つかまつる。この者、当家において武勇並ぶ者なく。また、忠節においても、他の者へ引けをとることなく、貴家においてかならずや役に立つ者となりましょうほどに、仕官の儀よしなに願い奉る」

なかなか去っていこうとしない家臣には、宗虎は顔見知りの大名への推薦状を書いて渡した。

「殿……」

推薦状を渡すほうも、渡されるほうも涙で、相手の顔を見られない有様だったが、これを宗虎は、何十枚もしたためた。

それでも、宗虎の側から離れない者もいた。

「終生主君は、殿だけでござる」

三十名ほどの家臣が、残った。

「馬鹿が……」

宗虎は、そんな家臣たちに支えられて、なんとか糊口をしのいでいた。

慶長八年（一六〇三）、ようやく宗虎のもとへ、本多平八郎忠勝から手紙が来た。江戸へ出てくるようにとの奨めであった。

「もう、京にいても意味などござらぬ。江戸でお待ちになることこそ、肝要」

「かたじけなし」

徳川家康の股肱の臣である本多平八郎の厚意に宗虎は感謝した。もちろん、その裏にあるものには気づいていた。天下人となった徳川にとって、大坂の豊臣は目の上のこぶである。そのこぶの味方となる者はできるだけ少なくしたい。京は大坂に近い。もし、徳川と豊臣が手切れとなったとき、宗虎が京にいては、豊臣の誘いを受けてしまうかも知れない。そのおそれからの誘いだとわかっていたが、宗虎には従うしかなかった。

宗虎は家臣たちとともに江戸へ下向し、高田《たかだ》の宝祥寺《ほうしょうじ》へ入り、謹慎した。

慶長十年（一六〇五）、家康は秀忠《ひでただ》に将軍を譲って大御所となり、駿河《するが》へ隠居することになった。

「大御所さま」

家康のもとを本多平八郎が訪れた。

「面倒を見てやっているそうだの」

すぐに家康が用件を見抜いた。

「お許しを願えましょうか」

本多平八郎が問うた。

「もうよかろう。大坂へ入られても困るでな」

家康が首肯した。

譲ったばかりの江戸城本丸を家康が訪れた。

「おまえによき将を斡旋《あっせん》してやろう」

「よき将でございまするか」

秀忠が怪訝な顔をした。すでに秀忠には旗本、譜代大名が勤仕している。いまさら一人ぐらいどうということはなかった。

「うむ。立花左近将監じゃ。関ヶ原で余にたてついたゆえ、一代の間は許さぬと決めていたが、天下はそなたのものとなった。どう使うかは自在じゃが、役にたつぞ」

「ちょうだいしてよろしいので」

「うむ。秀忠、歳もちょうど一回り上じゃ。なにかと話をさせるにもよかろう。なんといっても、東の平八郎、西の左近将監と言われた強者よ。みごと使いこなして、はじめて武家の統領たるぞ」

家康は、秀忠を煽った。

「あとで返せと仰せられても、聞きませぬぞ」

念を押して秀忠が受けた。

江戸城を離れるなり本多平八郎が訊いた。

「大御所さまがお取り立てになさらずともよろしいので」

かつて関ヶ原の合戦に間に合わなかった秀忠を、家康は厳しく叱りとばした。東海《とうかい》道《どう》を進む家康本隊とときをあわせて東山道《とうさんどう》を駆けねばならなかった秀忠は、途中、上《うえ》田《だ》城で真田《さなだ》昌幸《まさゆき》の謀略に踊らされ、関ヶ原の合戦に遅刻するという大醜態をさらしていた。

秀忠のなかに関ヶ原への恨みがあることを家康はもっとも知っているはずだった。

「西軍に属した者どもへ将軍さまはあまりよいお気持ちを……」

本多平八郎が危惧した。

「なればこそ、ああ言ってやったのだ。使いこなせるなら使ってみよとな。秀忠は余に対する反発が大きい。かならずや左近将監に余以上の忠誠を求めよう。そして左近将監はそれに応えられるだけの器量がある。見ておれ、あやつは左近将監をかつての身代までひきあげてやろうよ」

「そこまでいきましょうや」

「うむ。それくらいは手助けしてやる。ちと左近将監をいじめすぎたわ」

家康が笑った。

隠遁していた宗虎のもとへ秀忠の招喚状が届いたのは慶長十一年（一六〇六）のことであった。

「将軍家が……」

家康との接点はあっても秀忠とは言葉をかわしたことさえない宗虎である。思わず首をかしげた。

「お召しでござるぞ」

使者が威を張った。かつては柳川十三万石の主で従四位まであがった武将とはいえ、いまでは徳川にさからった浪人でしかないのだ。

「承知つかまつった」

宗虎は身支度を整え、急ぎ江戸城へ上った。

「奥州棚倉《たなぐら》において五千石を給し、御書院番頭《ごしょいんばんがしら》を命じる」

秀忠の命は、宗虎の旗本登用であった。

「はっ。身命をなげうちまして」

これで無禄ながら仕えてくれている家臣たちに報いてやれると、宗虎は感涙を流した。

篤実な性格と歴戦に支えられた武勲は、すぐに秀忠の愛するところとなり、宗虎は一万石の大名に復帰、留守居番を命じられる。

その四年後には三万石に加増され、名のりを宗茂《むねしげ》とあらためた。

大坂の陣でも宗茂は働いた。将軍秀忠の側にあって、その直衛を務め、大坂方の猛将毛利勝永《かつなが》の軍勢と戦った。

「一つまちがえば、吾《われ》もああやって、乾坤一擲《けんこんいってき》の戦いをしていたやもな」

望みのない戦いに身を置く大坂方の武将たちを、宗茂はおろかとは言えなかった。あのまま、京で浪人していたならば、豊臣の誘いにのっていたかも知れなかった。

「もう天下に豊臣の居場所はないというに」

宗茂は、瞑目した。

豊臣家が滅び、天下泰平となったが、秀忠の寵愛はますます深くなった。鷹狩《たかが》り、茶会と秀忠は宗茂を連れて歩いた。

「領内の仕置きは任せた」

いつ供をと言われるかわからない宗茂は、領地棚倉へ一度出向いただけで、ずっと江戸に詰めていた。

そして、元和《げんな》六年（一六二〇）、立花のあとを受けて筑後を領していた田中家が、嗣子なくして絶えた。ここに宗茂悲願の柳川復帰が決定した。

「帰ってきたぞ、誾千代」

柳川へ戻った宗茂は、気候温暖な瀬高《せたか》に土地を選び、来迎寺《らいこうじ》の僧侶となっていた蒲池鑑盛の孫応誉上人《おうよしょうにん》を招いて良清寺《りょうせいじ》を建て、その霊をなぐさめた。

加藤家や黒田家に仕官していた家来たちも復帰し、立花家はかつての姿を取りもどした。

秀忠、家光《いえみつ》の二代に仕えた宗茂はじつに幕府最後の戦い島原の乱まで参戦した後、七十歳をもってようやく隠居が認められた。なれど立斎《りっさい》と号した隠居後も江戸を離れることは許されず、家光の求めに応じて登城し、よく相手を務めた。

その四年後、ついに病に倒れ、寛永十九年（一六四二）十一月二十五日、江戸においてその生涯を閉じた。

「宗茂の病状はいかに」

毎日のように家光から問われるほど愛された戦国きっての名将の最期は静かであった。

「我が城、我が兵」

宗茂の脳裏に浮かんだ城は、柳川だったのか、それとも立花なのか。

享年七十四。大円院殿松蔭宗茂大居士《だいえんいんでんしょういんそうもだいこじ》と諡《おくりな》され、遺体は江戸下谷《したや》の広徳寺《こうとくじ》に葬られた。

子のなかった宗茂の後は、弟高橋直次の四男忠茂《ただしげ》が養子となって継いだ。

立花藩は、その後明治維新を迎えるまで、筑後柳川を領し続け、宗茂の想いを今に伝え続けている。

新装版　あとがき

ご無沙汰をいたしております。

『孤闘　立花宗茂』（以下、『孤闘』）の新装版を発刊させていただくことになりました。最初の単行本が出てから十三年弱、文庫版から九年強の歳月が経《た》ちました。『孤闘』は、文庫書き下ろし作家として細々とやっておりました私の最初の単行本であり、そして初めて賞をいただいたという思い出深い作品です。

それでも十年以上経ち、毎月文庫書き下ろしを上梓《じょうし》しておりますと、その思い出も脳裏の片隅に追いやられていきます。

そんなところに新装版を出そうというお話があがりました。本当に久しぶりに『孤闘』を読み返しました。今もうまいとは言えない文章ですが、かなり右往左往しながら書いていたのだなと思い返すと同時に、当時の必死さが見えました。

今回、文庫化の折とは違い、細かいところまで手を入れました。また、新たな歴史事実が公認されたところも変えております。

と言ったところで、単行本、旧版の文庫本をお持ちの方に買ってくださいとは言えません。もちろん、買っていただければ、喜びます。

十年で昔などと言うのはまちがいなのかも知れません。しかし、その間にはいろいろなことがありました。

東日本大震災は言うまでもなく、熊本などの地震、広島、宮城、熊本、鹿児島などの水害、そして新型コロナウイルス感染症。どれもが生活を一瞬にして崩します。

ですが変わらないものもあります。郷土への愛というのは根強く、心に染みついています。

昨今、東京への一極集中で故郷を持たないとか、大学から東京なので故郷への思い入れが薄いとかいうお言葉を耳にします。毎日、新しい刺激に触れていると長閑《のどか》な故郷は退屈に見えるのかも知れません。

ですが、故郷はずっと見守ってくれています。親のような慈愛で、兄弟のような親愛で、友人のような連帯感を示してくれています。

先日、福島県城下町連絡協議会さまのお招きで、相馬《そうま》中村《なかむら》城のお祭りに参加させていただきました。前日入りで地元の方の行く食事処、スナックと案内してもらいましたが、皆さん陽気で賑《にぎ》やか。十一年前の傷跡はまだ深々と残っていましたが、それでもしっかり未来を見ておられる。

相馬も柳川《やながわ》も同じく、城下町です。城下町には武士の気概が色濃く残ります。立花の兵は一千五百で数万の軍勢に値するとうたわれ、相馬は十倍近い国力を持った伊達《だて》、佐竹《さたけ》を相手に乱世を生き残った。どちらも武の城下です。

当然、その祭りも武を競うものでした。見事な弓術、豪壮な砲術、どちらも見応えがありました。相馬と言えば馬追が有名ですが、それだけではないことを教えてくれました。

相馬市商工会議所、観光協会、そして演武をしてくださった相馬外天会《がいてんかい》の皆様に感謝します。

伝統を守り、継承する。

これこそ、今の日本に必要なことではないでしょうか。

コロナウイルス感染症が、あらゆる意味で人と人の繋《つな》がりを断ちました。村祭りは中止になり、人の集まる行事は制限がかかってしまいました。実家に帰りたいけれど、もしウイルスを持って帰ってしまったら……故郷へ帰るのも遠慮しなければならなくなりました。

盆休み、お正月には里帰りをする。これも立派な伝統です。そして子供を連れて地元の祭りに参加して楽しむ。これは立派な継承です。

今はまだ感染症を制しきったとは言えない状況です。ここで無理をすることはかえって良くありません。ただ、このウイルス騒動を機に、習慣だった繋がりを止《や》めてしまわないでください。

江戸時代にも四十回をこえるウイルスの流行がありました。その半分以上がインフルエンザだろうと言われておりますが、幕末のコレラを含め、そのすべてを日本人は乗りこえてきました。まちがいなく、今回のコロナウイルス感染症にも打ち勝ちます。

先ほども言いましたが、立花の兵一千五百で数万の敵と勝負できたのは、団結したからです。一騎当千はあり得ません。

どうぞ、心の繋がりをもって、未来を進みましょう。

最後になりましたが、読者さまのご健康とご繁栄を深く祈念いたしております。

ありがとうございました。

追記

柳川も相馬も良いところです。是非、旅の行き先にくわえていただきたく存じます。

部分月食がある夜に

上田秀人

解説

末國善己

上田秀人は、二〇〇一年、宝蔵院《ほうぞういん》一刀流の達人・三田村元八郎《みたむらげんぱちろう》が巨大な陰謀に挑む文庫書き下ろし時代小説『竜門の衛《りゅうもんのえい》』でデビューした。当時は人情路線の文庫書き下ろし時代小説が読者を魅了していただけに、伝奇色とハードな剣戟《けんげき》を前面に押し出した『竜門の衛』は剣豪小説ファンに喝采で迎えられた。その後、著者は、三田村元八郎の活躍をシリーズ化すると共に、〈織江緋之介《おりえひのすけ》見参〉や〈勘定吟味役異聞〉などの新シリーズを次々とスタートさせ人気の時代小説作家になっていったが、二〇〇七年に『月の武将　黒田官兵衛《くろだかんべえ》』で歴史小説に参入し、再びファンを感嘆させた。

本書『孤闘　立花宗茂』は著者の三作目の歴史小説で、初めて単行本として刊行された作品でもある。本書は第一六回中山義秀《なかやまぎしゅう》文学賞を受賞し、著者が歴史小説作家としても卓越した手腕を持つことを強く印象付ける役割も果たした。近年は、時代小説と歴史小説、文庫書き下ろしと単行本という〝二刀流〟の作家も増えているが、その先鞭《せんべん》を着けた一人は間違いなく著者である。その意味で本書は、歴史時代小説の歴史を振り返る時に重要な位置付けになるといっても過言ではあるまい。

物語は、大友宗麟《おおともそうりん》に家督を譲られた義統《よしむね》の祝宴に招かれた高橋鎮種《たかはししげたね》の嫡男・千熊丸《せんくままる》（後の立花宗茂）が、大友家の重臣にして知勇を兼ね備えた戸次鑑連《べっきあきつら》（道雪《どうせつ》）の家督を相続し立花城の女城主（正確には大友家から城を任される城督《じょうとく》）になった少女・誾千代《ぎんちよ》を目にし、その姿を深く心に刻む場面から始まる。

女城主の存在に違和感を持つ読者がいるかもしれないが、誾千代が戸次家を相続したのは史実である。武家社会は男子が継承していたと考えられがちだが、鎌倉《かまくら》時代には女性が兄弟姉妹と財産を分割して相続するのは常識だった。室町《むろまち》時代に入ると女性の相続権は、養子を取るまで、あるいは子供が後を継ぐまでといった一代限りに制限され、相続から除外されるのは徳川《とくがわ》家が幕藩体制を固めた江戸《えど》時代以降である（ただ戦国の気風が残る江戸初期には、八戸《はちのへ》家を継いだ清心尼《せいしんに》などの女性当主もいた）。

高橋家が仕える大友家は、鎌倉時代から島津《しまづ》家、少弐《しょうに》家と並び九州を支配してきた名門で、戦国時代に入ると、毛利元就《もうりもとなり》との戦いで北九州の東部と中央部（特に良港の博多《はかた》）の支配権を獲得し、少弐家や肥前《ひぜん》の国衆《くにしゅう》・龍造寺《りゅうぞうじ》家に勝利して北九州西部までを手にするなどした二一代宗麟が勢力を拡大した。一方、少弐家は龍造寺家が独立の動きを見せたため壊滅寸前まで追い込むが、難を逃れた龍造寺隆信《たかのぶ》がお家を再興して少弐家を滅ぼすと、肥前に侵攻した大友家と対立するまで力を付け、九州は大友家、龍造寺家、島津家が並び立つ状況になった。この均衡が破られるのは、島津家との戦いに敗れた日向《ひゅうが》の伊東《いとう》家を支援するため兵を進めた宗麟が、島津家に大敗した耳川《みみかわ》の戦いによってである（宗麟はキリシタンに改宗しており、日向にキリシタンの王国を作るため侵攻したとの説もある）。

日向での敗戦以降、国衆の離反が相次ぐなど衰退の道をたどる大友家は、勝利に勢い付く島津家、大友家に奪われた領地の回復をうかがう龍造寺家、秋月《あきづき》家、さらに長年にわたり北九州をめぐって争う毛利家とも対峙《たいじ》することを迫られた。冒頭の祝宴が開かれたのは、このような時期だったのである。

ある日、激動の渦中にある大友家にあって主君（義統に代替わりしたが、実質的には宗麟）に絶対の忠誠を誓う道雪が、最も信頼する鎮種に千熊丸を養子にしたいと申し込んできた。結果的に鎮種は千熊丸を養子に出すのだが、このエピソードは史実ながら奇妙である。実力主義の戦国時代は、必ずしも律令《りつりょう》期以来の伝統だった長子相続が守られているわけではなかった。だが次男以下が家督相続するのは、長子を凌《りょう》駕《が》する武勲なり、行政能力なりがあった場合なので、一三歳の千熊丸、弟で一〇歳の千若丸《せんわかまる》（後の高橋直次《なおつぐ》）では幼なすぎて優劣がはっきりしない。そうであるなら伝統の長子相続を考えるはずなので、千熊丸を養子に出すのは不自然なのだ。著者はこの謎に現代人も納得できる理由を提示しており、歴史ミステリーとしても面白い。

名を鎮虎《しげとら》に改め戸次家の養子になった千熊丸は、その後も改名を繰り返すので、煩雑さを避けるためこの解説では以下、宗茂で統一する。

立花城で密かに想いを寄せていた誾千代と新婚生活に入った宗茂だが、それは甘いものではなかった。女性であるという理由だけで養子の宗茂に城督を譲ったことに不満を持つ誾千代は、自分に相応《ふさわ》しい男と見極めるまで身を委ねないと宣言、道雪による戸次流軍学の講義でも成績優秀な誾千代はことあるごとに宗茂を見下す。これに宗茂が戸次家と高橋家の家風の違いに戸惑うことなども加わり、夫婦関係は冷え切っていったのである。誾千代の高飛車な態度には、特に男性読者は鼻白むかもしれない。だが結婚が家と家の結び付きから、個人と個人の結び付きに変わった現代でも、結婚した女性は夫の姓に変えたり、夫側の家風に合わせるよう圧力を受けたりすることは珍しくない。差別、搾取をしている人間に同じ言動を投げ掛け、差別、搾取を自覚させるミラーリングという心理学の手法がある。誾千代に頭が上がらず、戸次家の家風に従うことを強いられた宗茂は、現代の夫婦関係と男女の立場を入れ替えてミラーリングを行ったともいえるので、本書を読むと夫婦間にある目に見えない差別の存在に気づき、それとどのように向き合うべきかを考えてしまうのではないか。そして、宗茂と誾千代の夫婦関係の変化は、物語を牽引《けんいん》する重要な鍵になっていく。

絶望していたところを家臣の竹迫統種《たかばむねたね》に諭され、道雪が認める武将になるため、軍学書を読み、古老から戦談義を聞き、槍《やり》の鍛練に励むなどした宗茂が、初陣で兜首《かぶとくび》を獲《と》るなど一人前の武将へと成長していく前半は、青春小説のような爽やかさがある。

だが大友家の衰退は止められず、重要拠点の立花城を任された宗茂は常に最前線で戦うことを迫られるので、迫真の合戦シーンが連続する。その中でも、島津家の大軍四万に包囲された立花城を、宗茂が寡兵を巧みに指揮して食い止める防衛戦のスペクタクルには圧倒されるだろう。ただ著者は、宗茂の華々しい武勲だけをクローズアップしているのではない。合戦では小部隊を壊滅覚悟で敵にぶつけ、その背後を大部隊で襲撃するといった戦術を採る方が有利になるケースもある。勝つためなら手段を選ばなかった義父の道雪は、必要があれば平然と味方を切り捨てたが、宗茂は「大の虫を生かすために小の虫を殺す」のが有効と理解しながら、非情に徹し切れないでいた。

この宗茂の苦悩は、トロッコが制御不能になり走り続けると五人の作業員が犠牲になるが、その前にある分岐器を自分が操作すれば、トロッコを犠牲が一人で済むレールに誘導できる状況になったら、どちらを選ぶべきかを問う〝トロッコ問題〟に近い。トロッコ問題は、一部の人が損をしても、大多数の人が幸福になるのであれば許されるとする功利主義の是非を突き付ける倫理学の思考実験だが、現代では、企業のリストラ、いわゆる迷惑施設の建設、公共事業にともなう立ち退《た　の》きなど、誰もがトロッコ問題の加害者にも、被害者にもなりうる状態になっている。それだけに作中の問い掛けが生々しく感じられ、宗茂の葛藤にも共感が大きいように思える。

叩き上げで天下人になった豊臣秀吉《とよとみひでよし》の九州平定で窮地を救われた大友家は、秀吉に臣従し、文禄《ぶんろく》・慶長《けいちょう》の役（朝鮮出兵）に兵を出す。大友の兵を率い最前線で戦った宗茂は、罪なき他国の民を苦しめる戦争が果たして正義なのか思い悩む。上の命令であれば異を唱えず従うのか、その命令が間違っていれば反論すべきなのかは、組織に属していれば無縁ではない問題だけに考えさせられる。

配下の将兵を戦場から生きて故郷に帰し、領地で暮らす民が安心して暮らせるようにするため常に難しい決断を迫られた宗茂は、上に立つ者の孤独を痛感したことで、なぜ誾千代が自分に冷淡だったかを理解する。物語の終盤、誾千代と対面した宗茂が、自分に何が足りなかったかを語り掛ける場面は、理想の夫婦のあり方を描きつつ物語のテーマを掘り下げているだけに、深い感動を呼ぶ。

宗茂が生きたのは、織田信長《おだのぶなが》から豊臣秀吉、そして徳川家康《いえやす》による天下統一と政権の枠組みが目まぐるしく変わった戦国末期である。九州の三分の一を支配していた主家の大友家は傾き、権力者の庇護《ひご》がなければ生き残れず、選ぶ権力者を間違っても滅亡する状況に陥っていた。宗茂も、恩義ある大友家を主家として仰ぐか、戦国大名として独立するか、秀吉の没後は豊臣家に付くか、徳川家に付くかなど難しい舵取《かじと》りを迫られる。宗茂は同じ猛将という縁で、家康の重臣・本多平八郎《ほんだへいはちろう》と懇意にしており、関ヶ原《せきがはら》の合戦では家康の下で戦うこともできたのに、豊臣を選んでいる。著者は、この理由を合理的に説明しており、歴史好きなら特に楽しめるはずだ。

没落した大友家は、一九九〇年代初頭までは世界に冠たる経済大国だったが、バブル崩壊から始まる経済の長期低迷から抜け出せない間に国際競争力を失った現代日本に重なる。

既に大国に返り咲くことは不可能で、小国として生き残る方策を模索する宗茂の姿は、戦後は経済的にも、軍事的にもアメリカに追随してバブルを謳歌《おうか》するまでの発展を遂げたものの、自らが足踏みしている間に経済大国、軍事大国になった隣国の中国が地政学的にも無視できなくなり、アメリカと中国の間を巧みに渡り歩くことを迫られる現代の日本に近い。

天下人を目指した武将ではなく、小さいままであっても家の存続を最優先に考え乱世を生き抜いた宗茂の決断には、再び経済大国になるのが難しくなり、小国として国際政治の最前線でサバイバルすることを求められている日本が、今後どんな社会を作るのか、どんな未来にすべきなのかを考える有益なヒントに満ちているのである。

著者は、織田と毛利の間で揺れる宇喜多《うきた》家を描いた『梟《ふくろう》の系譜　宇喜多四代』、秀吉から家康へ天下人が変わる時代をしたたかに生き延びた伊達政宗《だてまさむね》に着目した『鳳雛《ほうすう》の夢』、幕末に渡米し最新の政治制度、科学技術に触れながら、戊辰《ぼしん》戦争では奥羽越《おううえつ》列藩同盟に加わった仙台《せんだい》藩士の玉虫左太夫《たまむしさだゆう》を主人公にした『竜は動かず　奥羽越列藩同盟顚末《てんまつ》』など、本書と共通するテーマの歴史小説を書いているので、併《あわ》せて読んでみて欲しい。

（すえくに・よしみ　文芸評論家）

『孤闘　立花宗茂』
単行本　二〇〇九年五月　中央公論新社刊
文庫　二〇一二年十一月　中公文庫刊

新装版刊行にあたり、右文庫に加筆修正のうえ、
あとがきと解説を新たにいたしました。

中公文庫

新装版《しんそうばん》
孤《こ》 闘《とう》
——立花宗茂《たちばなむねしげ》

2012年11月25日　初版発行
2022年 2 月25日　改版発行

著　者　上《うえ》 田《だ》 秀《ひで》 人《と》

発行者　松 田 陽 三

発行所　中央公論新社
〒100-8152　東京都千代田区大手町1-7-1
電話　販売 03-5299-1730　編集 03-5299-1890
URL https://www.chuko.co.jp/

ＤＴＰ　平面惑星
印　刷　大日本印刷
製　本　大日本印刷

Published by CHUOKORON-SHINSHA, INC.
Printed in Japan　ISBN978-4-12-207176-6 C1193

中公文庫既刊より

各書目の下段の数字はＩＳＢＮコードです。978－4－12が省略してあります。

う-28-8
新装版 御免状始末 闕所物奉行 裏帳合㈠
上田 秀人
遊郭打ち壊し事件を発端に水戸藩の思惑と幕府の陰謀が渦巻く中を、著者史上最もダークな主人公・榊扇太郎が剣を振るい、謎を解く！ 待望の新装版。
206438-6

う-28-9
新装版 蛮社始末 闕所物奉行 裏帳合㈡
上田 秀人
榊扇太郎は闕所となった蘭方医、高野長英の屋敷から、倒幕計画を示す書付を発見する。鳥居耀蔵の陰謀と幕府の思惑の狭間で真相究明に乗り出すが……。
206461-4

う-28-10
新装版 赤猫始末 闕所物奉行 裏帳合㈢
上田 秀人
武家屋敷連続焼失事件を検分した扇太郎は改易された出火元の隠し財産に驚愕。闕所の処分に大目付が介入、大御所死後を見据えた権力争いに巻き込まれる。
206486-7

う-28-11
新装版 旗本始末 闕所物奉行 裏帳合㈣
上田 秀人
失踪した旗本の行方を追う扇太郎は借金の形に娘を売る旗本が増えていることを知る。人身売買禁止を逆手にとり吉原乗っ取りを企む勢力との戦いが始まる。
206491-1

う-28-12
新装版 娘 始 末 闕所物奉行 裏帳合㈤
上田 秀人
借金の形に売られた旗本の娘が自害。扇太郎の預かりの身となった元遊女の朱鷺にも魔の手がのびる。江戸闇社会の掌握を狙う一太郎との対決も山場に！
206509-3

う-28-13
新装版 奉行始末 闕所物奉行 裏帳合㈥
上田 秀人
岡場所から一斉に火の手があがった。政権返り咲きを図る家斉派と江戸の闇の支配を企む一太郎が勝負に出たのだ。血みどろの最終決戦のゆくえは⁉
206561-1

う-28-14
維新始末
上田 秀人
あの大人気シリーズが帰ってきた！ 天保の改革から二十年、闕所物奉行を辞した扇太郎が見た幕末の闇。過去最大の激闘、その勝敗の行方は⁉
206608-3

う-28-15
翻弄 盛親と秀忠
上田秀人
偉大な父を持つ長宗我部盛親と徳川秀忠は、立場は違えどいずれも関ヶ原で屈辱を味わう。それから十余年、運命が二人を戦場に連れ戻す。〈解説〉本郷和人
206985-5

さ-74-1
夢も定かに
澤田瞳子
翔べ、平城京のワーキングガール！ 聖武天皇の御世、後宮の同室に暮らす若子、笠女、春世の日常は恋と友情と政争に彩られ……。〈宮廷青春小説〉開幕！
206298-6

さ-74-2
落花
澤田瞳子
仁和寺僧・寛朝が東国で出会った、荒ぶる地の化身のようなもののふ。それはのちの謀反人・平将門だった。武士の世の胎動を描く傑作長篇！〈解説〉新井弘順
207153-7

し-6-30
言い触らし団右衛門
司馬遼太郎
自己の能力を売りこむにはPRが大切と、売名に専念した塙団右衛門の悲喜こもごもの物語ほか、戦国豪傑を独自に描いた短篇集。〈解説〉加藤秀俊
201986-7

し-6-31
豊臣家の人々
司馬遼太郎
北ノ政所、淀殿など秀吉をめぐる多彩な人間像と栄華のあとを、研ぎすまされた史眼と躍動する筆でとらえた面白さ無類の歴史小説。〈解説〉山崎正和
202005-4

し-6-40
一夜官女
司馬遼太郎
「私のつきあっている歴史の精霊たちのなかでもいちばん気サクな連中に出てもらった」（「あとがき」より）。愛らしく豪気な戦国の男女が躍動する傑作集。
202311-6

し-6-62
司馬遼太郎 歴史のなかの邂逅2 織田信長〜豊臣秀吉
司馬遼太郎
人間の魅力とは何か——。織田信長、豊臣秀吉、古田織部など、室町末期から戦国時代を生きた男女の横顔を描き出す人物エッセイ二十三篇。
205376-2

た-58-19
保春院義姫 伊達政宗の母
高橋義夫
戦国東北の雄・最上家の義姫が嫁いだ先は、躍進めざましい伊達輝宗だった。両家の間で引き裂かれた義姫の真の姿を描く歴史長篇。〈解説〉土方正志
206517-8

各書目の下段の数字はISBNコードです。978－4－12が省略してあります。

た-58-21
さむらい道《みち》（上）最上義光《よしあき》　表の合戦・奥の合戦
高橋　義夫
山形の大守・最上義守の子として生まれ、父との確執、天童・白鳥・伊達氏らとの峻烈な内憂外患を乗り越え、名藩主として君臨した最上義光の実像に迫る！
206834-6

た-58-22
さむらい道（下）最上義光　もうひとつの関ヶ原
高橋　義夫
甥の伊達政宗との確執から、天下分け目の戦における上杉軍との死闘までを克明に描き、義光が追求した「さむらい道」の真髄に迫る著者渾身の歴史巨篇！
206835-3

と-26-26
早雲の軍配者（上）
富樫倫太郎
北条早雲に見出された風間小太郎。軍配者となるべく送り込まれた足利学校では、互いを認め合う友に出会い――。新時代の戦国青春エンターテインメント！
205874-3

と-26-27
早雲の軍配者（下）
富樫倫太郎
互いを認め合う小太郎と勘助、冬之助は、いつか敵味方にわかれて戦おうと誓い合う。扇谷上杉軍へ攻め込む北条軍に同行する小太郎が、戦場で出会うのは――。
205875-0

と-26-28
信玄の軍配者（上）
富樫倫太郎
駿河国で囚われの身となったまま齢四十を超えた山本勘助。焦燥ばかりを募らせていた折、武田信虎による実子暗殺計画に荷担させられることとなり――。
205902-3

と-26-29
信玄の軍配者（下）
富樫倫太郎
武田晴信に仕え始めた山本勘助は、武田軍を常勝軍団へと導いていく。戦場で相見えようと誓い合った友たちとの再会を経て、「あの男」がいよいよ歴史の表舞台へ！
205903-0

と-26-30
謙信の軍配者（上）
富樫倫太郎
越後の竜・長尾景虎のもとで軍配者となった曾我（宇佐美）冬之助。自らを毘沙門天の化身と称する景虎の前で、いま軍配者としての素質が問われる！
205954-2

と-26-31
謙信の軍配者（下）
富樫倫太郎
冬之助は景虎のもと、好敵手・山本勘助率いる武田軍を前に自らの軍配を振るい、見事打ち破ることができるのか⁉「軍配者」シリーズ、ここに完結！
205955-9

な-65-1
うつけの采配（上）
中路啓太
関ヶ原の合戦前夜――。誰もが己の利を求める中、ただ一人、毛利百二十万石の存続のため奔走した男・吉川広家の苦悩と葛藤を描いた傑作歴史小説！
206019-7

な-65-2
うつけの采配（下）
中路啓太
小早川隆景の遺言とは正反対に、安国寺恵瓊の主導により天下取りを狙い始めた毛利本家。はたして吉川広家は家を守り抜くことができるのか？〈解説〉本郷和人
206020-3

な-65-3
獅子は死せず（上）
中路啓太
加藤清正ら名だたる武将にその武勇を賞賛された武将・毛利勝永。関ヶ原の合戦で西軍についたため、領地没収をされた男が、大坂の陣で最後の戦いに賭ける！
206192-7

な-65-4
獅子は死せず（下）
中路啓太
誰より理知的で、かつ自らも抑えきれない生命力を有し、家族や家臣への深い愛情を宿した戦国最後の猛将の生涯。『うつけの采配』の著者によるもう一つの傑作。
206193-4

な-65-6
もののふ莫迦
中路啓太
豊臣に故郷・肥後を踏みにじられた軍人・岡本越後守と、豊臣に忠節を尽くす猛将・加藤清正が、朝鮮の戦場で激突する！「本屋が選ぶ時代小説大賞」受賞作。
206412-6

な-65-7
裏切り涼山
中路啓太
羽柴秀吉が包囲する播磨の三木城。その壮絶な籠城戦を舞台に、かつて主家を裏切って滅亡させた男・涼山が、唯一の肉親を助けるために、再び立ち上がる！
206855-1

に-22-1
レギオニス　興隆編
仁木英之
新興・織田家の拡大に奔走する信長。先代の番頭格だった柴田勝家は、家の「維持」を第一に考え対立する。信長と、織田家の軍団長たちの物語、ここに開幕！
206653-3

に-22-2
レギオニス　信長の天運
仁木英之
桶狭間に今川義元を討ち戦意高まる織田家中にあって、微妙な立場の柴田勝家。彼とその家臣たちに再び出世の機会は与えられるのか⁉　好評シリーズ第二弾。
206681-6

各書目の下段の数字はISBNコードです。978-4-12が省略してあります。

に-22-3
レギオニス 秀吉の躍進
仁木英之
上洛戦の先鋒を命じられるなど家中での存在感を増す勝家。そんな中、越前の朝倉らが「信長包囲網」を展開する。軍団長たちの主導権争い、いよいよ佳境へ！
206725-7

に-22-4
レギオニス 勝家の決断
仁木英之
上杉謙信との合戦中に決裂した勝家と秀吉。そして、本能寺にて信長死す。天運に導かれし男たちの行く末や、いかに——軍団長たちの出世争い、感涙の大団円。
206758-5

は-72-1
常世《とこよ》の勇者 信長の十一日間
早見俊
桶狭間から一年後。隣国・美濃との盟約に執着する織田信長。そのとき何が身に起こったのか。天下布武を決意するまでの十一日間を描く。〈解説〉縄田一男
206361-7

は-72-4
魔王の黒幕 信長と光秀
早見俊
一向一揆の撫で斬り、比叡山焼き討ち、荒木村重一族の皆殺し——魔王の如き織田信長の所業の陰には、明智光秀の存在が。彼の狙いは一体？〈解説〉細谷正充
206911-4

も-26-2
美女いくさ
諸田玲子
信長の気性をうけつぎ「女弾正忠」と称された小督は、愛する夫と引き裂かれながらも、将軍家御台所として、戦国の世を逞しく生き抜く。〈解説〉中江有里
205360-1

S-15-6
完訳フロイス日本史⑥
ザビエルの来日と初期の布教活動
大友宗麟篇Ⅰ
ルイス・フロイス
松田毅一
川崎桃太 訳
弥次郎との邂逅に始まるザビエル来朝の経緯や、布教の拠点が山口から宗麟の豊後に移る様子を取り上げる。草創期のキリシタンと宗麟の周辺を描く。
203585-0

S-15-7
完訳フロイス日本史⑦
宗麟の改宗と島津侵攻
大友宗麟篇Ⅱ
ルイス・フロイス
松田毅一
川崎桃太 訳
フランシスコの教名で改宗した大友宗麟は、キリシタンの理想郷建設を夢みて日向に進出。しかし、耳川の合戦で島津軍に敗れ、宗麟は豊後にもどる。
203586-7

S-15-8
完訳フロイス日本史⑧
宗麟の死と嫡子吉統の背教
大友宗麟篇Ⅲ
ルイス・フロイス
松田毅一
川崎桃太 訳
島津軍に敗れた大友宗麟は、関白秀吉に援軍を請い、キリシタン宗門も豊後を追われる。国主宗麟の死後、嫡子吉統は棄教し、キリシタンを迫害する。
203587-4